SERAFINA
E A CAPA PRETA

Tradução
Maria Carmelita Dias

SERAFINA E A CAPA PRETA

LIVRO 1

ROBERT BEATTY

valentina

Rio de Janeiro, 2018
1ª Edição

Copyright © 2015 by Robert Beatty

TÍTULO ORIGINAL
Serafina and the Black Cloak

ILUSTRAÇÃO DE CAPA
Alexander Jansson

CAPA ORIGINAL
Maria Elias

ADAPTAÇÃO DE CAPA
Raul Fernandes

DIAGRAMAÇÃO
Kátia Regina Silva

Impresso no Brasil
Printed in Brazil
2018

CIP-BRASIL. CATALOGAÇÃO NA PUBLICAÇÃO
SINDICATO NACIONAL DOS EDITORES DE LIVROS, RJ

B351s

Beatty, Robert
    Serafina e a capa preta/Robert Beatty; tradução Maria Carmelita Dias. – 1. ed. – Rio de Janeiro: Valentina, 2018.
    240p. ; 23 cm. (Serafina; 1)

Tradução de: Serafina and the black cloak

ISBN 978-85-5889-058-8

1. Ficção infantojuvenil americana. I. Dias, Maria Carmelita. II. Título. III. Série.

17-45105

CDD: 028.5
CDU: 087.5

Todos os livros da Editora Valentina estão em conformidade com
o novo Acordo Ortográfico da Língua Portuguesa.

Todos os direitos desta edição reservados à

EDITORA VALENTINA
Rua Santa Clara 50/1107 – Copacabana
Rio de Janeiro – 22041-012
Tel/Fax: (21) 3208-8777
www.editoravalentina.com.br

Para minha esposa, Jennifer,
que ajudou a moldar esta história desde o início,

e para nossas filhas
— Camille, Genevieve e Elizabeth —,
que sempre serão nossa primeira e
principal plateia.

Mansão Biltmore
Asheville, Carolina do Norte
1899

𝒮𝑒𝓇𝒶𝒻𝒾𝓃𝒶 𝒶𝒷𝓇𝒾𝓊 𝑜𝓈 𝑜𝓁𝒽𝑜𝓈 e examinou a oficina em meio à penumbra, à procura de qualquer rato estúpido o suficiente para invadir seu território enquanto ela dormia. Sabia que os ratos estavam lá, no ponto exato em que o alcance de sua visão noturna terminava, rastejando pelas rachaduras e sombras do espaçoso porão da casa, ávidos para roubar o que fosse possível das cozinhas e despensas. Ela havia passado a maior parte do dia cochilando em seus locais secretos favoritos, mas era ali, encolhida no colchão velho atrás do aquecedor enferrujado, na proteção da oficina, que se sentia mais à vontade. Martelos, chaves inglesas e engrenagens pendiam das toscas vigas, e o familiar cheiro de óleo de máquina inundava o ar. Seu primeiro pensamento, ao olhar em torno e aguçar os ouvidos na escuridão penetrante, foi o de que aquela parecia uma boa noite para caçar.

O pai de Serafina, que havia trabalhado na construção da Mansão Biltmore e desde então morava sem permissão no porão, estava dormindo no catre que ele construíra em segredo por trás das estantes de suprimentos. O carvão reluzia no velho barril de metal onde, algumas horas antes, ele cozinhara o jantar deles, frango com polenta. Costumavam comer aconchegados em volta do fogo para se aquecerem. Como sempre, ela havia comido o frango e dispensado a polenta.

— Coma o jantar — havia resmungado o pai.

— Já comi — ela havia respondido, pousando o prato de metal pela metade.

— Todo... — ele empurrou o prato na direção dela — ou então você nunca vai ficar maior que um leitãozinho.

O pai a comparava a um porquinho magro quando queria provocá-la, imaginando que ela ficaria tão brava com ele que engoliria aquela polenta asquerosa, mesmo sem vontade.

— Não vou comer a polenta, Pa — avisou Serafina, com um leve sorriso —, não importa quantas vezes você ponha esse prato na minha frente.

— Não é nada de mais, só milho moído, garota — disse ele, subindo o tom e atiçando o fogo com uma vara só para arrumar as outras varas do jeito que queria. — Todo mundo, todo mundo mesmo, gosta de polenta, só você que não.

— Pa, você bem sabe que eu não consigo engolir nada verde ou amarelo ou nojento feito essa polenta, então pare de gritar comigo.

— Se eu gritasse de verdade, você ia saber logo — disse ele, empurrando a vareta no fogo.

Aos poucos, os dois foram se esquecendo da polenta e acabaram mudando de assunto.

Pensar no jantar com o pai fazia Serafina sorrir. Ela não conseguia pensar em quase nada no mundo — a não ser, talvez, dormir no calor de uma das pequenas janelas do porão banhadas pelo sol — que fosse melhor do que um papo bem-humorado com o pai.

Tendo o cuidado de não acordá-lo, ela deslizou do colchão, atravessou o áspero chão de pedra do porão e sorrateiramente entrou no corredor em curva. Enquanto ainda esfregava os olhos para espantar o sono e espreguiçava os braços e as pernas, Serafina não conseguia deixar de sentir um toque de euforia. A fascinante sensação de iniciar uma noite novinha em folha formigava no seu corpo. Ela sentia os músculos e sentidos se avivarem, como se fosse uma coruja movendo as asas e flexionando as garras antes de voar para uma caçada fantasmagórica.

Movimentando-se em silêncio na escuridão, passou pela lavanderia, a despensa e a cozinha. O porão tinha fervilhado de criados o dia todo, mas agora os cômodos estavam vazios e escuros, exatamente da forma como ela gostava. Sabia que os Vanderbilt e os seus muitos hóspedes dormiam no segundo e no terceiro andares, acima dela, mas aqui embaixo tudo estava calmo. Ela adorava vaguear pelos infindáveis corredores e depósitos sombrios. Conhecia o toque e a sensação, o brilho e a escuridão de cada recanto e de cada fresta. À noite, esse domínio era *dela*, e somente dela.

Serafina ouviu um ligeiro rastejar. A noite começava rapidamente.

Ela parou. Escutou.

Duas portas além, pequeninos pés se arrastaram no chão.

Ela avançou lentamente junto à parede.

Quando o som parou, ela também parou. Quando o som recomeçou, ela avançou mais um pouco. Era uma técnica que havia aprendido sozinha aos sete anos de idade: mover-se quando se movem; ficar imóvel quando ficam imóveis.

Naquele momento ela conseguia ouvir as criaturas respirando, e o barulho tanto das unhas arranhando a pedra quanto das caudas se arrastando. Ela sentiu o conhecido tremor nos dedos das mãos e a tensão nas pernas.

Deslizou pela porta semiaberta até o depósito e as avistou na escuridão: duas imensas ratazanas, cobertas de pelo castanho engordurado, haviam se esgueirado para o chão, uma de cada vez, descendo pelo cano de esgoto. As intrusas eram obviamente recém-chegadas, à caça de baratas por pura estupidez, pois poderiam estar se fartando com o creme dos doces frescos poucos metros adiante no corredor.

Sem emitir um som ou mesmo agitar o ar, Serafina se aproximou furtiva e lentamente das criaturas. Olhos fixos nelas. Os ouvidos captavam qualquer ruído que produzissem. Ela conseguia até sentir o seu abominável fedor de esgoto. Durante todo o tempo, as ratazanas continuaram com seu trabalho nojento de roedores, sem fazer ideia de que Serafina estava ali.

Ela parou apenas alguns metros atrás das duas, encoberta pela escuridão de uma sombra, pronta para dar o bote. Aquele era o momento que ela adorava, o momento imediatamente anterior ao golpe. Seu corpo balançou sutilmente para a frente e para trás, ajustando o ângulo de ataque. E então ela se lançou. Em um movimento rápido, explosivo, agarrou, com as mãos nuas, os bichos que gritavam alto e se contorciam.

— Peguei vocês, seus vermes miseráveis! — rosnou ela.

A ratazana menor se contorcia de puro pavor, desesperada para fugir, mas a maior se enroscou para o outro lado e mordeu a mão de Serafina.

— Nem pensar! — exclamou a garota com os dentes cerrados, prendendo o pescoço da pequena fera com desprezo entre o indicador e o polegar.

As duas se contorciam furiosamente, mas ela as segurava com firmeza e não as deixava escapar. Havia demorado algum tempo para aprender essa lição quando era mais nova: Uma vez agarrado o animal, era preciso segurá-lo com força e mantê-lo apertado, a despeito do que acontecesse, mesmo que as garrinhas a arranhassem e a cauda escamosa se dobrasse em torno da mão como uma espécie de cobra cinza nojenta.

Finalmente, após diversos segundos de luta inglória, as extenuadas ratazanas perceberam que não conseguiriam fugir. Ficaram quietas e a encararam desconfiadas com seus olhinhos pretos e redondos. Os pequenos focinhos ranhosos e os bigodes perversamente longos vibravam de medo. A criatura que a havia mordido enroscou lentamente a cauda escamosa e comprida em torno do seu punho, dando duas voltas, procurando uma nova oportunidade para se libertar.

— Nem tente — avisou ela. Ainda sangrando por causa da dentada, Serafina não estava com a mínima disposição para artimanhas. Já havia sido mordida antes, e não gostara nada daquilo.

Carregando os bichos nojentos bem apertados nas mãos, ela os levou pelo corredor. Era uma sensação boa capturar dois ratos antes da meia-noite, e esses dois eram particularmente mal-encarados, capazes de roer um saco de aniagem para encher a pança de cereal, ou jogar ovos da prateleira para lamber a porcaria no chão.

Ela subiu a velha escada de pedra que dava para o exterior, e depois atravessou todo o terreno da propriedade, sob a luz da lua, até a beira da floresta. Lá, arremessou os bichos nas folhagens.

— Agora, vão embora daqui, pra nunca mais voltarem!!! – gritou. – Não serei tão boazinha da próxima vez!

As ratazanas saíram desvairadas cruzando o solo da floresta com a força do arremesso, e depois pararam tremendo, esperando o golpe fatal. Como ele não veio, ambas se viraram e a olharam, espantadas.

— Se mandem antes que eu mude de ideia – avisou ela.

Sem mais nenhuma hesitação, as ratazanas saíram em disparada pela vegetação rasteira.

Houve uma época em que os ratos que Serafina capturava não tinham tanta sorte, quando ela deixava seus corpos perto da cama do pai só para mostrar-lhe o resultado de uma noite de trabalho. Porém, fazia séculos que não agia mais assim.

Desde criança, ela estudava os homens e as mulheres que trabalhavam no porão; assim, sabia que cada um tinha uma tarefa específica. Ficava a cargo do pai a responsabilidade de consertar os elevadores – de pessoas, de carga e de louças e talheres –, as engrenagens das janelas, os sistemas de aquecimento a vapor e todas as outras geringonças mecânicas das quais dependia a mansão de duzentos e cinquenta cômodos. Ele até garantia que o órgão no Grande Salão de Banquetes funcionasse adequadamente para os bailes refinados do Sr. e da Sra. Vanderbilt. Além do pai, havia cozinheiros, ajudantes de cozinha, responsáveis pelo suprimento de carvão, limpadores de chaminés, lavadeiras, confeiteiros, arrumadeiras, lacaios e inúmeros outros empregados.

Quando Serafina fez dez anos, perguntara:

— Eu vou ter um serviço aqui como todo mundo, Pa?

— Você já tem – respondera ele, mas ela suspeitara que não fosse verdade. Ele simplesmente não queria magoar os sentimentos da filha.

— E qual é? Qual é o meu serviço? – ela o pressionara.

— Pra falar a verdade, é um cargo muito, mas muito importante por aqui, e não tem ninguém que faça isso melhor que você, Sera.

— Me diz, Pa. Qual é?

— Acho que você é a C.O.R. da Mansão Biltmore.

— O que que é isso? – perguntara ela, entusiasmada.

— Você é a Caçadora Oficial de Ratos – respondera ele.

Serafina e a Capa Preta

Qualquer que fosse o efeito pretendido com aquelas palavras, elas se engrandeceram na mente de Serafina. Mesmo agora, dois anos mais tarde, ela se lembrava de como seu peito havia se estufado e de como havia sorrido de orgulho ao ouvi-lo pronunciar essas palavras: Caçadora Oficial de Ratos. Gostara do som das palavras. Todo mundo sabia que os roedores eram um grande problema em um lugar como Biltmore, com todos aqueles galpões e estantes e celeiros e papeleiras. E era verdade que ela havia demonstrado um talento inato para agarrar os astutos vermes de quatro patas, infectados de doenças, ladrões de comida, emporcalhadores de ambientes, que tanto enganavam os adultos e seus venenos e armadilhas toscas. A captura dos camundongos, tímidos e propensos a erros provocados pelo pânico nos momentos cruciais, não representava mistério algum para ela. Eram as ratazanas que a faziam passar maus bocados toda noite, e era para as ratazanas que ela tinha afiado suas habilidades. Estava agora com doze anos de idade. E era exatamente isto: Serafina, a C.O.R.

Porém, enquanto observava os dois bichos se embrenharem na floresta, um estranho e forte sentimento a invadiu. Ela quis segui-los. Queria ver o que eles viam por baixo das folhas e dos gravetos, queria explorar as pedras e os fossos, os córregos e as maravilhas naturais. Mas o pai havia proibido.

– Nunca entre na floresta – ele tinha avisado uma porção de vezes. – Lá dentro tem cada força sombria que ninguém entende, umas coisas sobrenaturais que podem te fazer um mal danado.

Ela ficou imóvel na beira da floresta e olhou o máximo que conseguiu, para além das árvores. Durante anos escutara histórias de pessoas que haviam se perdido na floresta para nunca mais voltarem. Ficou imaginando que perigos estariam espreitando. Seria magia negra, demônios ou algum tipo de fera horripilante? Do que o pai tinha tanto medo?

Ela podia questioná-lo sobre todo tipo de coisas, só por prazer – coisas como se recusar a comer a polenta, dormir o dia todo e caçar de noite, e espionar os Vanderbilt e os convidados deles –, mas nunca discutia sobre penetrar as profundezas da floresta. Imaginava que, quando ele dava aqueles avisos, falava tão sério quanto a falecida mãe. Detestava tomar bronca, ser repreendida toda hora e precisar se esconder pelos cantos, mas, às vezes, era preciso ficar em silêncio e obedecer, porque era uma boa maneira de continuar viva.

Sentindo-se estranhamente solitária, ela deu meia-volta e olhou para a propriedade. A lua pairava acima dos telhados de ardósia inclinados da casa e se refletia nos painéis de vidro que formavam a abóbada sobre o Jardim de Inverno. As estrelas cintilavam sobre as montanhas. A grama e as árvores e as flores dos lindos jardins decorados brilhavam à luz da meia-noite. Um passarinho solitário, pousado em uma magnólia, cantou sua melodia noturna, e os filhotes de beija-flor, enfiados em seu pequenino ninho no meio da trepadeira glicínia, remexeram-se em seu sono.

Mas seu ânimo se elevou um pouco ao pensar que o pai havia ajudado a construir tudo aquilo. Ele havia sido um dentre centenas de pedreiros, entalhadores e outros artesãos que, das montanhas circundantes, vieram para Asheville, anos atrás, para construir a Mansão Biltmore. Ele havia permanecido para cuidar da maquinaria. Porém, quando os outros empregados que trabalhavam no porão voltavam para casa e para suas famílias toda noite, ele e Serafina se escondiam entre os canos de aquecimento e as ferramentas de metal na oficina, como passageiros clandestinos na sala de máquinas de um grande navio. A verdade era que não tinham para onde ir, tampouco um parente para recebê-los. Sempre que Serafina perguntava sobre a mãe, o pai se recusava a falar no assunto. Então, não havia ninguém mais além dos dois, e os dois haviam feito do porão seu lar desde que ela conseguia se lembrar.

— Por que é que nós não moramos nos quartos dos criados ou na cidade, como os outros empregados, Pa? — ela havia perguntado várias vezes.

— Isso não é da sua conta — ele resmungava em resposta.

Com o passar dos anos, o pai lhe havia ensinado a ler e a escrever muito bem, e lhe contava um monte de histórias sobre o mundo, mas nunca se mostrava muito desejoso de falar dos assuntos sobre os quais ela queria conversar: o que ele sentia no mais íntimo do seu coração, e o que havia acontecido com a mãe dela, e por que ela não tinha irmãos, e por que ela e o pai não tinham amigos que viessem visitá-los. Às vezes, ela queria estar dentro dele para sacudir tudo e ver o que aconteceria, mas a maior parte do tempo o pai dormia a noite inteira e trabalhava o dia inteiro, e preparava o jantar de noite, e contava histórias, e eles levavam uma vida bem boa, e ela não o sacudia porque sabia que ele não queria ser sacudido, e então Serafina deixava as coisas como estavam.

De noite, quando todo mundo na casa ia dormir, ela se esgueirava para o andar de cima e apanhava livros para ler à luz do luar. Por acaso, tinha ouvido o mordomo se gabar para um visitante, um escritor, que o Sr. Vanderbilt havia adquirido vinte e dois mil livros, sendo que apenas a metade cabia na Biblioteca. Os outros estavam guardados em mesas e estantes espalhadas pela casa toda, e, para Serafina, esses livros eram como frutas silvestres prontas para serem colhidas, tentadoras demais para resistir. Ninguém parecia notar quando um livro sumia e voltava para o lugar alguns dias depois.

Ela tinha lido sobre as grandes batalhas entre os estados, com as bandeiras esfarrapadas tremulando, e também sobre feras de ferro cuspidoras de fumaça que atropelavam as pessoas aqui e acolá. Queria entrar escondida no cemitério à noite com Tom Sawyer e Huckleberry Finn, e naufragar com a Família Robinson. Certas noites, ansiava por ser uma das quatro irmãs, com a mãe amorosa, de *Adoráveis mulheres*. Em outras, ela se imaginava encontrando o fantasma do cavaleiro sem cabeça ou ouvindo bater, bater, bater à porta o corvo negro de Poe. Gostava de contar ao pai acerca dos livros que lia, e frequentemente inventava ela mesma histórias, recheadas de amigos imaginários e famílias estranhas e assombrações, mas ele nunca estava interessado nos seus contos de fantasia e medo. Era um homem sensato demais para aquilo tudo e não gostava de acreditar em nada que não fosse tijolo e parafuso e coisa sólida.

Cada vez mais ela ficava imaginando o que seria ter algum tipo de amigo secreto, alguém de cuja existência seu pai não soubesse, alguém com quem ela pudesse conversar sobre um monte de coisas, mas não costumava encontrar muitas crianças da sua idade se esgueirando pelo porão na calada da noite.

Alguns dos ajudantes de cozinha subalternos e dos operadores de caldeiras que trabalhavam no porão e iam para casa à noite já tinham flagrado Serafina correndo por aqui e por ali, e sabiam vagamente quem ela era, mas as arrumadeiras e os empregados que trabalhavam nos andares principais, não. E, sem dúvida, o dono e a dona da casa não sabiam que ela existia.

— Os Vanderbilt são boa gente, Sera — dissera-lhe o pai —, mas não o *nosso* tipo de gente. Você fique afastada quando eles aparecerem. Nunca deixe ninguém dar uma olhada de verdade em você. E, aconteça o que acontecer, não conta pra ninguém o seu nome ou quem você é. Tá me escutando?

Serafina *estava* escutando. Muitíssimo bem. Conseguia até ouvir um rato mudar de ideia. No entanto, não sabia exatamente por que ela e o pai viviam daquela maneira. Não sabia por que o pai a afastava do mundo, por que sentia vergonha dela, mas tinha certeza de uma coisa: ela o amava do fundo do seu coração, e a última coisa que queria fazer era trazer problemas para ele.

Assim, Serafina tinha se tornado especialista em se movimentar sem que ninguém percebesse, não apenas para caçar os ratos, mas também para evitar as pessoas. Quando se sentia particularmente corajosa ou solitária, disparava para os andares de cima, pelo ir e vir daquele pessoal cintilante. Andava furtivamente, se esgueirava e se escondia. Era miúda para a idade e tinha os pés leves. As sombras eram suas amigas. Espionava os convidados vestidos para o baile à fantasia quando chegavam em suas esplêndidas carruagens puxadas a cavalo. Ninguém nos andares superiores a via se escondendo embaixo da cama ou por trás das cortinas. Ninguém reparava nela no fundo de um armário quando penduravam os casacos. Quando as damas e os cavalheiros saíam para passear pelo terreno, ela se ocultava bem perto deles sem que soubessem, e escutava tudo o que diziam. Ela adorava ver as jovens moças em seus vestidos azuis e amarelos com fitas esvoaçantes nos cabelos, e corria ao lado delas quando atravessavam o jardim fazendo farra. Quando as crianças brincavam de esconde-esconde, nunca percebiam que havia mais uma participante. Às vezes, ela até via o Sr. e a Sra. Vanderbilt caminhando de braços dados, ou via o sobrinho deles, de doze anos, cavalgando pelo terreno com seu cão preto reluzente correndo ao lado.

Ela os observava a todos, mas nenhum deles jamais a via — nem mesmo o cachorro. Ultimamente vinha imaginando o que exatamente aconteceria se alguém a visse. E se o garoto a visse de relance? O que ela faria? E se o cão a perseguisse? Será que ela conseguiria subir em uma árvore a tempo? Às vezes gostava de imaginar o que diria se encontrasse a Sra. Vanderbilt cara a cara. *Olá, Sra. V. Eu caço os ratos para a senhora. A senhora prefere que eu mate ou apenas enxote?* Às vezes ela sonhava em usar vestidos vistosos e fitas nos cabelos e sapatos lustrosos. E às vezes, mas só às vezes, desejava não apenas ouvir as pessoas ao redor em segredo, mas também falar com elas. Não apenas vê-las, mas também *ser vista*.

Enquanto caminhava pelo gramado aberto, à luz do luar, de volta para a casa principal, ficava imaginando o que aconteceria se um dos convidados, ou talvez o jovem amo no seu quarto no segundo andar, por acaso acordasse, olhasse pela janela e visse uma menina misteriosa caminhando sozinha na noite.

O pai nunca falava disso, mas ela sabia que não tinha exatamente uma aparência normal. Seu corpo era pequeno e magro, nada além de músculos, ossos e tendões.

Serafina não tinha um vestido sequer, então usava uma das camisas velhas de trabalhar do pai, amarrada na cintura com um pedaço de corda – um barbante rústico, na verdade – que havia descoberto fuçando a oficina. Ele não comprava roupa para ela porque não queria que as pessoas da cidade fizessem perguntas e começassem a se intrometer; bisbilhotice era uma coisa que ele nunca conseguira suportar.

Seus longos cabelos não eram de uma cor só como o de gente normal, mas de variados tons de dourado e castanho. O rosto tinha uma angulosidade peculiar e os olhos eram grandes, de um âmbar uniforme. Ela possuía uma invejável visão noturna. Mesmo as suas silenciosas habilidades de caça não eram exatamente normais. Todas as pessoas com quem já havia se encontrado, principalmente o pai, faziam tanto barulho quando caminhavam que era como se fossem um daqueles enormes cavalos de tração belgas que puxavam os equipamentos de fazenda nos campos do Sr. Vanderbilt.

E aquilo tudo a fazia imaginar, olhando para as janelas da imensa casa. Com o que sonhariam as pessoas que dormiam naqueles quartos, com seus cabelos de uma cor só, e os narizes longos e pontudos, e os corpos largos, deitadas em suas camas macias, na gloriosa escuridão da noite? O que almejavam? O que os fazia pular de alegria? O que sentiam por dentro? Quando jantavam à noite, as crianças comiam a polenta ou somente o frango?

Quando deslizou escada abaixo, voltando para o porão, ela ouviu algo em um corredor distante. Parou e escutou, mas não conseguiu perceber direito. Não era um rato. Quanto a isso, tinha certeza. Algo muito maior. Mas o quê?

Curiosa, dirigiu-se para o local de onde vinha o som.

Passou pela oficina do pai, a cozinha e os outros cômodos que conhecia bem, até as áreas mais profundas onde caçava com menos frequência. Ouviu portas se fechando, depois passos e ruídos abafados. O coração começou a acelerar. Alguém estava caminhando pelos corredores do porão. O porão *dela*.

Aproximou-se mais.

Não era o empregado que recolhia o lixo toda noite, nem um dos lacaios providenciando um lanche noturno para um convidado – ela conhecia bem o som de suas passadas. Certas vezes, o garoto de onze anos que ajudava o mordomo parava no corredor e devorava alguns biscoitos da bandeja de prata que seu chefe tinha mandado que ele recolhesse. Ela costumava se postar num ponto bem próximo a ele no escuro e fingir que eram amigos simplesmente conversando e desfrutando a companhia um do outro por um tempo. Em seguida, o garoto limpava o açúcar de confeiteiro dos lábios e ia embora, correndo pelas escadas para compensar os minutos que havia perdido. Mas agora não era ele.

Fosse quem fosse, parecia calçar sapatos de sola grossa – sapatos *caros*. Porém, um cavalheiro propriamente dito não tinha motivo algum para descer até aquela área da casa. Por que estaria vagueando pelas passagens escuras no meio da noite?

Cada vez mais curiosa, ela seguiu o estranho, tomando o cuidado de evitar ser vista. Sempre que furtivamente se aproximava demais, quase a ponto de vê-lo, tudo o que conseguia distinguir era a sombra de uma silhueta alta carregando um lampião de chama fraca. E havia outra sombra lá também, alguém ou algo com ele, mas ela não ousava esgueirar-se para mais perto a fim de ver quem ou o que era.

O porão era espaçoso, com muitos corredores, níveis e cômodos diferentes, construído no declive do terreno atrás da casa. Algumas áreas, como as cozinhas e a lavanderia, tinham janelas e paredes de gesso liso. Os cômodos exibiam um acabamento simples, mas eram limpos e livres de umidade, apropriados para o trabalho diário dos empregados. Os limites mais distantes da estrutura de suporte penetravam profundamente nas tocas úmidas e terrosas da sólida fundação da casa. Aqui a argamassa escura, endurecida, escoava dos espaços entre os blocos de pedra grosseiramente entalhados que formavam as paredes e o teto, e ela quase nunca ia até lá porque era frio, sujo e abafado.

De repente, os passos mudaram de direção. Aproximavam-se dela. Cinco ratos gritando esganiçadamente vieram em disparada do corredor adiante do som dos passos, mais aterrorizados do que qualquer outro roedor que ela jamais tivesse visto. Aranhas rastejaram para fora das fendas. Baratas e lacraias surgiram do chão de terra. Perplexa com o que presenciava, Serafina prendeu a respiração e pressionou o corpo contra a parede, paralisada de medo como um filhotinho de coelho tremendo sob a sombra de um falcão.

À medida que o homem caminhava em sua direção, Serafina também passou a escutar outro som. Era uma agitação de pés se arrastando, como os de uma pessoa baixa – pés calçando chinelos, talvez uma criança. Havia algo errado. Os pés da criança estavam raspando na pedra, às vezes deslizando... a criança era aleijada... não... a criança estava sendo *arrastada*.

– Não, senhor! Por favor! Não! – A menina chorava, a voz trêmula de desespero. – Nós não temos permissão para nos deslocar até aqui. – A menina falava como se houvesse sido criada em uma família abastada, alguém que frequentava uma escola cara.

– Não se preocupe. É aqui mesmo que nós vamos... – disse o homem, parando diante da porta que ficava logo ao dobrar a esquina do ponto onde estava Serafina. Agora ela podia ouvir a respiração dele, o movimento de suas mãos e o farfalhar das roupas. Fagulhas a queimavam por dentro. Ela queria correr, fugir, mas suas pernas não obedeciam.

– Não precisa ter medo de nada, menina – ele disse para a criança. – Não vou machucar você...

A forma como pronunciou essas palavras fez os pelos da nuca de Serafina se eriçarem. *Não vá com ele*, pensou. *Não vá!*

A voz da menina indicava que devia ser apenas um pouco mais nova do que ela, e Serafina queria ajudá-la, mas não conseguia encontrar coragem. Pressionou novamente o corpo contra a parede, certa de que seria vista ou ouvida. Suas pernas tremiam, parecendo que iam se desintegrar. Não conseguiu ver o que aconteceu em seguida, mas de repente a menina soltou um grito de gelar o sangue. O som lancinante fez Serafina dar um pulo, e ela teve que abafar o próprio grito. Houve uma disputa, um combate, e a menina se desgarrou do homem e fugiu pelo corredor.

Corra, menina! Corra!, pensou Serafina.

As passadas do homem foram morrendo a distância à medida que ia no encalço da menina. Dava para Serafina perceber que ele não estava correndo a toda, mas avançando firme e implacavelmente, como se soubesse que a criança não conseguiria escapar. O pai de Serafina lhe havia contado como os lobos-vermelhos caçavam e matavam veados nas montanhas – com uma perseverança obstinada em vez de explosões de velocidade.

Serafina não sabia o que fazer. Será que deveria se esconder num canto escuro e torcer para ele não a encontrar? Será que deveria fugir como as aranhas e os ratos tomados de pavor enquanto ainda tinha chance? Queria correr de volta para o pai, mas e quanto à menina? A criança era totalmente indefesa, lenta e fraca, estava em pânico, e, acima de tudo, precisava de uma amiga para ajudá-la a lutar. Serafina queria ser essa amiga; queria ajudá-la, mas não conseguia sair do lugar.

Então, ouviu o grito da criança novamente. *Aquele rato sujo e miserável vai matar a menina*, pensou. *Vai matar a menina.*

Num ímpeto de fúria e coragem, correu em direção ao som. Os músculos de suas pernas queimavam. A mente ardia de medo e agitação. Ela virou esquina após esquina. Mas, quando chegou à musgosa escada de pedra que descia até as entranhas mais profundas do porão inferior, parou, arfando, e balançou a cabeça. Era um lugar horrível, frio, molhado, coberto de limo, que ela sempre fizera o máximo para evitar – principalmente no inverno. Havia escutado histórias de que armazenavam cadáveres nos porões inferiores no inverno, quando o solo estava congelado demais para se cavar uma cova. Por que razão a menina tinha descido até *lá*?

Serafina seguiu vacilante, descendo os degraus molhados e grudentos, levantando e sacudindo o pé após cada passada pegajosa. Quando finalmente chegou ao fundo, seguiu um longo corredor inclinado, onde do teto pingava uma lama escura. Todo aquele lugar desagradável e repulsivo a deixava nervosa, aterrorizada, mas ela prosseguiu.

Você tem que ajudar a menina, tornou a dizer para si mesma. *Não pode voltar agora.*

Serafina e a Capa Preta

Serpenteou por um labirinto de túneis que davam voltas e mais voltas. Virou à direita, depois à esquerda, de novo à esquerda, em seguida à direita até perder a noção de quanto se havia embrenhado. Então, ouviu o som de luta e gritos logo ao virar a esquina adiante. Estava muito perto.

Ela vacilou, amedrontada, o coração batendo tão forte que parecia que ia explodir. Seu corpo tremia todo. Não queria dar nem mais um passo, mas era preciso ajudar os amigos. Não sabia muito sobre a vida, mas disso ela sabia, com certeza absoluta, e não ia se acovardar e fugir como um pobre esquilo apavorado quando alguém tanto precisava dela. Tremendo sem parar, Serafina se controlou o melhor que pôde, inspirou profundamente e, de um ímpeto, dobrou a esquina.

Um lampião quebrado estava caído no chão de pedra, o vidro espatifado, mas seu lume ainda aceso. Em seu halo de luz vacilante, uma menina de vestido amarelo lutava para salvar a própria vida. Um homem alto, de capuz e capa preta, as mãos manchadas de sangue, agarrava-a pelos punhos.

A menina tentava se desvencilhar.

— Não! Me solte! — gritava ela.

— Quieta — o homem lhe dizia, a voz vibrando num tom sombrio, quase sobrenatural. — Não vou machucar você, menina — disse ele, pela segunda vez.

A menina tinha cabelo louro cacheado e a pele muito branca. Lutava para fugir, mas o homem da capa preta a trouxe para si e a envolveu nos braços. Ela se debateu e o acertou no rosto com os pequenos punhos.

— Fique parada, e tudo vai terminar logo — disse ele, puxando-a.

De repente, Serafina percebeu que cometera um erro terrível. Isso era muito mais do que qualquer coisa com que pudesse lidar. Ela sabia que devia ajudar a menina, mas sentia tanto medo que seus pés estavam grudados no chão. Mal conseguia respirar, que dirá lutar.

Ajude a menina!, a mente de Serafina gritava. *Ajude a menina! Ataque o rato! Ataque o rato!*

Finalmente recobrou a coragem e avançou, mas, justo naquele momento, a capa de cetim preto do homem esvoaçou, como se possuída por um espírito esfumaçado. A menina berrou. As dobras da capa a envolveram como os tentáculos de um polvo faminto. A capa parecia se mexer por vontade própria, enroscando-se, contorcendo-se, acompanhada de um perturbador barulho de chocalho, como a ameaça sibilante de cem cascavéis. Serafina viu o rosto aterrorizado da pobrezinha a encarando de dentro das dobras da capa envolvente, os olhos azuis suplicantes arregalados de medo. *Me ajude! Me ajude!* Mas então o tecido se fechou sobre ela, o berro se transformou em silêncio e a menina desapareceu, não deixando mais nada além da escuridão da capa.

Serafina, em estado de choque, soltou uma exclamação. Em um instante, a menina lutava para se libertar, e no outro havia desaparecido como que por encanto. A capa a havia engolido. Arrebatada pela confusão, a aflição e o medo, Serafina simplesmente permaneceu no mesmo lugar, espantada e atordoada.

Por vários segundos, o homem pareceu vibrar violentamente, e uma aura demoníaca brilhou em torno dele, em uma névoa escura e tremeluzente. Um fedor terrivelmente desagradável, de entranhas apodrecidas, invadiu as narinas de Serafina, forçando-a a jogar a cabeça para trás. Ela franziu o nariz e torceu a boca e tentou não inspirar e…

Ela deve ter emitido algum tipo de ruído involuntário, pois o homem da capa preta de repente se virou e a fitou, vendo-a pela primeira vez. Foi como se uma garra gigantesca se enterrasse em seu peito. As dobras do capuz do homem encobriam-lhe o rosto, mas ela podia ver que os olhos dele brilhavam com uma luz sobrenatural.

Ela permaneceu imóvel, completamente apavorada.

O homem sussurrou em uma voz áspera:

— Não vou machucar você, menina…

Aquelas palavras assustadoras sacudiram Serafina e a fizeram entrar em ação. Havia acabado de ver aonde aquelas palavras levavam.

Não desta vez, seu rato!

Com uma nova explosão de energia, ela se virou e correu.

Disparou pelo labirinto de túneis que se cruzavam, correndo e correndo, certa de que despistaria o homem. Porém, quando deu uma olhada para trás, o encapuçado vinha voando pelos ares, levitando pela força da capa preta que parecia crescer, as malditas mãos tentando alcançá-la.

Serafina então acelerou tudo que podia, mas, assim que chegou à base da escada que levava ao nível principal do porão, o homem da capa preta a alcançou. Uma das mãos grampeou seu ombro. A outra agarrou seu pescoço. Ela se virou e rosnou como um animal acuado. Num selvagem movimento circular, rodopiou e o arranhou, e finalmente se libertou.

Subiu correndo a escada, de três em três degraus, mas ele seguiu em sua cola. Estendeu a mão e a puxou pelo cabelo. Ela soltou um grito de dor.

— Hora de desistir, garotinha – disse ele suavemente, ainda que o aperto de sua mão arrancasse mechas do cabelo de Serafina.

— Eu não desisto nunca! – ela voltou a rosnar e mordeu o braço do miserável. Lutou o máximo que pôde, girando o corpo e o arranhando, mas não adiantava. O homem da capa preta era muito mais forte. Ele a puxou contra o peito, imobilizando-a com os braços.

As dobras da capa preta se levantaram ao redor dela, vibrando com uma fumaça cinza. O horrível fedor de podre fez com que ela engasgasse. Tudo o que conseguia escutar era o detestável barulho de chocalho, enquanto a capa deslizava e se enroscava em torno do corpo dela. Serafina sentiu estar sendo esmagada no abraço espiral de uma jiboia.

— Não vou machucar você, menina... – falou a voz áspera novamente, como se o homem não estivesse no controle da própria mente, mas possuído por um demônio louco e faminto.

As dobras da capa lançaram uma estranha sensação de tristeza em cima dela, encharcando-a em um enjoo sufocante. Ela sentiu a alma escapulindo para longe – não apenas escapulindo, mas sendo puxada, sendo extraída. A morte estava tão próxima que ela podia ver sua escuridão e ouvir os gritos das crianças que já tinham sido apanhadas.

— Não! Não! Não! – ela gritou, desafiadora. Não queria ir. Rosnando ferozmente, estendeu a mão e agarrou o rosto dele, arranhando-o nas pálpebras. Chutou-lhe a barriga. Mordeu o desgraçado repetidas vezes, fechando os dentes como uma fera faminta e furiosa, e sentiu o gosto do sangue. A menina de vestido amarelo tinha lutado, mas nada comparado com isso. Finalmente, Serafina se desenroscou do aperto do homem e girou até atingir o chão. Assim que pousou os pés, saiu correndo aos pulos.

Queria voltar para perto do pai, mas não conseguiria ir tão longe. Fugiu às pressas pelo corredor e disparou para a cozinha principal. Havia uma dúzia de lugares para se esconder. Será que devia deslizar para trás dos fogões pretos de ferro fundido? Ou subir engatinhando até as panelas de cobre dependuradas no suporte do teto? Não. Sabia que tinha que encontrar um lugar ainda melhor.

Serafina e a Capa Preta

Serafina estava de volta ao seu território agora, e o conhecia muito bem. Conhecia a escuridão e a luz. Conhecia a esquerda e a direita. Havia matado ratos em cada canto deste local, e não havia a menor chance de se deixar transformar em um desses ratos. Ela era a C.O.R. Nenhuma armadilha, nenhuma arma e nenhum homem malvado iriam apanhá-la. Como uma criatura selvagem, ela corria e pulava e rastejava.

Quando chegou à rouparia, com todas aquelas prateleiras de madeira e pilhas de cobertores e lençóis brancos perfeitamente dobrados, Serafina correu até uma fenda na parede, no canto do fundo, embaixo da prateleira mais baixa. Mesmo que o homem percebesse o buraco, seria apertado demais, impossível para um adulto passar. E ela sabia que a fenda era um atalho para os fundos da lavanderia.

Ela saiu no cômodo onde penduravam e secavam as luxuosas roupas de cama dos ricos. Lá fora, a lua tinha subido, e sua luz brilhava através das janelas do porão. Centenas de lençóis brancos esvoaçantes pendiam do teto como fantasmas, o luar prateado lançando sobre eles um brilho lúgubre. Ela deslizou lentamente entre os lençóis pendurados, imaginando se eles lhe proporcionariam o esconderijo de que precisava. Mas pensou melhor e decidiu prosseguir.

Para o bem ou para o mal, Serafina teve uma ideia. A garota sabia que o Sr. Vanderbilt se orgulhava de ter instalado os equipamentos mais avançados em Biltmore. O pai de Serafina havia construído suportes de varal especiais que rolavam em trilhos de metal no teto e iam dar em pequenos compartimentos onde os lençóis e as roupas secavam com o calor irradiado de canos de vapor bem selados. Determinada a encontrar o melhor esconderijo possível, ela se encolheu mais e se infiltrou no espaço apertado de uma dessas máquinas.

Quando Serafina nasceu, havia uma série de coisas fisicamente diferentes a seu respeito. Ela tinha quatro dedos em cada pé, em vez de cinco, e, embora não fosse perceptível à primeira vista, sua clavícula era malformada de tal maneira que não se ligava diretamente com os outros ossos. Isso lhe permitia se encaixar em lugares realmente apertados. A abertura da máquina não tinha mais do que alguns centímetros de largura, mas, contanto que conseguisse enfiar a cabeça em algum lugar, ela faria passar o corpo todo. Contorceu-se para dentro de um espaço minúsculo e escuro que esperava que o homem da capa preta não encontrasse.

Tentou ficar quieta, tentou fazer silêncio, mas estava ofegante. Sentia-se exausta, sem ar e amedrontada além da conta. Havia visto a menina de vestido amarelo ser tragada pelas dobras cheias de sombras e sabia que o homem da capa preta vinha em seu encalço. Sua única esperança era que ele não conseguisse escutar as batidas ensurdecedoras de seu coração.

Ela o ouviu caminhando lentamente pelo corredor do lado de fora da cozinha. Ele havia perdido seu rastro na escuridão, mas se movimentava metodicamente, cômodo por cômodo, procurando por ela.

Ela o ouviu na cozinha principal, abrindo as portas dos fornos de ferro fundido. *Se eu tivesse me escondido ali,* pensou, *agora estaria morta.*

Depois, Serafina o escutou fazendo ressoar as enormes panelas de cobre, procurando no suporte do teto. *Se eu tivesse me escondido ali,* pensou, *estaria morta... de novo.*

— Não há motivo algum para ficar com medo — sussurrou ele, tentando persuadi-la a aparecer.

Ela ouviu e esperou, tremendo como um camundongo encurralado.

Finalmente, o homem da capa preta se encaminhou para a lavanderia.

Os camundongos são frágeis e propensos a cometer erros provocados pelo pânico em momentos cruciais.

Ela escutou o homem se movendo de um canto para o outro, remexendo entre os tanques, abrindo e fechando os armários.

Só tem que ficar quieta, camundonga. Fique quieta, dizia ela para si mesma. Estava louca para sair do esconderijo e fugir, mas sabia que os camundongos que morriam eram os camundongos tolos, que entravam em pânico e fugiam. Dizia a si mesma sem parar: *Não seja um camundongo tolo. Não seja um camundongo tolo.*

Então, ele se aproximou da área de secagem, onde ela estava, e se movimentou devagar pelo cômodo todo, passando as mãos sobre os lençóis fantasmagóricos.

Se eu tivesse me escondido ali...

Ele estava apenas a alguns centímetros dela agora, perscrutando o local. Mesmo sem conseguir vê-la, parecia sentir a presença dela.

Serafina prendeu a respiração e ficou imóvel, completamente imóvel, totalmente imóvel.

Aos poucos, Serafina foi abrindo os olhos.

Não sabia quanto tempo tinha dormido ou mesmo onde estava. Viu-se encolhida em um espaço escuro, apertado, o rosto pressionado contra o metal.

Ouviu o som de passos se aproximando. Ficou em silêncio, atenta.

Eram botas pesadas de trabalho, as ferramentas chacoalhando. Sentindo uma onda de felicidade, ela foi se contorcendo para sair da máquina e encontrar os raios do sol da manhã que já se infiltravam pelas janelas da lavanderia.

— Estou aqui, Pa! — gritou ela, a voz seca e fraca.

— Eu te procurei por tudo quanto é canto — o pai a repreendeu. — Você não tava na cama hoje de manhã.

Ela correu na direção dele e o abraçou apertado, forte, contra o seu peito. Ele era um homem grande e embrutecido, com braços grossos e ásperos, mãos calejadas. Suas ferramentas estavam suspensas no avental de couro, e ele cheirava levemente a metal, óleo e ao couro das tiras que acionavam as máquinas da oficina.

Serafina e a Capa Preta

A distância, ela ouvia os sons da equipe chegando para os trabalhos da manhã, o tinir de panelas na cozinha e as conversas dos empregados. Era um som glorioso de ouvir. O perigo da noite já se fora. Ela havia sobrevivido!

Enroscada nos braços do pai, sentia-se segura e à vontade. Ele estava mais acostumado com martelos e rebites do que com palavras gentis, mas sempre tomara conta dela, sempre a amara e a protegera. Ela não conseguiu reter as lágrimas de alívio que ardiam nos olhos.

— Onde que você andou, Sera? — o pai perguntou.

— Ele tentou me pegar, Pa! Ele tentou me matar!

— O que que cê tá falando, menina? — perguntou o pai, desconfiado, segurando-a pelos ombros com suas imensas mãos. Ele a encarou sério. — É mais uma daquelas suas histórias delirantes?

— Não, Pa — respondeu Serafina, balançando a cabeça.

— Não tô a fim de história nenhuma.

— Um homem com uma capa preta levou uma menininha, e depois veio atrás de mim. Lutei com ele, Pa! Dei muitas mordidas nele! Chutei e arranhei, e corri e corri e fugi e me escondi. Eu me enfiei dentro da sua máquina, Pa. Foi assim que eu me safei. Ela me salvou!

— Como assim, ele levou uma menina? — o pai perguntou, estreitando os olhos. — Que menina?

— Ele... ele obrigou ela... Ela estava justo ali na minha frente e aí ela sumiu na minha cara!

— Peraí, Sera — ele duvidou. — Você tá parecendo não saber se tá lavando ou estendendo a roupa.

— Eu juro, Pa, me escuta. — Ela engoliu em seco com dificuldade e começou do princípio. À medida que a história ia sendo despejada, Serafina percebia como havia sido realmente corajosa.

Mas o pai apenas balançou a cabeça.

— Você teve um pesadelo, só isso. Tem lido história de fantasma demais. Já te disse pra ficar longe do Sr. Poe. Agora veja só. Cê tá toda eriçada que nem um gambá acuado.

Ela sentiu um aperto no coração. Estava contando a ele a mais pura verdade, e ele não acreditava em uma só palavra. Ela tentou conter o choro, mas foi difícil. Tinha quase treze anos, e o pai ainda a tratava feito criança.

— Eu não estava sonhando, Pa — reclamou ela, limpando uma fungada do nariz.

— Tenta ficar mais calma — resmungou ele, que detestava quando ela chorava. Ela sabia desde pequena que ele preferia lidar com uma boa peça de metal do que com uma criança chorando. — Tenho que ir trabalhar — avisou, bruscamente, quando se separou dela. — Estourou alguma coisa muito feia no gerador ontem à noite. Agora, volta pra oficina e aproveita pra dormir direito um pouco.

Uma frustração ardente tomou conta de Serafina, e ela contraiu o maxilar e fechou os punhos de raiva, mas dava para ouvir a seriedade na voz dele, e ela sabia que não adiantava nada discutir. A máquina de Edison era um gerador de ferro com bobinas de cobre e rodas girando que gerava uma coisa nova chamada "eletricidade". Ela sabia, pelos livros que havia lido, que a maioria das casas no país ainda não tinha água encanada, banheiros internos, refrigeração ou mesmo aquecimento. Biltmore, porém, tinha todas essas coisas. Era uma das poucas casas dos Estados Unidos providas de iluminação elétrica em alguns dos cômodos. Mas, se o pai não conseguisse fazer o gerador funcionar até o anoitecer, os Vanderbilt e seus convidados ficariam mergulhados na escuridão. Ela sabia que ele tinha uma porção de coisas na cabeça, e ela não era uma delas.

Uma onda de ressentimento varreu-a por dentro. Havia tentado salvar uma menina de um tipo de demônio maligno com uma capa preta, e quase tinha morrido, mas o pai não se importava. Tudo com o que ele se importava eram aquelas máquinas estúpidas. Ele nunca acreditava nela. Para ele, ela não passava de uma menininha, sem nenhuma importância, ninguém que merecesse que lhe dessem ouvidos, ninguém com quem qualquer pessoa poderia contar para o que quer que fosse.

Enquanto caminhava carrancuda de volta para a oficina, ela pretendia seguir à risca as instruções do pai, mas, quando passou pela escadaria que dava para o andar principal da Mansão Biltmore, parou e encarou a escada.

Ela sabia que não devia fazer.

Ela não devia nem mesmo *pensar* em fazer.

Mas não conseguiu se controlar.

O pai vivia lhe dizendo, há anos, que ela não devia ir lá em cima, e ultimamente ela vinha tentando seguir as regras pelo menos parte do tempo, mas naquele dia estava furiosa por ele não ter acreditado nela.

Bem feito para ele se eu não aceitar as regras dele.

Ela pensou na menina de vestido amarelo. Tentou entender a lógica do que tinha visto: a terrível capa preta e os olhos arregalados de medo no rosto da pobrezinha quando ela desapareceu. Para onde teria ido? Estava morta ou, de algum modo, ainda vivia? Haveria alguma chance de ser salva?

Fragmentos de conversas flutuavam escada abaixo. Havia algum tipo de comoção. Será que eles tinham descoberto um corpo? Será que estavam todos chorando de desespero? Será que estavam procurando um assassino?

Ela não sabia se era corajosa ou estúpida, mas precisava contar a alguém o que tinha visto. Tinha que descobrir o que havia acontecido no porão. Acima de tudo, tinha que ajudar a menina de vestido amarelo.

Serafina começou a subir a escada.

Mantendo-se encolhida e o mais silenciosa possível, Serafina rastejou pelos degraus, um a um. Uma cacofonia de sons flutuava até ela: o eco de gente conversando, o farfalhar de roupas, dezenas de passadas diferentes – era uma multidão. Alguma confusão estava acontecendo lá em cima. *Vamos ter que ser muito discretos, você e eu.* A advertência do pai vibrava em sua mente à medida que ela subia. *Vamos ter sérios problemas se as pessoas te virem e começarem a fazer perguntas.*

Ela andou sorrateiramente até o topo da escada e depois se enfiou em um vão no andar principal de onde dava para ver uma sala colossal cheia de pessoas bem-vestidas, que pareciam estar se reunindo para algum tipo de evento social de gala.

Sólidas portas, finamente decoradas, de vidro e ferro forjado levavam até o Saguão de Entrada, com seu chão de mármore polido e teto abobadado de vigas de carvalho entalhadas à mão. Altos arcos de pedra calcária levavam, desse cômodo central, para as várias alas da mansão. O teto era tão alto que ela tinha o desejo de escalar até lá em cima e espiar para baixo. Já havia estado ali antes, mas adorava aquela sala e não podia deixar de se maravilhar com ela novamente, em especial à luz do dia. Nunca tinha visto tantas coisas lindas, cintilantes, tantas superfícies macias para sentar e tantos lugares interessantes para se esconder. Ao perceber uma cadeira estofada, sentiu um desejo irresistível de deslizar os dedos pela pelúcia. Todas as cores da sala eram tão vivas, e as superfícies eram tão limpas e brilhantes... Ela não via nada de lama, graxa ou sujeira em lugar algum. Havia vasos de cores fortes cheios de flores – imagine só! Flores, realmente *dentro* da casa. A luz do sol inundava o lugar pelas reluzentes janelas de cristal de chumbo da Grande Escadaria em espiral, de quatro andares de altura, e também do Jardim de Inverno, coberto por um domo de vidro, com suas plantas tropicais e a fonte que jorrava água. Ela estreitou os olhos por causa do brilho.

O Saguão de Entrada fervilhava com dezenas de cavalheiros e damas magnificamente trajados, junto com lacaios em uniformes pretos e brancos que os ajudavam a se preparar para uma cavalgada matutina. Serafina olhou fixamente para uma senhora que usava um vestido de montaria feito de veludo verde rajado de branco e adamascado vermelho-cereja. Uma outra mulher vestia um lindo traje de montaria lilás com detalhes em roxo-escuro e chapéu combinando. Havia até mesmo algumas crianças ali, vestidas com tanta elegância quanto seus pais. Os olhos de Serafina disparavam de um lado para o outro no salão, enquanto ela tentava absorver aquilo tudo.

Serafina olhou para o rosto da dama com o vestido verde, e depois para o rosto da dama com o chapéu lilás. Ela sabia que sua mãe já havia morrido há muito tempo, ou pelo menos havia se afastado há muito tempo, mas, durante toda a sua vida, sempre que via uma mulher, Serafina procurava por algum traço de semelhança. Também estudava os rostos das crianças, imaginando se havia alguma chance de ter um irmão ou irmã. Quando pequena, costumava contar a si própria uma história inventada: certo dia, ao chegar em casa, enlameada da cabeça aos pés devido a uma caçada, sua mãe a levou para baixo e a prendeu na máquina de lavar acionada por correias, e depois, acidentalmente, se esqueceu dela, deixando-a girando e girando lá dentro. Porém, quando

Serafina observou em volta as mulheres e as crianças no Saguão de Entrada e viu seus cabelos louros e seus olhos azuis, seus cabelos pretos e seus olhos castanhos, percebeu que nenhuma tinha parentesco com ela. O pai nunca havia contado como a mãe era, mas a garota procurava por ela em cada rosto que via.

Serafina tinha subido a escada com um propósito, mas, agora que estava ali, o pensamento de efetivamente tentar falar com qualquer uma dessas pessoas elegantes a fazia sentir um frio danado na barriga. Engoliu em seco e avançou poucos centímetros, mas o bolo em sua garganta era tão imenso que ela não estava certa se conseguiria emitir uma palavra. Queria contar para todo mundo o que tinha visto, mas, de repente, aquilo pareceu uma ideia idiota. Todos aparentavam estar felizes e despreocupados, como cotovias em um dia ensolarado. Ela não compreendia. A menina era obviamente uma dessas pessoas; então, por que não estavam procurando por ela? Era como se nunca tivesse acontecido, como se ela tivesse imaginado a cena toda. O que iria dizer para eles? *Com licença, todo mundo... Tenho certeza de que vi um homem horrível com uma capa preta fazer uma menininha desaparecer. Alguém viu a menina?* Eles a mandariam para bem longe dali.

Quando um cavalheiro alto usando uma casaca preta entrou, ela percebeu que um desses homens poderia de fato ser o Homem da Capa Preta. Com seu rosto ensombrecido e olhos reluzentes, não havia dúvida de que o agressor tinha sido uma espécie de espectro, mas ela havia enfiado os dentes nele e sentido gosto de sangue genuíno, e ele precisava de um lampião para ver, exatamente como todas as outras pessoas que ela seguira ao longo dos anos, o que significava que era deste mundo também. Examinou os homens no grupo, procurando controlar a respiração. Seria possível que ele estivesse ali naquele exato momento?

A Sra. Edith Vanderbilt, a dona da casa, entrou na sala usando um vistoso vestido de veludo com um chapéu de abas largas. Serafina não conseguia tirar os olhos do movimento magnetizante das penas do chapéu. Mulher refinada e atraente, a Sra. Vanderbilt tinha uma compleição clara e fartos cabelos escuros, e parecia à vontade em seu papel de anfitriã à medida que se movimentava por todo o salão.

— Enquanto esperamos que os criados tragam nossos cavalos — começou ela contente para os convidados –, eu gostaria de convidá-los a se juntarem a mim na Galeria das Tapeçarias para um breve espetáculo musical.

Um murmúrio de satisfação atravessou o grupo. Encantados pela ideia de um passatempo, as damas e os cavalheiros afluíram para a galeria, uma sala decorada com elegância, o teto lindamente pintado à mão, instrumentos musicais clássicos, além de delicadas e antigas tapeçarias de parede. Serafina adorava subir nas tapeçarias à noite e deslizar as unhas pelo tecido macio.

— Eu estou certa de que quase todos vocês já conhecem o Sr. Montgomery Thorne — disse a Sra. Vanderbilt com um delicado gesto do braço em direção a um cavalheiro. — Ele generosamente se ofereceu para tocar para nós hoje.

— Obrigado, Sra. Vanderbilt — agradeceu o Sr. Thorne, ao mesmo tempo em que dava um passo à frente com um sorriso. — O passeio é uma ideia maravilhosa, e gostaria de dizer que a senhora é uma anfitriã incrivelmente radiante nesta linda manhã.

— O senhor é muito gentil — agradeceu a Sra. Vanderbilt com um sorriso.

Para Serafina, que passara a vida toda escutando os visitantes de Biltmore, ele não soava como alguém vindo das montanhas da Carolina do Norte, ou de Nova York, como os Vanderbilt. Montgomery falava com o sotaque de um cavalheiro do Sul, talvez da Geórgia ou da Carolina do Sul. Ela começou a rastejar, a fim de ter uma visão melhor do homem. Ele usava um lenço de pescoço de cetim branco, colete de brocado e luvas cinza-claro, tudo, pensou ela, combinando bastante bem com o cabelo preto levemente grisalho e as costeletas aparadas com esmero.

Ele apanhou, da mesa onde o instrumento estava pousado, um violino de boa qualidade com o seu arco.

— Desde quando você toca violino, Thorne? — questionou, do fundo, um dos cavalheiros de Nova York, em um tom jocoso.

— Ah, eu tenho praticado aqui e ali, Sr. Bendel — respondeu o Sr. Thorne ao encostar o instrumento no queixo.

— Quando? Na carruagem, vindo para cá? — zombou o Sr. Bendel, e todo mundo riu.

Serafina quase sentiu pena do Sr. Thorne. Ficou claro, a partir da alfinetada, que o Sr. Bendel e o Sr. Thorne já se conheciam, mas também que o Sr. Bendel tinha sérias dúvidas se o amigo efetivamente era um violinista.

Serafina observou, em um silêncio nervoso, enquanto o Sr. Thorne se preparava. Talvez fosse um instrumento novo para ele, e essa fosse sua primeira apresentação. Ela não conseguia nem se imaginar tocando tal instrumento. Afinal, ele colocou o arco delicadamente sobre as cordas, fez uma pausa momentânea para se preparar, e então começou a tocar.

De repente, as salas de tetos abobadados da grande casa se encheram com a música mais linda que ela já havia escutado, elegante e fluida, como um rio de sons. Era maravilhoso. Enfeitiçados pela beleza da apresentação, as damas e os cavalheiros e mesmo os criados ficaram imóveis em silêncio, escutando com enlevada atenção, e deixaram seus corações se inundarem, de todas as maneiras, pela música que ele produzia.

Serafina apreciava o som, mas também observava os dedos habilidosos. Eles se moviam tão rápido sobre as cordas que a faziam recordar os pequenos camundongos correndo, e ela quis lançar-se sobre eles.

Quando o Sr. Thorne terminou a música, todos aplaudiram e o parabenizaram, principalmente o Sr. Bendel, que ria, incrédulo.

– Você nunca deixa de me surpreender, Thorne. Atira como um profissional, fala russo fluentemente e agora toca violino como Vivaldi! Diga-nos, homem, existe alguma coisa em que você *não* seja bom?

– Bem, certamente não sou um cavaleiro tão habilidoso quanto você, Sr. Bendel – disse o Sr. Thorne enquanto pousava o violino. – E devo acrescentar que isso me aborrece bastante.

– Ora, ora, parem as máquinas! – gritou o Sr. Bendel. – Afinal de contas, o homem tem um ponto fraco! – Depois olhou para a Sra. Vanderbilt com um sorriso. – Então, quando exatamente vamos sair para a nossa cavalgada?

Os outros hóspedes riram dos dois cavalheiros enquanto gracejavam um com o outro, e Serafina sorriu. Ela apreciava observar o espírito de camaradagem daquela gente. Invejava a forma como falavam uns com os outros, e tocavam um ao outro, e compartilhavam suas vidas. Era diferente demais do seu mundo, de sombras e solidão. Ela observou uma jovem mulher inclinar a cabeça e sorrir enquanto pousava a mão no braço de um jovem cavalheiro. Serafina tentou imitar o gesto.

— Você está perdida? — alguém perguntou atrás dela.

Com o susto, Serafina girou rápido e já ia começar a rosnar, mas logo se conteve. Um menino estava parado na frente dela. Um enorme dobermann preto com orelhas pontiagudas sentava-se ao seu lado, encarando-a fixamente.

O menino vestia um belo casaco de montaria em tweed, um colete de botões, culotes de lã e botas de couro de cano longo. Sua aparência era um pouco pálida, até mesmo um pouco frágil, mas ele tinha olhos sensíveis e vigilantes, além de um atraente cabelo castanho ondulado. E estava ali parado, olhando para ela.

Serafina usou cada grama de sua coragem para não fugir correndo. Não sabia o que fazer. Será que ele pensava que ela era uma malandra que tinha invadido a casa? Ou talvez ela parecesse uma criada desorientada — talvez uma limpadora de chaminés ou de janelas. De qualquer modo, ela sabia que estava empacada. Ele a havia apanhado em flagrante, exatamente onde ela não deveria estar.

— Você está perdida? — o menino repetiu a pergunta, mas dessa vez ela captou na voz dele um estranho tom de gentileza. — Posso ajudar a achar seu caminho? — Ele não era tímido ou inibido, mas também não era arrogante ou demasiado confiante. E ela ficou surpresa ao reparar que ele não parecia zangado por ela estar ali. Havia um toque de curiosidade na voz dele.

— E-e-eu não estou perdida — ela gaguejou. — Estou apenas...

— Está tudo bem — avisou ele aproximando-se. — Eu ainda me perco às vezes, e olha que moro aqui há dois anos.

Serafina inspirou com força. De repente, percebeu que estava falando com o jovem amo, o sobrinho do Sr. Vanderbilt. Ela já o tinha visto muitas vezes, diante da janela do quarto olhando para as montanhas, ou galopando em seu cavalo ao redor do terreno, ou caminhando sozinho nas trilhas com o cachorro — ela o observava havia anos, mas nunca estivera tão perto dele assim.

Quase tudo que sabia sobre o menino ela havia escutado por acaso das conversas dos criados, e, no que dizia respeito ao jovem amo, eles realmente adoravam uma fofoca. Quando ele tinha dez anos, a família havia morrido num incêndio e ele ficara órfão. O tio o havia acolhido. Ele se tornara como um filho para os Vanderbilt.

Ele era conhecido como um menino solitário. Algumas das pessoas menos caridosas sussurravam que o jovem amo preferia a companhia do seu cão e do seu cavalo à da maioria das pessoas. Ela havia escutado também os homens nas cocheiras contando que ele conquistara muitos prêmios em competições equestres, e era considerado um dos cavaleiros mais talentosos dos arredores. As cozinheiras, que se orgulhavam de preparar as refeições mais finas e requintadas, reclamavam que ele sempre partilhava a comida do prato com o dobermann.

– Explorei em detalhes todos os cômodos do primeiro, do segundo e do terceiro andares – o jovem amo lhe disse –, e os estábulos, claro, mas as outras partes da casa são como terra estrangeira para mim.

À medida que o menino falava, ela podia dizer que ele estava tentando ser educado, mas seus olhos continuavam estudando-a. Era de dar nos nervos. Depois de ter se escondido durante todos aqueles anos, era uma sensação estranhíssima ter alguém efetivamente olhando para ela. Fazia seu estômago se revirar, ao mesmo tempo que a pele formigava toda. Ela sabia que devia parecer completamente ridícula diante dele vestindo os trapos da camisa velha do pai, e ele devia ter notado que suas mãos estavam imundas e havia manchas de sujeira em todo o seu rosto. O cabelo dela estava tão despenteado quanto o de uma bruxa e não havia como esconder suas mechas coloridas. O que ele podia fazer senão encarar?

Ela supunha que ele conhecia a maior parte dos hóspedes e criados, e podia perceber que tentava imaginar quem seria ela. Como deveria parecer deslocada naquele ambiente aos olhos dele! Ela tinha dois braços e duas pernas como todo mundo, mas sabia que, com suas maçãs do rosto salientes e os olhos dourados, não parecia uma menina normal. Não importava o quanto comesse, não conseguia acrescentar um grama à magreza indomável de seu corpo. Não tinha certeza se se parecia, para o menino Vanderbilt, mais com uma leitoazinha magrela ou uma doninha miúda e selvagem, mas nenhum desses animais pertencia à casa.

Havia uma parte dela – talvez a parte esperta – que queria dar meia-volta e correr, mas pensou que talvez o jovem amo pudesse ser a pessoa perfeita para ela contar a respeito da garota de vestido amarelo. Os adultos com suas rendas sedosas, ar pretensioso, não concederiam atenção alguma a uma garota com o rosto sujo. No entanto, talvez *ele* concedesse.

– Meu nome é Braeden – finalmente ele se apresentou.

– Meu nome é Serafina – ela deixou escapar antes que conseguisse se controlar. *Sua boba! Por que você disse o seu nome?* Já era uma situação ruim o bastante que ela tivesse se deixado ver, mas agora ele tinha um nome para ligar ao rosto. O pai dela ia matá-la!

– Prazer em conhecer você, Serafina – ele fez uma pequena reverência, como se ela merecesse o mesmo respeito que uma verdadeira dama. – Este é o meu amigo Gideão – continuou ele, apresentando o cachorro, que permaneceu sentado, estudando-a malignamente com seus penetrantes olhos negros.

– Olá – ela conseguiu dizer, mas não apreciava a forma como o cão a encarava, como se fosse apenas a ordem do dono que o impedisse de cravar nela seus cintilantes caninos.

Juntando toda a sua coragem, ela fitou Braeden Vanderbilt nervosamente.

– Mestre Braeden, vim até aqui para lhe contar uma coisa que eu vi...

– Verdade? O que você viu? – perguntou ele, cheio de curiosidade.

– Havia uma menina, uma menina loura e bonita, com um vestido amarelo, lá embaixo no porão na noite passada, e vi um homem com uma...

À medida que o grupo de damas e cavalheiros começava a fluir para fora da Galeria das Tapeçarias e se dirigir às portas principais, o belo Sr. Thorne se desgarrou e se aproximou de Braeden, interrompendo Serafina.

– Você vem, jovem amo Vanderbilt? – perguntou de forma encorajadora, com seu sotaque sulista. – Nossos cavalos estão prontos, e estou ansioso para ver seus mais recentes truques na equitação. Talvez possamos cavalgar juntos.

O rosto de Braeden se iluminou com um sorriso.

– Sim, Sr. Thorne – ele respondeu. – Eu gostaria muito.

Assim que o Sr. Thorne foi se juntar aos outros, os olhos do jovem amo imediatamente retornaram para Serafina.

— Desculpe, você estava me contando que viu...

Naquele momento, o Sr. Boseman, o superintendente da propriedade e chefe do pai dela, veio subindo a escada em passos duros. Ele sempre fora um ranheta com cara de poucos amigos, e aquele dia não era exceção.

— Você aí, quem é você? — indagou ele, agarrando o braço de Serafina com tanta força que ela estremeceu. — Qual é o seu nome, garota?

Justamente quando ela pensava que a situação não poderia piorar, uma súbita comoção irrompeu no saguão principal. Uma mulher de meia-idade, desgrenhada e acima do peso, ainda vestindo camisola, desceu correndo a Grande Escadaria, vinda do terceiro andar. Ela foi de encontro ao grupo em um ataque de histeria e pânico.

— É a Sra. Brahms — disse o Sr. Boseman, virando-se em direção ao local do tumulto.

— Alguém viu a minha Clara? — gritava a Sra. Brahms freneticamente, agarrando as pessoas ao redor. — Por favor, me ajudem! Ela desapareceu! Não consigo encontrar a Clara em lugar nenhum!

A Sra. Vanderbilt avançou e tomou as mãos da mulher em uma tentativa de acalmá-la.

— É uma casa muito grande, Sra. Brahms. Estou certa de que a Clara está só por aí, explorando os aposentos.

Conversas carregadas de preocupação se espalharam por todo o grupo. As damas e os cavalheiros prontos para cavalgar começaram a falar uns com os outros confusamente, imaginando o que estaria acontecendo.

Senhorita Clara Brahms, pensou Serafina. *Essa é a menina de vestido amarelo.*

Durante todo o tempo, o Sr. Boseman continuava com a mão colada no braço dela.

Ela queria dar um pulo para frente e contar para todo mundo o que tinha visto, mas o que aconteceria? *De onde você veio?* Eles exigiriam uma resposta. *O que você estava fazendo no porão no meio da noite?* Haveria todo tipo de perguntas que ela não podia responder.

De repente, o Sr. George Vanderbilt, o proprietário da casa, caminhou para o centro do grupo e levantou as mãos.

— Amigos, posso ter sua atenção, por favor? — solicitou. Todos os hóspedes e criados imediatamente interromperam a conversa e se puseram a escutar. — Estou certo de que todos concordam que precisamos adiar nosso passeio e procurar pela Srta. Brahms. Assim que ela for encontrada, vamos retomar as atividades do dia.

George Vanderbilt era um cavalheiro magro, na faixa dos trinta anos, de cabelo escuro, ar inteligente, com um bigode grosso e olhos escuros, vivos e perspicazes. Era conhecido por seu amor pela leitura, mas também era um homem bem-disposto e de aspecto saudável, que aparentava ter menos idade do que realmente tinha. E Serafina não era a única a pensar assim. Ela havia escutado os criados na cozinha brincarem que o seu amo devia ter descoberto secretamente a Fonte da Juventude. O Sr. Vanderbilt vestia-se de modo apurado, e, assim como ela admirava a sua presença dominante, não conseguia deixar de também notar seus trajes. Em especial, os sapatos. Como os outros cavalheiros presentes, ele usava um casaco de montaria, mas, ao invés de botas de hipismo, calçava caros sapatos de verniz preto. À medida que caminhava a passos largos no meio da superfície dura do chão de mármore, os sapatos produziam um estalido familiar... o mesmo som que ela ouvira nos corredores do porão na noite anterior.

Ela olhou para os sapatos dos outros homens. Braeden, o Sr. Thorne e o Sr. Bendel usavam botas de montaria, em preparação ao passeio que fariam, mas o Sr. Vanderbilt calçava sapatos formais.

Ele se aproximou da mãe da menina desaparecida e a consolou.

— Vamos virar a propriedade do avesso, vasculhar cada canto desta casa, Sra. Brahms. Não desistiremos até encontrarmos sua filha. — Ele se virou para os presentes e fez um gesto também para os lacaios e as criadas. — Vamos nos dividir em cinco equipes de busca — explicou. — Vamos procurar por todos os quatro andares e também pelo porão. Se alguém encontrar alguma coisa suspeita, que relate de imediato.

As palavras do Sr. Vanderbilt encheram de medo o coração de Serafina. Eles iriam procurar no porão! O porão! Isso significava a oficina! Com uma potente torção do corpo, ela se arrancou das mãos do Sr. Boseman e fugiu em disparada antes que ele conseguisse detê-la. Lançou-se impetuosamente pela escada abaixo até o porão. Tinha que avisar ao pai. Os restos do jantar da noite anterior, o colchão onde ela dormia... eles precisavam esconder tudo.

𝒮*erafina correu até* o pai na oficina e agarrou o braço dele, tentando falar e recuperar o fôlego ao mesmo tempo:

— Pa, tem uma garota sumida como eu falei, e o Sr. Vanderbilt está vasculhando a casa inteira! — As palavras foram cuspidas com um misto de urgência e orgulho. Conforme apressadamente lembrava ao pai o que havia visto na noite anterior, teve a certeza de que agora ele veria que ela não estava sonhando ou inventando histórias.

— Eles tão vasculhando a casa?!? — assustou-se o pai, ignorando todo o resto. Ele se virou e rapidamente recolheu do banco seus apetrechos de cozinha e o barbeador, e depois arrastou o colchão dela para o esconderijo secreto que ele próprio havia construído atrás da estante de ferramentas. Não poderia haver evidências de que moravam ali quando a equipe de busca chegasse.

— E a garota que eu vi sumir? — perguntou Serafina, confusa. Não conseguia entender por que ele não mostrava mais interesse pelo que ela estava contando.

— Crianças não somem do nada, Sera — explicou enquanto continuava a esconder tudo.

O coração dela se apertou. Ele ainda não acreditava.

Seu pai deu uma olhada em volta do cômodo uma última vez para se certificar de que não tinha deixado passar nada, e depois olhou para ela. Por um instante, Serafina pensou que ele finalmente iria escutar o que ela estava falando, mas então ele apontou para a escova de cabelos dela e soltou:

— Pelo amor de Deus, menina, junte suas coisas!

— Mas e o Homem da Capa Preta? — argumentou.

— Não quero você pensando em nada disso — ralhou ele. — Não foi nada, só um pesadelo. E assunto encerrado.

Serafina se retraiu com aquelas palavras. Não conseguia entender por que ele estava sendo tão cruel. Mas podia notar a preocupação na voz dele junto com a raiva, e, a distância, podia ouvir a equipe de busca descendo as escadas. Sabia que não era só a ameaça da descoberta que o assustava. Ele detestava qualquer conversa sobre o sobrenatural ou qualquer tipo de forças sombrias e demoníacas do mundo que não fosse capaz de rebater com seus alicates, martelos e chaves de fendas.

— Mas é verdade! — insistiu ela. — A garota realmente sumiu, Pa. Estou falando a verdade!

— Uma garotinha se perdeu, só isso, e eles tão procurando e vão acabar encontrando, seja onde for. Bota sua cabeça no lugar. As pessoas não somem assim do nada. Ela tem que estar em algum lugar.

Serafina estava parada no meio do quarto.

— Eu acho que nós dois devíamos sair agora e contar a eles o que eu vi — ela declarou de modo atrevido.

— Não, Sera — disse ele. — Eles vão ficar fulos de raiva se me encontrarem morando aqui. Vão me demitir. Você entende isso? E sabe lá Deus o que vão fazer contigo. Eles nem sabem que você existe, e vamos manter a coisa dessa maneira. Tô dando uma ordem, menina. Me ouviu bem?

O som da equipe de busca podia ser ouvido no corredor, e estava indo na direção deles.

Trincando os dentes, Serafina balançou a cabeça, frustrada, e ficou parada diante dele.

— Por que, Pa? Por quê? Por que as pessoas não podem me ver? — Ela não tinha coragem de contar a ele que pelo menos um Vanderbilt já a vira, e que sabia o nome dela. — Apenas me diga, Pa, seja o que for. Já tenho doze anos. Já sou crescida. Mereço saber.

— Olhe, Sera — disse ele —, na noite passada, alguém sabotou o gerador, fez um estrago grande e não tenho certeza se vou ser capaz de consertar. Se não conseguir arrumar aquilo até a noitinha, com certeza vai ser um inferno pro patrão. As luzes, os elevadores, o sistema de chamada dos empregados... a mansão inteira depende da máquina de Edison.

Ela tentou imaginar alguém entrando sorrateiramente na sala de máquinas e danificando o equipamento.

— Mas por que alguém ia fazer isso, Pa?

A equipe de busca estava passando pelas cozinhas e chegaria à oficina a qualquer momento.

— Não tenho tempo pra pensar nisso. — Ele se moveu na direção dela com seu corpo imenso. — Só preciso fazer ele funcionar, só isso. Agora, faz o que eu mandei!

Ele percorreu a oficina e escondeu as coisas com tanta rispidez, descaso e violência que a amedrontou. Ela rastejou para trás do aquecedor e ficou só observando. Sabia que, quando o pai estava assim, era impossível conseguir alguma coisa com ele. Ele queria apenas ficar sozinho para exercer sua função e trabalhar nas suas máquinas. Mas o assunto a estava corroendo, e, quanto mais pensava naquilo, mais aborrecida ficava. Sabia que não era a melhor hora para conversar com ele sobre tudo o que estava pensando e sentindo, mas não se importava. E simplesmente despejou tudo.

— Me desculpa, Pa — começou ela. — Sei que você está ocupado, mas por favor apenas me diga por que não quer deixar ninguém me ver. — Ela saiu de trás do aquecedor e o encarou, sua voz se elevando agora. — Por que você me escondeu todos esses anos? — questionou. — Apenas me diga o que tem de errado comigo. Eu quero saber. Por que você tem vergonha de mim?

Quando terminou, estava praticamente gritando com ele. Sua voz estava tão alta e estridente que chegava a ecoar.

O pai parou subitamente e olhou para ela. Serafina sabia que finalmente havia alcançado o íntimo dele e capturado seu coração blindado. Havia finalmente mexido com ele. Sentiu um súbito impulso de retirar tudo o que havia dito e sair correndo para trás do aquecedor novamente para se esconder, mas não fez isso. Ficou parada diante dele e o olhou da maneira mais firme que conseguiu, os olhos se enchendo de lágrimas.

Ele permaneceu completamente imóvel perto do banco, as mãos enormes fechadas. Uma visível onda de dor e desespero pareceu atravessá-lo de uma só vez, e por um minuto ele não conseguiu falar.

— Não tenho vergonha de você — disse ele de modo áspero, a voz estranhamente rouca. A equipe de busca estava agora a apenas um cômodo de distância.

— Você tem, sim — rebateu ela. Estava tremendo de medo, mas não ia desistir dessa vez. Queria sacudi-lo. Queria abalar a estrutura dele. — Você tem vergonha de mim! — repetiu.

Ele se virou de modo que ela não pudesse ver seu rosto, apenas a nuca e seu robusto e volumoso corpo. Diversos segundos de silêncio se passaram. Então ele balançou a cabeça como se estivesse discutindo consigo mesmo, ou furioso com ela, ou as duas coisas — Serafina não tinha certeza.

— Só fica de boca calada e me segue — pediu ele enquanto se virava e saía da oficina.

Saindo apressada atrás dele, ela o alcançou no corredor. Uma náusea violenta se espalhava por todo o seu corpo. Não sabia para onde ele a estava levando ou o que aconteceria. Mal conseguia respirar enquanto ele a guiava pelas estreitas escadas de pedra para o subporão e para dentro da sala de eletricidade com o gerador de ferro e grossos cabos pretos que pareciam gigantescas teias de aranha subindo pelas paredes. Eles haviam deixado a equipe de busca para trás, pelo menos por um tempinho.

— Nós vamos nos esconder aqui — disse ele enquanto fechava a porta com uma batida surda e passava a chave. Então, ele acendeu um lampião para cortar a escuridão, e ela percebeu que nunca o vira tão sério, tão tenso e pálido. Isso a assustou.

— O que está acontecendo, Pa? — perguntou, a voz trêmula.

— Senta — pediu. — Você não vai gostar do que eu vou te contar, mas pode te ajudar a entender.

Serafina engoliu em seco, sentou-se em um velho carretel de madeira para enrolar fios de cobre e se preparou para escutar. Seu pai se sentou no chão de frente para ela, as costas contra a parede. Com a cabeça baixa e perdido em seus pensamentos, ele desatou a falar.

— Uns anos atrás, eu tava trabalhando de mecânico no pátio ferroviário de Asheville — começou ele. — O encarregado e a mulher dele tinham acabado de ganhar o terceiro filho, um menino, e a casa deles tava cheia de alegria, mas enquanto todo mundo tava comemorando, eu fiquei sentado ali sozinho meio com pena de mim mesmo. Eu não me orgulho da maneira como tava bebendo naquela noite, mas as coisas não tavam funcionando pra mim da maneira como deviam ser na vida de qualquer homem. Eu queria conhecer uma boa moça, construir uma casa na cidade e ter meus próprios filhos, mas os anos foram passando e isso não tinha acontecido. Eu era um homem grande e não muito agradável de olhar. Suava o dia inteiro nas máquinas e nas poucas vezes em que encontrava uma mulher, nunca conseguia achar as palavras certas. Eu podia falar sobre porcas e parafusos até amanhecer, mas não muito mais do que isso.

Ela abriu a boca para fazer uma pergunta, mas não queria interromper a história que estava finalmente extraindo do pai.

— Naquela noite, enquanto todo mundo se divertia — continuou ele —, eu tava me sentindo muito mal e saí. Fui fazer uma longa caminhada, só andando, como a gente faz quando tem tanta coisa na cabeça que não dá pra fazer mais nada. Eu me embrenhei pela floresta, até o desfiladeiro do rio e na direção das montanhas. Quando a noite veio, eu só fiz continuar andando.

Era difícil para ela imaginar o pai circulando pela floresta. Todas as vezes em que ele a havia alertado sobre a floresta a levaram a acreditar que nunca pisara lá. Ele detestava a floresta. Pelo menos era o que dizia.

— Você estava com medo, Pa?

— Não, não tava não — disse ele, balançando a cabeça e ainda olhando para o chão. — Mas devia.

Serafina e a Capa Preta

— Por quê? O que que aconteceu? — Ela nem podia imaginar o que era. A oscilação do lampião produzia uma sombra sinistra no rosto dele. Ela sempre tinha adorado as histórias que ele contava, mas essa parecia mais real e comovente do que qualquer outra que ele já tivesse contado.

— Enquanto eu tava andando pela floresta, ouvi um barulho esquisito de uivo, como um bicho se contorcendo de dor, uma dor horrível. Alguma coisa se mexia furiosamente nos arbustos, mas eu não conseguia entender o que era.

— Alguma coisa tava morrendo, Pa? — Ela se inclinou na direção dele.

— Acho que não — disse ele, erguendo o olhar para ela. — A agitação nos arbustos continuou por um tempo e aí o barulho parou quase que de repente. Eu pensei que tinha acabado, mas então notei dois olhos amarelos, cor de âmbar, me observando na escuridão. Qualquer que fosse o tipo de homem ou animal, a criatura andou em círculos em volta de mim, tomando uma posição e depois outra, me estudando com muito cuidado, como se estivesse tentando tomar uma decisão a meu respeito, se valia a pena me comer ou apenas me deixar pra lá. Eu senti um poder de verdade por trás daqueles olhos. Mas então os olhos sumiram. A criatura tinha ido embora. E eu ouvi um estranho som de choro, um choramingo.

Ela endireitou as costas e olhou para ele.

— Choro? — perguntou, confusa. Aquilo definitivamente não era o que estava esperando.

— Eu procurei no meio dos arbustos. O chão tava coberto de sangue, e no sangue tinha um amontoado de pequenas criaturas. Três tavam mortas, mas uma ainda tava viva, mas quase morta.

Serafina se levantou do carretel de madeira e se agachou do lado do pai. Ela o fitava, totalmente absorvida pela história. Na sua mente, podia ver as criaturas ensanguentadas no chão.

— Mas que tipo de criatura? — ela perguntou, impressionada.

Ele balançou a cabeça.

— Como todas as outras pessoas que vivem nessas montanhas, eu ouvia as histórias sobre magia negra, mas nunca tinha dado muito crédito até aquela noite. Eu examinei a que ainda estava viva o melhor que pude, mas não conseguia descobrir que tipo de coisa era. Ou talvez minha mente apenas não quisesse acreditar. Mas quando finalmente peguei a criaturinha nas minhas mãos e segurei no colo, percebi que na verdade era um bebê humano muito miúdo todo enrolado como uma pequena bola.

Os olhos de Serafina se arregalaram de surpresa.

— O quê? Espera. Não estou entendendo. O que aconteceu? Como um bebê foi parar lá?

— A mesma pergunta ficou passando pela minha cabeça, pode acreditar, mas de uma coisa eu tinha certeza: independentemente de como ele tinha vindo ao mundo, eu precisava ajudar aquele bebê. Então, embrulhei a criaturinha no meu casaco, desci o morro e carreguei ela pra fora da floresta. Levei o bebê para as parteiras do convento e implorei pra elas ajudarem, mas elas ficaram chocadas quando viram, murmurando que aquilo era coisa do diabo. Elas disseram que a criatura era malformada, que tava perto da morte e que não tinha nada que elas pudessem fazer pra ajudar.

— Mas por quê?!? — Serafina exclamou, indignada. — Isso é horrível! Isso é muito cruel! — Só porque alguma coisa é diferente, não quer dizer que você simplesmente tenha o direito de jogar fora. Ela não conseguia deixar de pensar em como era o mundo real. A atitude das parteiras quase a incomodou mais do que a ideia de uma fera de olhos amarelos espreitando na noite. Mas sentiu uma renovada admiração pelo pai ao imaginar suas mãos imensas e quentes em volta do corpo frágil daquele bebê, passando calor para ele, mantendo-o vivo.

Seu pai tomou uma longa, profunda e aflita inspiração enquanto se lembrava daquela noite, e então continuou a história.

— Você precisa entender que a pobrezinha nasceu com os olhos colados, Sera, e as freiras disseram que ela nunca ia enxergar. Tinha nascido surda, e elas disseram que ela nunca ia escutar. E era fácil de ver que ela tinha quatro dedos em cada pé em vez de cinco, mas esse era o menor dos problemas. A clavícula era malformada, a coluna era toda torta, toda curvada, e não parecia nem um pouco que ela ia conseguir sobreviver.

O choque a atingiu como uma explosão. Ela olhou para o pai, atônita.

— Eu sou o bebê! — gritou, levantando-se de um salto. Não era só uma história, essa era a história *dela*. Serafina havia nascido na floresta. Isso significava que seu pai a *achara* e a levara. Ela era como uma raposa bebê que fora criada por um coiote. Ela ficou parada na frente do pai. — Eu sou o bebê! — repetiu.

O pai olhou para ela, que viu a verdade piscando nos olhos dele, mas ele não a confirmou. Não disse nem que sim nem que não. Era como se ele não conseguisse conciliar sua lembrança daquela noite escura com a filha que tinha agora, e tivesse que contar a história da única maneira que conseguia: como se não fosse dela.

— Os ossos das costas do bebê não eram conectados uns com os outros da maneira como deviam — continuou ele. — As freiras ficaram apavoradas com a ideia de cuidar da criança, como se ela fosse um tipo de filhote do demônio, mas pra mim ela era um nenenzinho, um bichinho, e você não abandona uma coisinha assim. Que importa quantos dedos ela tem!

Serafina se ajoelhou no chão na frente dele, tentando entender aquilo tudo. Estava começando a ver o tipo de homem que seu pai era e talvez de onde ela tinha tirado um tanto da sua própria teimosia. Mas era tudo tão confuso. Como podia ter qualquer coisa dele, se nem era sua filha?

— Eu levei o bebê embora, com medo das freiras afogarem ele.

— Eu odeio essas freiras — ela declarou, enojada. — Elas são horríveis!

Ele balançou a cabeça, não em desacordo, mas sinalizando que as freiras não significavam nada porque elas eram o menor dos problemas.

— Eu não tinha comida apropriada — disse ele —, então invadi o celeiro de um fazendeiro, ordenhei uma cabra e roubei uma mamadeira também. Fiquei envergonhado de fazer essas coisas, mas eu precisava de comida pra ela, e não consegui encontrar uma saída melhor. Naquela noite, dei à bichinha sua primeira refeição, e mesmo estando tão mal, e com os olhos ainda fechados, ela entornou tudo direitinho, e eu me lembro de rezar para que de alguma maneira aquele leite ajudasse. Quanto mais eu segurava ela no colo e assistia enquanto ela mamava, mais eu queria que ela vivesse.

— Então o que aconteceu? — Ela deslizou para mais perto dele. Sabia que do lado de fora da porta trancada da sala de eletricidade, em algum lugar acima deles, os moradores legítimos da Mansão Biltmore estavam vasculhando cômodo por cômodo, mas ela já não se importava. – Continua, Pa – incentivou.

– Eu procurei uma mulher que pudesse ser uma mãe apropriada para o bebê, mas ninguém quis. Elas tinham certeza que a menina ia morrer. Mas duas semanas depois, enquanto eu tava consertando um motor com uma das mãos e dando mamadeira pra bichinha com a outra, algo aconteceu. Ela abriu os olhos pela primeira vez e olhou direto pra mim. Tudo o que eu consegui fazer foi olhar de volta pra ela. Tinha uns olhões amarelos e lindos que não paravam. Eu descobri ali, naquele momento, que eu era dela, e ela era minha, que éramos parentes agora, e não tinha como negar isso.

Serafina estava tão hipnotizada com a história que mal piscava. Os olhos amarelos dos quais seu pai falava ainda estavam olhando para ele, como haviam feito pelos últimos doze anos.

Ele esfregou a boca lentamente com as costas da mão, deu uma espiada no gerador e então continuou a história.

– No tempo que se seguiu, eu alimentei a bichinha toda manhã e toda noite. Dormia com ela enfiada debaixo do braço. Fiz um berço pra ela numa velha caixa de ferramentas e deixava ela do meu lado enquanto eu trabalhava. Quando ela começou a crescer um pouco, eu ensinei ela a engatinhar e a se virar por ali. Estava tentando ao máximo tomar conta dela direitinho, porque agora ela era minha, mas as pessoas começaram a fazer perguntas e uns sujeitos do governo começaram a aparecer. Homens com distintivos e armas. Uma noite eu tava fora trabalhando no pátio ferroviário, e três desses homens esperaram até a criança se afastar um pouco, e então eles encurralaram ela, deixaram ela sem saída. Eles iam levar ela embora e colocar em algum lugar, Deus sabe lá onde, ou talvez coisa ainda pior. Eu bati no primeiro agente tão forte que ele caiu sangrando e não levantou mais, depois acertei o segundo e parti pra cima do terceiro, mas ele deu no pé. A bichinha tava ótima, graças a Deus, mas eu sabia que a gente tava encrencado. Eles iam voltar com mais homens da próxima vez, com algemas pra mim e uma gaiola pra ela. Eu vi então que a gente tinha que ir embora. A gente tinha que escapar dos olhos curiosos e das bocas tagarelas da cidade. Então eu me demiti do serviço e arrumei um emprego novo no alto das montanhas, trabalhando na construção de uma grande casa.

Serafina soltou um suspiro quando percebeu que ele não estava apenas escondendo o bebê; estava *se* escondendo também. *É por isso que estamos no porão*, compreendeu enquanto uma onda de alívio atravessava seu corpo. Ele a estava protegendo.

– Eu cuidei dela nas horas boas e também nas horas ruins – seu pai continuou –, fazendo tudo o que podia, e com os anos a pequena e estranha criatura que encontrei na floresta cresceu e virou uma admirável garotinha, e eu me esforcei ao máximo para esquecer como ela chegou ao mundo ou como eu peguei ela.

E então, finalmente, ele fez uma pausa e olhou sério para Serafina.

– E essa é você agora, Sera – concluiu. – Essa é você. Dá para ver que você não é como as outras garotas, mas não é deformada nem monstruosa como aquelas freiras disseram que você ia ser. Você é extremamente graciosa nos seus movimentos, veloz e ágil como eu nunca vi. Não é surda nem cega como elas disseram, muito pelo contrário. Eu venho protegendo você todos os dias pelos últimos doze anos, e a verdade é a seguinte: foram os melhores doze anos da minha vida. Você é o mundo pra mim, menina. Não tem vergonha nenhuma aqui, de jeito nenhum, apenas um desejo forte de manter nós dois vivos e em segurança.

Quando ele parou e olhou firme para ela com seus intimidantes olhos escuros, Serafina percebeu que estava chorando e rapidamente enxugou as lágrimas antes que ele ficasse aborrecido com ela por chorar. De alguma maneira, nunca se sentira tão íntima do pai quanto naquele momento, pois a história dele havia atingido seu coração, mas havia uma outra coisa a perturbando também: seu pai não era seu pai. Ele a havia encontrado na floresta e a levado. Havia mentido para ela e para todo mundo a vida inteira. Todos esses anos tinha se recusado a conversar sobre a mãe dela, apenas a deixando imaginar coisas, e agora aqui estava a resposta. A verdade. As lágrimas continuavam a descer pela sua face. Sentiu-se uma perfeita idiota por imaginar as damas elegantes e a história de sua mãe esquecendo-a na máquina de lavar roupas, e tudo o que costumava pensar a respeito quando era pequena. Havia passado incontáveis horas imaginando de onde tinha vindo, e ele soubera disso o tempo inteiro.

— Por que não me contou? — perguntou ela ao pai.

Ele não respondeu.

— Por que não me contou, Pa? — ela repetiu a pergunta.

Mirando o chão, ele balançou a cabeça lentamente para os lados.

— Pa...

Afinal, ele respondeu:

— Porque eu não queria que fosse verdade.

Ela parou e olhou para ele em choque.

— Mas é verdade, Pa. Você não pode simplesmente desejar que as coisas não sejam verdadeiras quando elas são!

— Me desculpa, Sera — pediu ele. — Eu só queria que você fosse minha menininha.

Ela estava zangada, muito zangada, mas sentiu um nó na garganta. Finalmente ele havia ido fundo no próprio coração e dito a ela o que estava guardado, o que estava sentindo, do que tinha medo, ou o que sonhava.

E o que ele havia sonhado era *ela*.

Ela trincou os dentes, respirou fundo pelo nariz e o fitou.

Estava zangada e confusa e admirada e eufórica e amedrontada, tudo ao mesmo tempo. Finalmente conhecia a verdade. Pelo menos uma parte dela.

Agora Serafina sabia que não apenas se *sentia* diferente, ela *era* diferente. Pensar nisso a deixava apavorada: ela era uma criatura da noite.

Tinha vindo da floresta que seu pai havia lhe ensinado a temer a vida toda e na qual a havia proibido de entrar. Pensar que tinha vindo daquele lugar lhe dava arrepios, a assustava, mas ao mesmo tempo havia uma estranha confirmação naquilo, quase um alívio. De uma maneira tortuosa, fazia sentido para ela.

Ela olhou para o pai, sentado com as costas apoiadas na parede. Agora que finalmente havia contado a história dela, parecia exausto, como um homem que tivesse dividido uma carga pesadíssima.

Ele se levantou do chão, esfregou as mãos e andou lentamente para o outro lado da sala, perdido em seus pensamentos.

— Sinto muito, Sera — disse ele. — Acho que você saber disso tudo não vai te fazer bem nenhum, mas você tá certa, tá crescendo, e merece saber. — Ele se aproximou dela, se agachou e a segurou de modo que pudesse olhar no rosto da filha. — Mas não importa o que você vai fazer com isso, eu só quero que você se lembre de uma coisa: não tem nada errado com você, Sera, nada mesmo, entendeu?

— Sim, entendi, Pa — disse ela, confirmando com a cabeça e enxugando as lágrimas. Caía uma tempestade no seu coração, mas de uma coisa ela tinha certeza: seu pai acreditava nela. Porém, ali mesmo, enquanto permanecia imóvel olhando para o pai, pensamentos e perguntas começaram a passar pela cabeça de Serafina.

Será que ela teria que se esconder para sempre? Será que algum dia ela se entrosaria com as pessoas de Biltmore? Será que algum dia poderia ter amigos? Ela era uma criatura da noite, mas que poderes isso lhe conferia? Olhou para as próprias mãos. Se deixasse crescer as unhas, será que virariam garras?

A distância, ouviu o som da equipe de busca se movendo pelo porão e tentou bloquear o som. Voltou a olhar para o pai. Após uma longa pausa, calmamente fez a pergunta que se formara na sua cabeça.

— E a minha mãe?

Seu pai fechou os olhos por um segundo, enquanto inspirava longa e profundamente, e então abriu os olhos, fitou-a e falou com uma suavidade atípica:

— Sinto muito, Sera. A verdade é que eu não sei direito. Mas quando eu vejo ela na minha mente, acho que ela deve ter sido linda, amável e forte. Ela lutou com muita garra para trazer você ao mundo, Sera, e queria ficar com você, mas sabia que não podia. Eu não sei por que não podia. Mas ela me deu você pra amar e cuidar, e por isso sou muito grato.

— Então talvez ela ainda esteja por aí em algum lugar... — A voz de Serafina estava trêmula, vacilante. A história do pai a havia feito se sentir como se um tornado estivesse girando dentro dela, mas pensar na sua mãe pareceu a explosão do sol surgindo entre nuvens de tempestade.

— Talvez — ele soltou, devagar.

Ela olhou para ele.

— Pa, você acha… você acha que… você sabe se ela era humana ou…

— Não quero ouvir nem uma palavra sobre isso — interrompeu ele, balançando a cabeça. Ela percebeu, pela tensão da boca do pai, como aquela pergunta o deixara aborrecido. — Você é minha garotinha — disse ele. — É nisso que eu acredito.

— Mas na flores… — ela começou.

— Não — ele cortou —, eu não quero que pense nisso. Você mora aqui. Comigo. Esta é a sua casa. Eu já disse antes, e vou dizer de novo, Sera: nosso mundo é cheio de mistérios, coisas que a gente não entende. Nunca vá para as profundezas da floresta, há muitos perigos lá, tanto escuros quanto claros, e eles tentarão seduzir a sua alma.

Serafina encarou o pai por um longo tempo, tentando compreender suas palavras. Podia ver a seriedade nos olhos dele, e ela também sentia isso, bem no fundo do coração. Seu pai era a única pessoa que ela tinha no mundo.

Ela ouviu os homens descendo o corredor do lado de fora da porta. Eles estavam procurando nas salas do subporão. Os pelos dos braços dela se arrepiaram, avisando-a para correr.

Olhou para o pai. Depois de tudo o que ele tinha feito por ela, contando sua história, não queria tocar no assunto de novo, não queria deixá-lo zangado novamente, mas precisava fazer uma última pergunta.

— E quanto ao homem que pegou a garota de vestido amarelo? Que tipo de demônio é ele, Pa? Ele vem da floresta ou você acha que ele é um dos grã-finos com roupas elegantes lá de cima?

— Não sei. Tenho rezado a Deus para ser só uma invenção da sua imaginação.

— Não é, Pa — garantiu ela suavemente.

Ele não queria mais discutir com ela, mas a encarou fixamente.

— Num mete na cachola que cê vai sair por aí, Sera — disse ele. — É perigoso demais pra gente. Agora você sabe por quê. Sei que cê tá se coçando pra ajudar a menina, e isso é muito bonito, mas não se preocupa com a garota. Ela é parente deles, não da gente. Eles não carecem da nossa ajuda. Eles vão encontrar ela. Fica fora disso.

Nesse momento, alguém bateu na pesada porta de madeira da sala de eletricidade.

— Estamos fazendo uma busca na casa! — um homem gritou.

Serafina olhou em volta, mesmo sabendo que não havia outra saída.

— Abra a porta! — gritou outro homem. — Abra agora!

No momento em que o pai de Serafina abriu a porta, o Sr. Boseman e mais outros homens irromperam na sala de máquinas. Serafina se agarrou nos suportes metálicos do teto, escondida entre as centenas de fios de cobre que corriam para os andares de cima.

Enquanto seu pai iniciava uma complexa explicação de exatamente como um dínamo gerava eletricidade para os perplexos homens, Serafina rastejou ao longo do teto, pulou para o chão atrás deles sem fazer barulho e disparou pela porta aberta.

Ela desceu o corredor desabalada e rastejou para dentro de uma pequena calha de carvão, e depois se encolheu no meio da escuridão e ficou de cócoras.

Sempre gostara de se sentar em silêncio nessa posição em ambientes escuros e confinados. Enquanto espiava para fora através de um buraquinho na porta de ferro da calha e observava os homens passarem por um lado e depois pelo outro, a mente de Serafina ficou matutando sobre a história que o pai havia contado sobre seu nascimento. Estava furiosa por ele ter esperado tanto tempo para contá-la. Será que era realmente verdadeira? Será que ela realmente tinha nascido no chão, certa noite, na escuridão de uma floresta? Sua mãe, fosse quem fosse, devia ser muito corajosa.

Porém, quanto mais ela pensava sobre o assunto, mais começava a crer que talvez a mãe não fora passear pela floresta naquela noite para dar à luz. Talvez já morasse lá. E, se isso fosse verdade, então que tipo de criatura seria sua mãe? E ela então, que tipo de criatura seria? E se o pai tivesse cometido um engano ao tirá-la de lá?

Tudo era tão confuso. Serafina se sentia mais insegura e deslocada do que nunca. De repente, o pai não era seu pai, e Biltmore não era seu lar. E ainda por cima não existia uma mãe.

Ela sabia agora que o pai a vinha escondendo por medo do que as pessoas poderiam fazer com ela. Mas isso ainda a deixava confusa, pois, se o pai a amava, então por que as outras pessoas não podiam gostar dela também? Que diferença fazia a hora em que se dormia e a hora em que se caçava? Pelo visto, parecia que todo mundo devia adorar a sensação de se deitar no raio de sol quentinho de uma janela, ou ver um passarinho voar pelo céu, ou fazer uma caminhada numa noite fresca de lua cheia, ou mesmo sob um magnífico céu estrelado. Ela não tinha certeza se a maioria dos meninos e das meninas da idade dela seriam capazes de capturar um rato ou dois com as mãos nuas, mas também não achava que isso fosse estranho demais.

Um outro grupo à procura da menina passou por ela, e Serafina o observou e balançou a cabeça. Se Clara Brahms estivesse viva e quisesse se esconder, havia uma porção de lugares bons para isso. Os adultos, mesmo aqueles cem que corriam de um lado para o outro em pânico, não pareciam se dar conta de tudo o que era possível em um local como Biltmore. Havia *milhares* de esconderijos. Serafina esperava que, de algum modo, conseguissem encontrar Clara, apesar do que ela tinha visto acontecer na noite anterior, mas achava que eles não conseguiriam. Clara Brahms havia *desaparecido*.

Vocês são barulhentos demais e se movimentam rápido demais, pensou enquanto as buscas prosseguiam. *Nunca vão conseguir encontrar Clara assim. Vocês têm que capturar o rato.*

O pai havia lhe dito para deixar a tarefa para os outros, que não era da conta dela, que nenhum deles era seu parente, mas quem era ele para dizer quem era parente e quem não era? Ele roubava bebês na floresta! E se Clara ainda estivesse viva e precisasse da ajuda dela? Como poderia ficar ali sentada só observando? E se o Homem da Capa Preta voltasse a atacar? Ela decidiu que tinha que achar Braeden Vanderbilt de novo e contar a ele o que tinha visto. Não seria certo omitir isso. Toda vida ela tinha sonhado em fazer uma amizade, mas que tipo de amiga seria em relação a Clara Brahms, se não tentasse ajudá-la?

Quando o corredor ficou vazio, ela rastejou para fora da calha e saiu dali furtivamente. Seu plano era subir de modo sorrateiro, mas, quando passou pela escada cheia de musgo que dava para os níveis mais baixos do porão, começou a pensar se não haveria qualquer vestígio do que tinha acontecido na noite anterior. O jovem sobrinho do dono da residência provavelmente acreditaria mais na sua história se ela conseguisse lhe mostrar algum tipo de evidência do que tinha presenciado.

Desceu as escadas pé ante pé, cada vez mais para baixo, até a escuridão úmida do porão que ficava no último nível do subsolo, chegando ao corredor inclinado com a lama escorrida.

Não conseguia controlar a respiração, que ficava cada vez mais pesada, mas prosseguiu, convencendo a si mesma que estaria segura.

Moveu-se lentamente através da escuridão até chegar ao lugar onde tinha visto o Homem da Capa Preta. Não havia nenhum sinal de Clara Brahms, mas havia gotas vermelhas na parede. No chão, Serafina descobriu um pequenino caco de vidro.

Do lampião quebrado, pensou. *Uma prova.*

Vasculhou o local, mas não encontrou mais nada.

Na volta, seguiu a mesma série de corredores que havia usado para escapar do demônio, ou o quer que fosse. Pesquisou os lugares onde tinha lutado para salvar a própria vida. Localizou alguma coisa caída na base da parede que, à primeira vista, parecia um rato morto, em decomposição. Era do tamanho e da cor de um dos horríveis e nojentos bichos, mas, quando se aproximou, seu nariz se retorceu. Tinha um cheiro desagradável, de algo podre, mas não era um rato. Trincou os dentes e se agachou para examinar o objeto. Era uma luva toda amarfanhada jogada no chão. Imagens da Capa Preta girando ao redor dela surgiram em sua mente, a capa separando-a de tudo o que ela conhecia e amava. *É só uma luva, sua boba*, pensou, sorrindo com seu raciocínio de gato assustado. Porém, quando apanhou a luva, sua boca se contraiu de nojo. Dentro dela havia pedaços ensanguentados de pele.

Era uma das coisas mais asquerosas que já tinha visto, muito pior do que qualquer carcaça de ratazana que ela já havia encontrado, mas ela se forçou a examiná-la detalhadamente. A luva era feita de cetim preto, fino, delicado. Os pedaços e lascas de pele dentro dela pareciam ter sido esfolados da mão que teria usado a luva da última vez. A pele tinha sinais pretos e pelos grisalhos. Era como se o dono da luva não fosse apenas um velho, mas estivesse envelhecendo com velocidade anormal, quase se desintegrando. Os músculos de Serafina estremeceram quando ela se lembrou de ter lutado para não morrer. Havia mordido e arranhado freneticamente. A luva devia ter caído do cinto ou do bolso, pois ela se lembrava que as mãos dele estavam nuas quando lutaram.

Luvas masculinas eram tão comuns quanto cartolas e bengalas; assim, não era uma pista muito boa. Não fornecia a ela a prova que queria para mostrar ao jovem amo. Contudo, fortalecia a ideia de *o que* quer que fosse ou *quem* quer que fosse o Homem da Capa Preta, havia alguma coisa errada com ele.

Ansiosa para sair daquele ambiente úmido e mais determinada do que nunca a encontrar o jovem amo, subiu sorrateiramente para o nível principal do porão.

Muitos dos quartos desse nível tinham janelas no alto das paredes. Do lado de fora, ela podia ver criados e convidados procurando pelo jardim, pelo labirinto de arbustos e pelas muitas trilhas. Serafina nutria a esperança de ver Braeden Vanderbilt entre eles.

Ela imaginou se poderia pensar em Braeden agora como um amigo, ou se estaria enganando a si mesma. A mais pura verdade é que ela nem mesmo sabia o que era um amigo, a não ser pelo que tinha lido nos livros. Se você encontra alguém face a face, e esse alguém não rosna nem tenta te morder, então significa que são amigos? Bem, quando ela pensou um pouquinho mais, lembrou-se de que ela de fato quase rosnara para o jovem amo quando se encontraram pela primeira vez, o que atrapalhava bastante o surgimento de uma amizade. Talvez então eles não fossem amigos, afinal de contas. Talvez ele pensasse que ela não passava de uma reles raspadora das sujeiras do porão e que não merecia sua consideração ou mesmo sua atenção. Provavelmente ela deveria ter dito a ele de imediato que era a C.O.R. de Biltmore. Isso, sim, seria bem mais impressionante. Ela agora já nem tinha mais certeza do tipo de impressão que lhe causara, salvo o fato de que ela era encardida, grosseira, desleixada e despenteada.

Serafina disparou escada acima, até o primeiro andar. Tirou partido do caos provocado pela busca para correr de um esconderijo para outro, sem ser vista. Ela se movimentava em silêncio, andando com velocidade e pés suaves. Os adultos falavam tão alto e faziam tanto barulho em sua agitação, andando com pés pesados por toda parte, que eram fáceis de evitar.

Ela correu até o Jardim de Inverno, onde se escondeu atrás das folhagens das plantas tropicais.

Quando a Sra. Vanderbilt e duas criadas desceram apressadas o corredor, Serafina correu até a Sala de Sinuca e conseguiu escapar por pouco. Ela achou que mesmo os seus inimigos roedores teriam ficado impressionados com a velocidade de seus passos naquela manobra específica.

Revestida de belos painéis de carvalho e decorada com cadeiras de couro macio, a Sala de Sinuca tinha cheiro de fumaça de charuto. Tapetes orientais de tonalidades intensas cobriam o chão. Instalações de luminárias pretas de ferro forjado pendiam do teto sobre as mesas de jogo. Cabeças de animais e troféus de caça se alinhavam nas paredes. Ela gostava deles. Aqueles troféus lembravam a ela dos ratos que havia matado e colocado aos pés do pai. Assim, ela e os Vanderbilt tinham isso em comum. Por outro lado, ela havia parado ao perceber que aquilo de que mais gostava era o ato de caçar e não o de matar.

Logo quando estava prestes a sair da sala, um lacaio entrou com uma das criadas. Serafina, como um gato, mergulhou embaixo de uma mesa de sinuca.

— Talvez ela venha escapando de nós por um triz, Srta. Whitney — disse o lacaio, inclinando-se para olhar embaixo da mesa de sinuca justo na hora em que Serafina disparou para trás do sofá.

— Ela simplesmente deve estar onde menos se espera, Sr. Pratt — concluiu a Srta. Whitney, procurando atrás do sofá justo na hora em que Serafina foi se esconder nas cortinas de veludo verde que enfeitavam as janelas.

— Sabe se alguém verificou o órgão? — perguntou o Sr. Pratt. — Existe um quarto secreto lá atrás.

— A menina é pianista, por isso pode ficar curiosa a respeito do órgão — concordou a Srta. Whitney.

Respirando fundo e usando a cortina como cobertura, Serafina escalou o umbral rapidinho, e depois se enfiou no canto mais alto da janela. Só teve tempo suficiente para ver que o Sr. Pratt usava luvas brancas, gravata preta e uniforme de lacaio preto e branco, mas ela reparou especialmente nos seus sapatos formais de verniz preto.

— Ela é pianista, como assim? — perguntou o Sr. Pratt.

— Tilly, aquele do terceiro andar, me contou que a menina é uma espécie de prodígio musical, se apresenta em recitais de piano pelo país todo — contou a Srta. Whitney enquanto deslizava as mãos pelas cortinas onde Serafina tinha acabado de se esconder.

Serafina prendeu a respiração e conseguiu ficar completamente imóvel. A Srta. Whitney estava tão próxima agora que ela podia sentir seu aroma de um doce perfume de lavanda e rosas. Tudo o que a Srta. Whitney tinha que fazer era abrir a cortina e olhar para cima, e veria Serafina agarrada ali com um sorriso de Gato de Cheshire. Apesar do medo de ser vista, ela não resistiu a reparar nos detalhes do traje da criada. Ela adorava o lindo uniforme cor-de-rosa com gola e punhos brancos que as serviçais usavam de manhã antes de trocarem para os uniformes mais formais da tarde, em branco e preto.

— Venha, vamos. Não tem ninguém aqui — desistiu o Sr. Pratt. — Que tal checar o órgão?

Serafina soltou um suspiro de alívio quando a Srta. Whitney caminhou para o outro lado da sala.

O Sr. Pratt empurrou a parede revestida de carvalho à direita da lareira.

— Ora essa! — exclamou a Srta. Whitney em tom de surpresa, rindo nervosamente quando surgiu uma porta camuflada. — Já limpei esta sala tantas vezes, e nunca soube dessa porta. Ai, o senhor é tão esperto, Sr. Pratt.

Serafina revirou os olhos diante do elogio bobo e exagerado. Meloso até. A criada estava obviamente encantada pelo lacaio sabichão. Serafina gostava da Srta. Whitney, mas a criada certamente precisava de uma ajudinha para aprender a farejar um rato. E isso era exatamente o que Serafina também pensava a respeito do Sr. Pratt sapatos-de-verniz.

O Sr. Pratt riu, claramente satisfeito com a reação da Srta. Whitney ao seu pequeno truque.

— Como o senhor sabe sobre todas essas coisas secretas? — a Srta. Whitney lhe perguntou. — O senhor entra escondido em todas as salas à noite quando as pessoas estão dormindo?

— Ah, digamos que eu seja um poço de surpresas, Srta. Whitney, e não apenas sobre procurar uma garotinha com um vestido amarelo; espere e verá — disse ele. — Venha...

Vestido amarelo? Como ele sabia o que Clara estava usando quando desapareceu? Havia alguma coisa nesse lacaio de que Serafina não gostava. Ele era escorregadio demais, galanteador demais, muito cheio de truques em seu uniforme preto pomposo, e ela não confiava mais nele do que confiaria num rato dentro de uma confeitaria.

Eu não entraria ali se fosse você!, Serafina queria gritar para a Srta. Whitney quando atravessaram a passagem secreta, mas, ao invés disso, ela escutou os passos do rato. Eram semelhantes aos passos que tinha ouvido no porão na noite anterior, mas, como ele e a Srta. Whitney desapareceram parede adentro rápido demais, não teve tempo de se certificar.

Assim que saíram, Serafina desceu da janela e verificou a área à direita da lareira para ter certeza de que seria capaz de encontrar a porta escondida se algum dia precisasse. Uma porta camuflada podia ser algo muito útil para uma menina com sua ocupação específica. Medindo três painéis de carvalho de altura e dois painéis de carvalho de largura, a porta estava disfarçada para ter a mesma aparência da parede. Havia até mesmo um quadro emoldurado, um retrato estranhamente realista de um homem idoso de cabelos brancos, que ela imaginava ser Cornelius Vanderbilt, o avô do Sr. Vanderbilt, já falecido havia muito tempo.

Doía-lhe pensar que não apenas ela não tinha um avô para lhe contar histórias sobre os tempos de antigamente, mas agora nem mesmo tinha mais um pai. Ele era apenas alguém que a encontrara num amontoado de pequenas criaturas e decidira roubar leite de cabra para mantê-la viva em sua caixa de ferramentas. Ele podia ser qualquer pessoa. E ela ainda estava imensamente perturbada por ele não ter contado sua história antes.

Por baixo dos troféus de caça que pairavam lá em cima, a parede estava coberta com retratos dos Vanderbilt. Mãe, pai, avó, avô, irmãos, irmãs e primos. Ela se viu instintivamente procurando os rostos para ver se qualquer um se assemelhava ao dela. Será que Clara Brahms estava viva, imaginando se a mãe havia se esquecido dela, assim como Serafina frequentemente imaginava a respeito da própria mãe? Porém, a diferença era que a Sra. Brahms não havia se esquecido da filha, e nunca a deixaria para trás. A mãe de Clara Brahms continuava procurando por ela.

Serafina se aproximou mais da parede dos retratos. O último deles também retratava o velho Cornelius, o patriarca da ilustre família Vanderbilt, caminhando orgulhosamente ao lado de um enorme trem a vapor em movimento, o efeito da velocidade dando a ele um aspecto fantasmagórico. Ela sentiu calafrios na espinha só de olhar para ele. Mas o retrato havia ficado um pouco torto quando o Sr. Pratt e a Srta. Whitney passaram por ali, e ela o endireitou. Mas, quando tocou na porta, ela se abriu deslizando em suas dobradiças suaves e bem lubrificadas. Serafina inspirou profundamente e...

Para sua surpresa, a passagem secreta levava ao Salão de Fumo. Dali, ela encontrou uma passagem similar para a Sala das Armas, repleta de estantes com espingardas e rifles protegidos por painéis de vidro. Ao ver seu reflexo no vidro, Serafina cuspiu nas costas da mão e limpou o rosto até remover algumas das manchas maiores das bochechas e do queixo. Depois, com movimentos rápidos, alisou os longos cabelos com mechas castanhas para trás das orelhas. Afinal, permaneceu ali no mesmo lugar, apenas se encarando, pensativa.

Se sua mãe a visse, será que a reconheceria? Será que a abraçaria e beijaria, ou viraria o rosto e continuaria a caminhar? Quando estranhos a viam, o que pensavam? O que viam, uma menina ou uma criatura?

Quando um grupo de convidados da mansão passou pelo quarto, ela os ouviu falando aos cochichos, o que a fez aguçar os ouvidos.

— Estou dizendo que é verdade! — um homem jovem sussurrou.

— Também ouvi falar — sussurrou um outro. — Minha avó me contou que existe um cemitério por lá com centenas de tumbas, mas os corpos simplesmente desapareceram!

— Ouvi dizer que existe uma aldeia antiga — falou uma terceira voz. — A floresta cresceu toda em volta e tomou conta, como se todos que morassem ali tivessem abandonado suas casas.

Serafina tinha ouvido esses contos da Carochinha, passados de um para o outro pelo pessoal da cozinha à noite, mas nunca teve certeza se devia acreditar ou não.

Por todos os lugares da casa onde esteve aquele dia, ela pôde escutar as conversas — homens debatendo se deveriam chamar detetives para investigar o sumiço da criança; criados futricando sobre convidados suspeitos; e pais discutindo sobre a melhor maneira de proteger os filhos e evitar que se perdessem na gigantesca casa, sem serem grosseiros com os Vanderbilt. E agora estavam falando sobre o velho cemitério na floresta.

Ela não parava de pensar no Homem da Capa Preta. Se ele fosse uma dessas pessoas, poderia estar espreitando em qualquer cômodo ou corredor. Como é que se diferencia um amigo de um inimigo só de olhar?

Parecia que, quanto mais ela avançava, mais perguntas acumulava. A única coisa certa até o momento era que a busca continuava e ainda não tinham encontrado Clara Brahms. Viva ou morta.

Então, teve uma ideia. Se o Homem da Capa Preta fosse uma espécie de alma penada que se desgarrava da floresta à noite, ou se ele se materializasse magicamente a partir do éter no porão, tudo levava a crer que ela não encontraria muita evidência acerca de sua presença nos andares superiores da casa. Mas, se o Homem da Capa Preta fosse mortal pelo menos em parte e residisse em Biltmore, então ele teria que esconder a capa em algum lugar quando não a estivesse vestindo. Se ela conseguisse encontrar a capa, talvez conseguisse encontrar o homem.

Os armários e closets da casa estavam entre seus esconderijos favoritos; por isso, ela os conhecia bem. Quando as damas e os cavalheiros vinham para Biltmore, em geral desciam de suas carruagens diante da porta da frente. Entretanto, quando o tempo estava ruim, eles usavam a porta dos fundos, coberta, que ficava na extremidade norte da casa, perto dos estábulos. Sempre sem se deixar ver, disparando e se esquivando, rastejando e engatinhando, Serafina conseguiu chegar até lá.

O closet era escuro e estava abarrotado, o que lhe agradava bastante. Ela adorava armários. Enquanto abria caminho através da densa floresta de casacos, capas, estolas e mantos, ela vasculhava os cabides, um a um, procurando por uma capa longa de cetim preto. Quando chegou aos fundos do closet sem encontrá-la, não conseguiu evitar uma ponta de decepção.

Enquanto saía sorrateiramente do closet de casacos, ela percebeu que teria que abordar Braeden sem levar nenhuma prova, mas a verdade é que não tinha sido capaz nem de *encontrar* Braeden.

Você tem que pensar, garota, ouviu o pai falando no tom que usava quando ela não conseguia entender uma das lições. *Use o que você sabe, e pense a partir daí.*

Ocorreu-lhe uma ideia. Sabendo o que sabia sobre Braeden Vanderbilt, o menino estaria com o cachorro ou o cavalo, ou os dois. Ele adorava cavalos. Seria a primeira coisa na qual pensaria. Ele iria para os estábulos para ajudar os cavalariços a procurarem por Clara Brahms lá. Ou talvez ele fosse vasculhar o terreno a cavalo. De qualquer forma, a estrebaria parecia o melhor lugar para procurá-lo.

O caminho mais direto passava pela porta dos fundos. Havia uma porção de gente indo e vindo nessa área lotada, mas ela esperava que, se alguém percebesse a sua presença, a tomasse por alguma das ajudantes da cozinha ou das serviçais às voltas com suas tarefas.

Inspirou profundamente e desceu correndo os degraus para o arco que levava até a estrebaria. Movimentava-se com extrema agilidade e destreza. Pensou que iria conseguir. Porém, justo quando olhou para trás para se certificar de que ninguém a estava seguindo, chocou-se, com um grande baque, contra um homem enorme. Serafina perdeu o fôlego e quase levou um tombaço, mas o ogro a pegou pelos ombros e a manteve agarrada de forma brusca.

O homem usava uma capa de chuva preta comprida mesmo sem estar chovendo. Tinha uma barba pontuda peculiar, dentes tortos e um rosto feio, todo marcado. Ela não havia visto o rosto do Homem da Capa Preta, mas era assim que o havia imaginado.

— Tá olhando o quê? – perguntou ele. – Quem é você, afinal?

— Ninguém – ela mandou em sinal de desafio, tentando desesperadamente se soltar e correr, embora as mãos do homem a apertassem com tanta força que seria inútil lutar. Agora era a sua vez de ser o rato que morde, com o pescoço espremido entre o indicador e o polegar. Ela reparou que ele estava na frente da porta aberta de uma carruagem à espera.

— Você é a fedelha nova do chiqueiro? – questionou o homem. – Que que você tá fazendo aqui em cima? – Ele apertou ainda mais seus braços, de modo tão cruel que a fez soltar um ganido de dor. – É surda por acaso? Eu perguntei, qual é o teu nome, ô malandrinha?

— Não é da sua conta! – disse ela, enquanto dava chutes e lutava o melhor que podia.

O homem exalava um cheiro horrível, como se precisasse desesperadamente de um banho, e seu bafo fedia com o imenso rolo de fumo de mascar putrefato que enchia sua bochecha.

— Me diz teu nome, ou vou te sacudir até... – ameaçou, já sacudindo. Ele a sacudia com tanta violência que ela não conseguia recuperar o fôlego ou se firmar no chão. E ele continuava a sacudir.

— Seu Enkrenka! – um voz firme e autoritária falou atrás dela. Não era apenas um nome. Era uma ordem.

Perplexo, o brutamontes feioso parou de sacudi-la. Pousou-a no chão e começou a alisar o cabelo de Serafina, fingindo que na verdade só estava tomando conta da garota o tempo todo.

Tossindo para recuperar o fôlego, ela se virou para ver quem tinha falado.

E lá estava Braeden Vanderbilt no alto da escada.

O coração de Serafina deu um pulo. Apesar da terrível situação em que Braeden a havia encontrado e da expressão zangada no rosto dele, ela ficou contente em vê-lo.

O carrancudo Seu Enkrenka, porém, ficou bem menos feliz.

– Jovem amo Vanderbilt – pigarreou ele, surpreso, enquanto fazia uma breve reverência, limpava o cuspe de fumo dos lábios e se mantinha atento. – Peço perdão, senhor. Eu não tinha visto o senhor. Sua carruagem está pronta, senhor.

Braeden fitou os dois sem falar. Obviamente, não estava nada satisfeito com o que tinha visto. O dobermann do menino parecia pronto para atacar quem quer que o amo ordenasse, e Serafina esperava que fosse o Seu Enkrenka cara de cuspe, em vez dela.

Braeden encarou o serviçal e depois, lentamente, moveu os olhos para ela. A mente de Serafina girava com possíveis histórias para justificar sua presença. Ele havia interrompido o brutamontes, que a sacudia a ponto de quase desmontá-la, mas que pretexto ela daria para explicar por que estava ali?

— Sou a nova encarregada de engraxar os sapatos — explicou, dando um passo à frente. — Sua tia me pediu para engraxar bem suas botas para a viagem, senhor, brilhantes e lustradas, senhor. Foi isso o que ela disse, sim senhor, brilhantes e lustradas.

— Não, não, não! — gritou Seu Enkrenka, sabendo que se tratava de uma artimanha. — Que história é essa agora, sua mendiguinha? Você não é engraxate coisa nenhuma! Quem é você, então? De onde é que você vem?

No entanto, um sorriso de deliciosa cumplicidade se formou no canto da boca de Braeden.

— Ah, sim, a Tia Edith realmente mencionou algo sobre engraxar minhas botas. Eu meio que… esqueci — mentiu, exagerando o tom aristocrático na voz. Depois ele a olhou de modo firme, e suas sobrancelhas se franziram. — Estou a caminho da casa dos Vances, e estou atrasado. Não tenho tempo para esperar, então você vai ter que vir comigo e fazer seu trabalho na carruagem, durante a viagem.

Serafina sentiu o sangue correr para o rosto. Será que ele falava sério? Ela não podia entrar na carruagem com ele! O pai a mataria. E, de qualquer modo, o que ela ia fazer toda fechada lá, sendo arrastada para baixo e para cima dentro de uma caixa puxada por um bando de batedores de cascos de quatro patas?

— Bem, venha imediatamente, vamos terminar logo isso — ordenou Braeden, a voz num tom impaciente de cavalheiro nobre, ao mesmo tempo que fazia um gesto em direção à porta da carruagem.

Ela nunca estivera numa carruagem na vida. Não sabia nem mesmo como entrar e o que fazer em seguida.

O mal-humorado e feioso Seu Enkrenka não teve escolha senão obedecer às ordens do jovem amo. Ele empurrou Serafina em direção à porta, e de repente ela se viu no interior mal iluminado da carruagem dos Vanderbilt. Enquanto se acocorava de modo vacilante, não conseguiu deixar de se sentir maravilhada com a luxuosa decoração da carruagem, toda em madeira entalhada à mão, os acabamentos de metal polido, as janelas de vidro chanfrado e os assentos estofados com tecido estampado de veludo.

Braeden a seguiu com a graça da familiaridade e se sentou. Gideão sentou-se no chão, de olho em Serafina, com seus dentes mal-intencionados.

Cuide da sua vida, cachorro, ela pensou, retribuindo o olhar direto do animal.

Seu Enkrenka fechou a porta e subiu no banco do condutor com o outro cocheiro.

Ah, maravilha, o cara de rato vai conduzir, pensou Serafina. Ela não fazia ideia de quanto tempo demoraria aquela viagem ou como mandaria notícias para o pai. Ele a mandara se esconder no porão, e não ser sequestrada pelo jovem amo e seu comparsa de bafo de ovo podre. No entanto, pelo menos ela finalmente teria oportunidade de falar com Braeden sozinha sobre o que tinha visto na noite anterior.

O assento da carruagem parecia limpo demais para ela se sentar com sua roupa do porão, e ela supostamente estaria limpando as botas do jovem amo; assim, ela se ajoelhou no chão da carruagem e ficou imaginando como ia fingir limpar as botas dele quando não tinha nenhuma cera ou escova. Cuspir e lustrar era uma coisa, mas só cuspir era outra.

— Você não tem que limpar minhas botas — avisou Braeden delicadamente. — Eu só estava confirmando a sua história.

Assim que Serafina ergueu o rosto para ele, e seus olhos iam se encontrar, os cavalos arrancaram e a carruagem deu um solavanco para a frente. Em um momento que foi tão inusitado quanto constrangedor, ela realmente perdeu o equilíbrio.

— Me desculpe — ela murmurou ao cair contra as pernas de Braeden e depois rapidamente se reerguer.

Serafina deu uma espiada no lugar que suspeitava ser o destinado a ela, mas o dobermann a encarava com olhos de aço. Quando ela se movimentou em direção ao assento, o cão rosnou, baixo e ameaçador, mostrando os dentes como para dizer: *Se eu não posso ocupar o assento, então você também não pode.*

— Não, Gideão — Braeden o repreendeu. Ela não conseguia decidir se o jovem amo havia dado o comando porque queria protegê-la ou se ele apenas não queria o interior da carruagem coberto de sangue. De qualquer modo, as orelhas de Gideão caíram e a cabeça baixou diante da força da reprimenda do dono.

Percebendo a oportunidade, ela deslizou para o assento oposto a Braeden, o mais longe possível do cachorro.

Como Gideão continuasse a encará-la, ela sentiu um desejo irresistível de rosnar para ele e fazê-lo recuar, mas não achou que isso fosse ser muito bem recebido pelo jovem amo, e, assim, conteve seu desejo.

Ela nunca tinha gostado de cachorros, e nem os cachorros dela. Sempre que a viam, eles latiam. Certa vez, ela tivera que escalar uma árvore às pressas para fugir de um foxhound americano, e o pai fora obrigado a usar uma escada para resgatá-la.

Quando a carruagem, num estrondo, fez uma curva, Serafina olhou pela janela e viu a grandiosa fachada da casa. A Mansão Biltmore se elevava em quatro andares com suas paredes de pedra cinzenta com entalhes decorativos. Gárgulas e guerreiros antigos enfeitavam as extremidades de cobre escuro. Chaminés e torres – pequenas e grandes – formavam as espirais de seu porte quase gótico. Duas gigantescas estátuas de leões guardavam as impressionantes portas de carvalho na entrada, como se enxotando os espíritos malignos. Ela havia admirado aquelas estátuas muitas vezes em suas rondas da meia-noite. Sempre adorara as estátuas e imaginava que aqueles grandes felinos eram os protetores de Biltmore, seus guardiões, e ela não conseguia pensar em um ofício mais importante.

Na luz dourada do sol poente, a mansão de fato podia ser surpreendentemente linda. Porém, à medida que o sol escondia seu brilho por trás das montanhas circundantes, ela lançava sombras lúgubres sobre todo o terreno, o que a fazia se lembrar de grifos, quimeras e outras pervertidas criaturas da noite, que eram metade uma coisa e metade outra. Só de pensar, Serafina sentiu um estremecimento. Em um minuto, a propriedade era o lugar mais bonito que já se vira, mas, no outro, era um escuro, assustador e agourento castelo mal-assombrado.

— Deite-se e comporte-se — ordenou Braeden.

Ela olhou para ele, surpresa, e depois percebeu que ele estava falando com o cachorro, e não com ela.

Gideão obedeceu à ordem do dono e ficou deitado aos pés dele. O cão parecia um pouco mais relaxado agora, mas, quando ele olhou para Serafina, sua expressão parecia dizer: *Só porque eu estou deitado, não pense por um segundo que, se você fizer alguma coisa contra o meu mestre, eu não posso matar você...*

Ela sorriu para si mesma. Não podia evitar – estava começando a gostar de Gideão. Ela podia entendê-lo, sua ferocidade e sua lealdade. E admirava isso.

Enquanto tentava se acostumar com o movimento ruidoso da carruagem, reparou que Braeden a estava estudando.

– Andei procurando por você... – ele disse.

Serafina deu uma rápida e furtiva espiada nele e depois desviou o olhar. Quando ela o encarava, tinha a estranha sensação de que ele era capaz de ler seus pensamentos. Era desconcertante.

Ela tentou dizer algo, mas, quando abriu a boca, mal conseguiu respirar. É claro, ela se esgueirava sorrateiramente por todo lado havia muitos anos, ouvindo pessoas de todas as posições sociais falando umas com as outras; então, teoricamente, sabia como fazer. Tantos hóspedes e criados haviam passado por Biltmore ao longo dos anos que ela podia assumir o ar de uma rica dama ou o sotaque caipira de uma camponesa ou mesmo um trejeito nova-iorquino, porém, por algum motivo, lutava enormemente para encontrar as palavras certas – quaisquer palavras – para falar com o jovem amo.

– Me... me desculpe por tudo isso – pediu finalmente. O aperto enervante no seu peito parecia estrangular suas palavras no momento em que as pronunciava. Ela não tinha certeza se soava, ou não, como uma pessoa minimamente normal. – Quer dizer, me desculpe por invadir sua carruagem como uma bagagem excedente, e não sei por que motivo o seu cachorro não gosta de mim.

Braeden olhou para Gideão e depois de novo para ela.

– Em geral ele gosta das pessoas, principalmente das meninas. É esquisito.

– Tem uma porção de coisas esquisitas acontecendo hoje – observou ela, o peito relaxando um pouco quando começou a perceber que Braeden realmente ia falar com ela.

– Você também acha? – ele perguntou, inclinando-se na direção dela.

Ele não era nada como Serafina imaginara ser um jovem amo da mansão Vanderbilt, principalmente alguém tão bonito e educado. Esperara que ele fosse esnobe, mandão e distante, mas ele não era nenhuma dessas coisas.

— Não creio que Clara Brahms esteja se escondendo — ele continuou, em um tom de cumplicidade. — E você?

— Também não — Serafina respondeu, levantando os olhos e o fitando. — Com certeza não. — Ela queria despejar tudo de uma vez e contar o que sabia. Esse tinha sido o seu plano desde o início. Porém, as palavras do pai ficavam martelando em sua cabeça: *Eles não são o nosso tipo de gente, Sera.*

Qualquer tipo que fosse, Braeden parecia uma boa pessoa. Enquanto falava com ela, ele não a julgava nem fazia pouco caso dela. Para falar a verdade, ele parecia até gostar de Serafina. Ou talvez estivesse apenas fascinado por ela da mesma forma que estaria por uma espécie estranha de inseto que nunca tivesse visto antes, mas, de um jeito ou de outro, ele continuava a falar.

— Ela não é a primeira, sabia? — sussurrou ele.

— Como assim? — ela chegou mais perto.

— Duas semanas atrás, uma menina de quinze anos chamada Anastasia Rostonova saiu para passear de noite no Passadiço e não voltou.

— Sério? — ela perguntou, prestando a maior atenção nas palavras dele. Havia achado que tinha algo para contar a ele, mas a verdade é que ele também tinha muito para contar a ela. Um menino que sussurrava a respeito de sequestros e fraudes era o tipo de menino de quem ela poderia aprender a gostar. Ela conhecia bem o Passadiço, mas também sabia que o labirinto arborizado de trilhas em zigue-zague provocava uma grande confusão nas pessoas.

— Todo mundo disse que Anastasia deve ter se embrenhado na mata e se perdido — continuou ele —, ou que fugiu de casa. Mas eu sei que eles estão errados.

— Como você sabe? — perguntou Serafina, ansiosa pelos detalhes.

— Na manhã seguinte, eu encontrei o cachorrinho branco de Anastasia andando sem rumo pelos caminhos do Passadiço. O coitado estava histérico, procurando desesperadamente por ela. — Braeden olhou para Gideão. — Eu não conhecia bem a Anastasia. Ela só estava de visita com o pai havia dois dias quando desapareceu, mas não creio que fosse fugir e deixar o próprio cachorro para trás.

Serafina pensou que essa conclusão parecia correta. Braeden era tão fiel a Gideão quanto Gideão a ele. Eram amigos, e ela gostava disso. Depois, ela pensou na pobre menina e no que poderia ter acontecido com ela.

— Anastasia Rostonova... — Ela repetiu o nome que soava engraçado.

— Ela é filha do Sr. Rostonov, o embaixador da Rússia — explicou Braeden. — Ela me contou que na Rússia as meninas sempre colocam um *a* no final do sobrenome.

— Como ela era? — Serafina perguntou, querendo ter certeza de que não tinha misturado as duas meninas ricas raptadas.

— Ela é alta e bonita, tem cabelo preto comprido e ondulado, e usa vestidos vermelhos rebuscados que parecem muito difíceis de vestir.

— Você acha que ela sumiu como a Clara Brahms? — perguntou Serafina.

Antes que ele pudesse responder, algo chamou a atenção de Serafina através das janelas da carruagem. Havia árvores nos dois lados. Eles estavam viajando por uma estrada estreita e malcuidada que serpenteava no meio de uma floresta densa e escura, a mesma floresta onde o pai havia avisado para ela nunca entrar. A mesma floresta onde ela tinha nascido. Não pôde deixar de sentir uma pontada de nervosismo.

— Para onde exatamente a gente está indo?

— Meus tios estavam preocupados comigo e por isso me mandaram passar a noite com os Vances, em Asheville, para eu ficar a salvo do perigo. Deram ordens a Seu Enkrenka para me vigiar.

— Isso não foi muito inteligente — ela disse antes que pudesse se conter. Não era uma coisa muito educada de dizer, mas, por algum motivo, ela estava tendo grande dificuldade para não contar a verdade a Braeden.

— Eu sempre detestei esse sujeito — concordou Braeden —, mas meu tio confia nele.

Quando Serafina olhou pela janela em direção à floresta, não conseguiu mais ver o horizonte ou o sol. Tudo o que conseguia ver era a densidade compacta das imensas e velhas árvores, pretas e decrépitas, que cresciam tão próximas umas das outras que ela mal podia diferenciá-las. Parecia um lugar escuro e de mau agouro para qualquer pessoa visitar, que dirá morar; no entanto, havia algo ali que a provocava também.

Contudo, naquela hora, ela sentiu uma sensação angustiante no estômago. Em algum lugar, a quilômetros de distância, estava Biltmore. Seu pai estaria se perguntando por que ela não havia aparecido para jantar.

Nada de frango ou polenta hoje, Pa. Me desculpe, ela pensou. *Tente não se preocupar comigo.* Um dia antes, ela levava uma vida perfeitamente normal caçando ratos no porão, e agora tudo tinha se transformado de uma forma tão bizarra...

Desviando o olhar da floresta, finalmente ela se virou para Braeden, engoliu com força e começou a contar sobre aquilo que fora fazer ali.

— Existe uma coisa que preciso cont...

— Como é que eu nunca vi você antes? – ele a interrompeu.

— O quê? – ela perguntou, tomada de surpresa.

— De onde você vem?

— É, boa pergunta – ela disse, antes que conseguisse se controlar, imaginando o amontoado de criaturas mortas de onde o pai a tirara.

— Falo sério. – Ele olhava para ela. – Por que nunca vi você antes?

— Talvez você não estivesse olhando nos lugares certos – ela rebateu, sentindo-se acuada.

Porém, quando ela viu os olhos dele, percebeu que ele não ia desistir. Suas têmporas começaram a latejar, e ela não conseguia pensar direito. Por que ele estava fazendo todas essas perguntas infernais?

— Bom, de onde *você* vem? – ela perguntou, tentando fazê-lo trocar de assunto.

— Você sabe que eu moro em Biltmore – ele respondeu delicadamente. – Estou perguntando sobre você.

— E... Eu... – ela gaguejou, de olhos fixos no próprio colo. – Pode ser que você até já tenha me visto antes, mas se esqueceu.

— Eu ia me lembrar – ele falou em voz baixa.

— Bom, talvez eu esteja só de visita, para passar o fim de semana – ela respondeu num fio de voz, olhando para o chão.

Ele não estava acreditando em nada daquilo.

— Por favor, me diga onde você mora, Serafina – ele falou com firmeza.

Serafina ficou surpresa de ouvi-lo repetir seu nome daquele jeito. Isso teve um tremendo poder sobre ela, como se não lhe deixasse opção senão levantar o rosto e encontrar os olhos dele, o que acabou por ser um grande erro. Ele a encarava com tanta intensidade que parecia que estava lançando uma espécie de feitiço da verdade sobre ela.

— Moro no seu porão — ela contou, e logo ficou chocada por ter realmente dito aquilo em voz alta. Ele exercia um poder sobre ela que ela não conseguia entender.

Ele a encarou enquanto as palavras dela pairavam no ar. Dava para perceber a confusão no rosto dele e sentir as perguntas que se formavam em sua mente.

Ela não fazia ideia por que havia dito aquilo. Simplesmente saíra da sua boca sem pensar.

Mas já havia falado. Já havia dito, em alto e bom som, diretamente para ele. *Por favor, me perdoe, Pa.* Ela havia destruído tudo. Havia arruinado a vida deles. Agora, o pai seria demitido. Eles seriam expulsos de Biltmore. Seriam forçados a vaguear pelas ruas de Asheville, mendigando restos de comida. Ninguém contrataria um homem que havia mentido para o seu empregador, se enfurnando no porão e roubando a comida dele para dar para a filha, que tinha oito dedos nos pés. Ninguém.

Serafina olhou para Braeden.

— Por favor, não conte para ninguém... — pediu, em voz baixa, mas sabia que estava nas mãos dele, que nada ia protegê-la. Se Braeden quisesse, poderia contar para todo mundo — Seu Enkrenka, o Sr. Boseman, até mesmo o Sr. e a Sra. Vanderbilt —, e então a vida que ela e o pai tinham construído juntos em Biltmore chegaria ao fim. Eles poderiam até ir para a prisão por furtarem comida todos esses anos.

Quando Braeden estava prestes a falar, os cavalos soltaram um relincho e a carruagem parou com um solavanco. Ela foi arremessada através do espaço aberto e colidiu contra ele. Gideão pulou sobre as patas e começou a latir ferozmente.

— Aconteceu alguma coisa! — exclamou Braeden enquanto se desvencilhava rapidamente dela e abria a porta da carruagem.

Estava um breu lá fora.

Ela tentou escutar o que havia lá, mas seu coração batia tão alto que não conseguia ouvir nada. Tentou se acalmar e se concentrar somente na audição, mas a floresta estava ensurdecedoramente silenciosa. Não havia corujas, nem sapos, nem insetos, nem aves – nenhum dos sons noturnos normais que ela estava acostumada a ouvir. Apenas o silêncio. Era como se cada criatura viva da floresta estivesse se escondendo, protegendo a própria vida. Ou que cada criatura já estivesse... morta.

– Seu Enkrenka? – chamou Braeden vacilante em direção à escuridão.

Não veio nenhuma resposta.

Os cabelos da nuca de Serafina se eriçaram.

Braeden desceu parcialmente da carruagem e ergueu os olhos para o banco do cocheiro na frente.

– Não tem ninguém lá! – disse, perplexo. – Os dois sumiram!

Os quatro cavalos ainda estavam atrelados, mas a carruagem havia parado completamente na estrada. Exatamente nas profundezas da floresta.

Serafina desceu com cautela da carruagem e se posicionou ao lado de Braeden. A floresta os circundava, negra e impenetrável, as árvores de casca enrugada formando um bloco denso. As pernas de Serafina se mexiam agitadas, fruto de um impulso nervoso. Ela tentou regularizar a respiração. Seu corpo inteiro queria se mexer, mas ela se forçava a ficar com Braeden e Gideão.

Observou e escutou a floresta anormalmente silenciosa, estendendo seus sentidos para o vazio. Não conseguia escutar nem um único passarinho ou sapo. Mas parecia que havia alguma coisa lá, alguma coisa grande, porém extremamente silenciosa. Ela nem sabia como aquilo era possível.

Gideão estava próximo dela, alerta ao máximo, olhando as árvores fixamente. Fosse o que fosse, ele também sentia.

Braeden olhou preocupado em direção à escuridão que os circundava e caminhou alguns metros no mesmo sentido para onde a carruagem deveria seguir viagem.

— Eu gostaria de ter um lampião — ele disse. — Não consigo ver absolutamente nada.

Os cavalos, em seus arreios, estavam inquietos, ariscos, os cascos batendo nervosamente no cascalho.

— Quando estão com medo, eles mexem as patas — Braeden explicou, compreensivo. — Não têm garras, nem dentes afiados, nem armas. A velocidade é a maior defesa deles.

Ela se maravilhou com o modo como Braeden não apenas via os cavalos, mas também como entendia os comportamentos.

Quando uma breve rajada de vento passou pela mata e agitou os galhos, os cavalos se assustaram. Todos os quatro puxaram e repuxaram os arreios. Era como se eles estivessem sendo atacados por algum predador invisível. Relinchando, os dois da frente se apoiaram nas patas traseiras e arranharam o ar com os cascos.

Enquanto Serafina se encolhia retrocedendo por causa do perigo, aterrorizada, Braeden correu para a frente e se colocou entre ela e os cavalos. De pé diante deles, levantou as mãos abertas para acalmá-los. Eles se elevavam acima dele, os olhos brancos de medo, as cabeças se movendo sem parar e os cascos voando. Ela estava certa de que eles iriam dar um coice na cabeça de Braeden, ou bater nele com os flancos ou pisoteá-lo até a morte, mas ele permaneceu com as mãos erguidas, falando em um tom suave, baixo.

— Está tudo bem. Estamos todos aqui — ele lhes dizia. — Estamos todos juntos.

Para sua surpresa, os cavalos se acalmaram com a presença e as palavras do menino. Ele tocou os pescoços dos animais com as mãos estendidas e pareceu levar os cavalos que estavam na retaguarda para o chão. Depois, segurou a cabeça do líder nas mãos e pressionou a testa contra a do cavalo, de forma a se encararem, olhos nos olhos, e então se dirigiu a ele em um tom calmo e reconfortante:

— Estamos juntos nisso, meu amigo. Vamos ficar bem... Não há motivo para correr, nem para lutar...

O líder ofegava pesadamente, enquanto ouvia as palavras de Braeden, mas depois se acomodou e ficou imóvel. Os outros igualmente se aquietaram, tranquilizados pelo jovem amo.

— C-como você fez...? — ela gaguejou.

— Eu e esses cavalos somos amigos há muito tempo — respondeu, e não disse mais nada.

Ainda perplexa com o que o menino havia feito, ela olhou em torno, no lugar onde estavam.

— O que você acha que assustou eles?

— Não sei — respondeu Braeden. — Nunca vi os cavalos assim, tão apavorados. — Ele se virou e olhou para a estrada. Estreitou os olhos fitando a escuridão e depois apontou. — O que é aquilo ali? — perguntou. — Não consigo entender. A estrada faz uma curva?

Ela olhou na direção para onde ele apontava. Não era uma curva na estrada. Uma árvore colossal, com galhos grossos e retorcidos e uma quantidade de folhas vermelho-sangue espalhadas, estava caída, obstruindo completamente a passagem.

De repente, Seu Enkrenka emergiu da escuridão, com passos pesados, voltando para onde estava a carruagem.

— A gente vai precisar do machado — resmungou com raiva.

Serafina e Braeden se entreolharam, surpresos, e depois olharam novamente para o Seu Enkrenka.

— Onde você esteve? — Braeden perguntou.

— A gente vai precisar do machado — repetiu o cocheiro mal-encarado, ignorando a pergunta.

— Vou pegar, senhor — o cocheiro assistente disse ao aparecer correndo.

Ela não tinha reparado nele antes, mas o assistente era apenas um menino magricelo com o cabelo cacheado em formato de escovão. Ele não era mais alto do que o cavalo líder e tinha pernas e braços finos, joelhos e cotovelos ossudos, e um certo ar de vivacidade nervosa. Vestia um casaco de cocheiro de um tamanho várias vezes maior, com as mangas excessivamente compridas. A cartola preta do uniforme, para não cobrir-lhe o rosto, acabava ficando ridiculamente alta em sua cabecinha. O guri não devia ter mais do que dez anos de idade. Ele correu até a parte traseira da carruagem, abriu a caixa de ferramentas e pegou o machado, que pareceu colossal nas suas mãos.

— Esse é o Nolan — Braeden o apresentou, curvando-se na direção de Serafina. — Na verdade, ele é um dos melhores condutores de carruagem que temos, e cuida muito bem dos cavalos.

— Me dá isso aqui – grunhiu Seu Enkrenka, enquanto pegava o machado das mãos de Nolan e saía marchando para a árvore caída.

— Eu posso ajudar o senhor – ofereceu Nolan, seguindo-o de perto com uma machadinha.

— Que nada! Só fica fora do caminho, moleque – gritou Seu Enkrenka. Ele parecia irritado até com o fato de Nolan estar ali.

Seu Enkrenka ergueu o machado para trás dando um impulso amplo e impetuoso, e bateu a lâmina contra o centro do tronco. As folhas dos galhos estremeceram com a violência do golpe, que sequer abriu uma fenda na casca espessa da árvore.

Ele balançou o machado de novo, várias vezes, até que finalmente atravessou a casca. Lascas de madeira começaram a voar. Serafina não pôde deixar de notar a força bruta do cocheiro, mas era difícil para ela discernir se era o mesmo tipo de força que possuía o Homem da Capa Preta.

— Nesse ritmo, vamos passar a noite toda aqui – reclamou o brutamontes, e continuou a machadar.

— Eu tenho certeza de que posso ajudar, senhor, tenho certeza que sim – disse Nolan, com entusiasmo, próximo ao outro com a machadinha a postos.

— E *eu* tenho certeza que não! Agora, vai lá pra trás e fica fora do caminho! – berrou. – Num serve pra nada aqui, moleque!

Enquanto o mal-humorado Seu Enkrenka travava uma batalha com a árvore, Serafina reparou que Braeden olhava em volta, tentando descobrir se havia uma maneira de fazer a carruagem passar ao redor do obstáculo. Porém, as árvores dessa floresta perversa cresciam tão juntas que nem um homem conseguiria passar direito entre elas, quanto mais uma carruagem com um grupo de cavalos.

— Onde nós estamos? – perguntou Serafina.

— Acho que a uns quinze, vinte quilômetros da casa, num lugar chamado Floresta Dardin – informou Braeden. – Antigamente havia uma aldeia aqui por perto.

— Já tem anos que não mora ninguém nessa aldeia – resmungou Seu Enkrenka, ainda cortando a árvore. – Não tem nada nessa mata agora... só fantasma e capeta.

Serafina esquadrinhou a floresta, com uma nítida sensação de mau presságio. Parecia que estavam sendo observados, mas ela não conseguia imaginar por que não era capaz de detectar quem ou o que estava fazendo isso. Suas orelhas se mexiam de nervoso. As árvores balançavam devagar para frente e para trás com o vento. Estavam cobertas com um estranho líquen escuro e infestadas de fiapos de um musgo branco-acinzentado, que pendia como os cabelos ralos de uma idosa cadavérica. Os galhos batiam e chiavam, como se estivessem ansiosos. Parecia que muitas árvores estavam agonizando.

Ela caminhou ao longo da árvore caída. Achou peculiar o fato de que a árvore ainda mantivesse suas folhas vermelhas naquela época do ano, mas foi o que ela viu na base do tronco que verdadeiramente a perturbou.

– Venha dar uma olhada nisso, Braeden – chamou ela.

– O que você encontrou? – ele perguntou quando se aproximou por trás de Serafina.

– Pensei que a árvore devia ser velha e tivesse apodrecido e caído com a última tempestade, mas olha só isso...

O toco da árvore não parecia apodrecido e não tinha a aparência fibrosa de um tronco arrancado por fortes ventos. Era difícil saber, mas quase dava a impressão de ter sido roída por dentes gigantescos ou mesmo cortada com um machado ou serra.

– Veja o ângulo aqui – disse Braeden, apontando a lateral do toco com raiva e confusão. – Alguém derrubou essa árvore de propósito para bloquear a estrada.

Gideão latiu e fez Serafina dar um tremendo salto. Como o cão continuava a latir, Braeden se ajoelhou ao seu lado e pousou as mãos nas costas dele.

– Qual o problema, rapaz? O que você está farejando?

– Se tudo bem pra vocês – disse Seu Enkrenka asperamente –, não vamos ficar aqui esperando para descobrir.

Tendo levado um susto com o cão, e aparentemente convencido de que havia cortado o tronco o suficiente, o cocheiro baixou o machado, firmou as botas pesadas no chão e agarrou os galhos. Tentou arrastar a árvore para fora da estrada, mas era grande demais para que a movesse sozinho.

Braeden e Nolan correram para ajudar. O tempo todo Gideão não deixou de latir.

— Alguém dá um cascudo nesse cachorro para ele calar a boca! — gritou Seu Enkrenka, cuspe voando da boca.

— Seu Enkrenka, penso que devíamos dar meia-volta na carruagem e retornar — sugeriu Braeden de modo áspero, obviamente perturbado com o comentário sobre o cão.

Seu Enkrenka concordou, mas naquele momento um som alto, de algo se quebrando, encheu o ar da mata. Serafina se agachou, pronta para saltar. Uma boa quantidade de lascas de madeira irrompeu num golpe explosivo quando uma árvore tombou atravessada na estrada atrás deles.

Os cavalos relincharam de pânico e começaram a empinar e a se agitar, puxando os arreios de couro e arrastando a carruagem pelo caminho mesmo que o freio estivesse acionado e as rodas não pudessem girar. O instinto lhes dizia para correr, estando eles soltos dos arreios ou não.

Braeden correu para acalmá-los.

— Não, Braeden! — Serafina gritou e estendeu um braço para tentar contê-lo. O garoto parecia determinado a ser morto por um coice.

Braeden saltou na frente dos cavalos. Ele foi capaz de tranquilizá-los com algumas palavras suaves e rapidamente conseguiu mantê-los sob controle. Vendo que ele estava seguro, Serafina examinou a floresta na direção da árvore caída. Foi então que percebeu que o pior havia acontecido: a carruagem, seus quatro cavalos, os quatro seres humanos e o cachorro estavam encurralados em um trecho da estrada entre duas grandes árvores caídas.

Seu Enkrenka, apanhando o machado, andou a passos duros até a parte traseira da carruagem e gritou furiosamente para a escuridão:

— Quem taí? Mete a cara, agora, seus porcos imundos nojentos!

Serafina olhou na direção da escuridão, esperando que algo respondesse, mas as palavras do cocheiro se perderam sem resposta no vazio da noite.

— Seu Enkrenka — disse Braeden com firmeza —, precisamos voltar a cortar a árvore que está na frente. Temos que insistir e tentar chegar a Asheville. É o caminho mais seguro para todos nós.

— Tomara que a gente consiga... chegar lá — resmungou Seu Enkrenka bufando, caminhando para trás a passos largos.

Enquanto Seu Enkrenka, Braeden e Nolan trabalhavam na árvore, Serafina não conseguia deixar de olhar para trás da carruagem, para o lugar onde a última árvore havia caído. Gideão estava mirando na mesma direção, os olhos negros à luz das estrelas.

— O que você acha, rapaz? — sussurrou ela enquanto se agachava perto dele e fitava a escuridão. — Tem alguma coisa lá? — Pelo visto, Serafina e o dobermann agora estavam do mesmo lado.

Ela ficou pensando na segunda árvore caída. Não poderia ser coincidência. Alguém estava deliberadamente bloqueando a passagem deles para que não pudessem escapar.

Ela esquadrinhou a floresta. Seus sentidos eram aguçados, mas sabia que não farejava tão bem quanto Gideão, e ele parecia farejar alguma coisa justo nesse momento. Não estava mais latindo, mas encarava a mata intensamente, esperando que algo surgisse lá de dentro. Apesar dos defeitos como cão, ele era um defensor corajoso.

Serafina, porém, detestava aquilo: olhar, esperar, sentir que uma armadilha estava lentamente se fechando em torno deles. Ela não conseguia aguentar. Não sabia como se defender; sabia como *caçar*. E, justamente nesse momento, parecia que eles é que estavam sendo caçados, e ela não gostava nem um pouco da sensação.

Então, deu alguns passos em direção às árvores a fim de avaliar o que sentia. Sua pele formigava meio por medo, meio por euforia. A floresta a estava atraindo. Seu instinto lhe dizia para penetrar ainda mais.

Deu mais alguns passos.

Gideão olhou para Serafina e inclinou a cabeça, como se a dizer *Você está maluca? Não pode entrar aí!*

No entanto, ela seguiu caminhando silenciosamente no meio das árvores e mergulhando na vegetação rasteira. Queria se movimentar, espreitar, ver o que havia lá, fosse o que fosse. Queria ser a caçadora, não a presa.

Deixando Gideão para vigiar a carruagem, foi se embrenhando cada vez mais na escuridão da floresta, a mesma floresta negra onde seu pai lhe havia advertido para nunca entrar, a mesma floresta negra que o cocheiro havia dito estar cheia de fantasmas e seres malignos.

Serafina, porém, se mostrava calma. Ela estava no lugar certo. Imaginou que, se sua mãe podia se movimentar no meio da floresta à noite, então ela também poderia.

De repente, ouviu sons de passos na vegetação à sua frente, tão claros como os passos de um rato no porão, porém mais altos, *maiores*, se movendo no meio das folhas e da lama. Ela não tinha certeza se se tratava de um animal ou de uma pessoa.

À medida que se aproximava silenciosamente dos sons, ela se agachou, mas continuou avançando devagar. Som e visão e tato e olfato – seu corpo inteiro parecia pulsar com aquelas sensações. Com todos os seus sentidos funcionando, todos os seus músculos em atividade, ela avançou tão lentamente, tão cuidadosamente, que não provocou um único ruído sequer.

Ouviu as passadas adiante mais próximas agora. Pés esmagando as folhas de outono. Caminhando primeiro e depois começando a correr. Um homem correndo na vegetação rasteira. A uns cinquenta metros no interior da mata. Ela correu em direção ao som, sabendo que, quando um rato se movimentava, ele não conseguia escutar tão bem como quando estava imóvel.

Quando o homem afinal parou, ela também parou e ficou absolutamente imóvel, prendendo a respiração.

Serafina sabia que o homem devia estar tentando escutá-la, mas ela não fez nenhum barulho.

Assim que ele começou a se movimentar, ela se movimentou também, como a sombra dele.

Mas então algo aconteceu. As passadas cessaram. Ela sentiu uma rajada de ar no rosto e na cabeça, como o bater das asas de um abutre. E então, mais que de repente, ouviu um segundo conjunto de passadas atrás de si, entre ela e a carruagem. Como isso era possível? Havia múltiplos agressores?

A floresta irrompeu em uma cacofonia de sons. Folhas amassadas. Galhos quebrados. O ruge-ruge de movimentos rápidos. Seus músculos explodiram em alerta. Era um ataque vindo de todas as direções.

A distância, Gideão começou a latir e a rosnar e a ranger os dentes, como se estivesse diante de satã em pessoa.

A carruagem, ela pensou. *Estão atacando a carruagem*. Ela deu meia-volta e disparou na direção oposta, sem se importar com o barulho que provocava. Vislumbrou um lampejo de movimento passar rapidamente por ela no meio da escuridão, mas não conseguiu perceber o que era. Ao correr para a carruagem, conseguiu visualizar Braeden e Nolan. Mas onde estava o cocheiro? Ele era o forte do grupo, o homem que supostamente os estaria protegendo.

– Cuidado, Braeden! – gritou ela. – Eles estão chegando. Cuidado!

Ouvindo seu grito, Braeden se virou justo a tempo de se esquivar da forma relâmpago do agressor. Mas, em seguida, num movimento surpreendente, como uma sombra preta rodopiando, o agressor se virou e se voltou contra ele. Gideão atacou, rosnando e mordendo. Nolan esmurrava e chutava. Socos, gritos, golpes – tudo era uma confusão num turbilhão de movimento e luta.

Assim que Serafina se aproximou o suficiente para lutar também, uma ampla forma preta flutuou ao seu lado. Ela recuou com tanta força que suas costas bateram numa árvore. Lacraias gigantescas brotaram de toras de madeira. Minhocas surgiram da terra. O Homem da Capa Preta havia chegado. Ele estava lá na mata. Não havia muitos agressores. Havia apenas um. Ele parecia flutuar na violência da batalha, suas mãos caquéticas, com sangue jorrando, estendidas enquanto avançava para Braeden. Estava claro que ele queria aquele menino em particular. Serafina saltou para defender o amigo. Gideão atacou ao mesmo tempo, mas foi o pequeno Nolan, num ato desesperado de extrema coragem, que se jogou na frente do jovem amo e bloqueou o ataque.

O Homem da Capa Preta abriu os braços e puxou Nolan para o peito. As dobras serpenteantes da capa envolveram o menino. Os gritos de Nolan se transformaram em urros. A fumaça cinzenta encheu a floresta. O chacoalhar balançou as árvores. E então... Nolan desapareceu.

Serafina ficou sem ar ao ver aquilo se repetir.

– *Nããão!!!* – gritou ela, de angústia, raiva e frustração.

Em seguida, veio a agitação e o brilho e o terrível cheiro que se seguia. Subitamente cada folha de cada árvore em torno deles caiu no chão, encharcado de sangue, e o próprio chão se tornou um lamaçal pavoroso e fedorento.

Ampliado em tamanho e agora aparentemente mais poderoso do que nunca, o Homem da Capa Preta avançou, dirigindo-se para Braeden mais uma vez.

Braeden precisava lutar ou correr, mas ficou imóvel, paralisado, em total estado de choque, por causa do que acabara de ver acontecer com Nolan. Ele encarava o Homem da Capa Preta, incapaz de se mover.

Sem pensar, Serafina se lançou contra as costas do homem. Ela soltou um grito estridente e selvagem e enlouquecido de raiva. Suas mãos e seus pés se fincaram no ser com uma ferocidade intensa.

O Homem da Capa Preta não teve outra escolha senão se virar e lutar com ela. Ele tentou empurrá-la para fora de suas costas e enrolá-la em sua volumosa capa, como havia feito com os outros, mas Braeden tomou um impulso potente e golpeou a cabeça do homem com um galho. Gideão avançou contra o agressor e o mordeu várias vezes. Serafina se libertou, rolou para o chão e pulou de volta para a batalha. Os três aumentaram a pressão do ataque.

O Homem da Capa Preta, os olhos ainda brilhando de poder, levitou. Três contra um agora, ele havia perdido o elemento surpresa. Agarrou as dobras ondulantes da Capa Preta com o braço, e uma impressionante explosão de ar arremessou longe Serafina. Ela caiu para trás aos trambolhões enquanto o Homem da Capa Preta recuava para a floresta e desaparecia.

Engasgando e tentando recuperar o fôlego, Serafina, com dificuldade, pôs-se de pé e se preparou para o ataque seguinte, que nunca veio.

A batalha havia terminado.

Ela olhou para as próprias mãos. Seus dedos estavam escorregadios por causa do sangue, e suas unhas haviam arranhado a pele podre do Homem da Capa Preta, mas eram mais do que apenas ferimentos da batalha. Era como a pele na luva. Ele estava se desintegrando.

No meio da escuridão, avistou Braeden deitado no chão. Amedrontada com a possibilidade de que ele estivesse ferido, Serafina correu até o garoto.

— Está machucado? — ela perguntou, aflita.

— Est... tou. B-bem. — Braeden engasgou à medida que ela o ajudava a se levantar. — E você? Ele machucou você?

— Estou bem.

— Eu... eu... eu... não entendo, Serafina. Que coisa era aquela? O que aconteceu com Nolan?

— Não sei — respondeu ela, balançando a cabeça, frustrada.

— Quer dizer, para onde ele foi? Será que ele está... está... *morto*?

Ela não sabia as respostas às perguntas de Braeden. Pensar no pobre Nolan a fez ficar enjoada, furiosa, amedrontada. Ele simplesmente tinha desaparecido. Como ela podia ajudá-lo? Era a segunda vez que tinha lutado com o Homem da Capa Preta, e a segunda vez que tinha perdido um amigo.

— Venha. Temos que sair daqui antes que ele volte — ela disse, tocando o ombro do menino.

— O que aconteceu com o Seu Enkrenka? — indagou Braeden enquanto ele e Gideão a seguiam de volta para o local onde estavam a carruagem e os cavalos.

— Eu não vi — respondeu ela.

— Você acha que *aquilo* apanhou ele também? — Ela podia perceber o medo e a confusão na voz de Braeden.

— Não, aparece um ruído de chocalho quando acontece, e só aconteceu uma vez.

— Você sabe o que é — ele afirmou, agarrando o braço dela e fazendo-a parar. — Diga o que é, Serafina.

— Eu vi esse homem na noite passada — ela respondeu. — Ele levou Clara Brahms do mesmo jeito.

— O quê?!? O que você está dizendo? Onde? Isso quer dizer que Clara está morta? Não entendo o que está acontecendo.

— Nem eu — ela disse. — Mas temos que sair daqui.

Braeden pegou um galho no chão e olhou a floresta.

— Seja o que for, ainda está por aqui...

Ela sabia que ele tinha razão. Eles tinham lutado e o enxotado, mas definitivamente ainda estava lá. Ela não conseguia esquecer a imagem de

Nolan avançando para salvar o amo. Ainda via o olhar tomado de pavor no rosto do menino antes de desaparecer. Quando ela olhou para Braeden, não conseguiu evitar o terrível sentimento atordoante que martelava na sua cabeça.

— Seja o que for – disse ela –, ele não veio por causa de Nolan. Veio por sua causa…

— O machado sumiu! — Serafina exclamou enquanto vasculhavam a área em volta da carruagem. Sem o machado nem ninguém para ajudá-los a tirar as árvores, ela e Braeden não conseguiriam seguir caminho. Estavam encurralados.

— Podemos ir a cavalo – sugeriu Braeden. Mas as árvores cresciam tão juntas umas das outras nessa parte da floresta que os cavalos não conseguiriam passar entre elas, o que era quase um alívio para Serafina, pois não era capaz de se imaginar subindo na garupa de um daqueles animais de passos fortes sem que algum deles a matasse.

— Podemos andar – sugeriu ela.

— Vinte quilômetros é uma distância longa demais para andar nessa floresta – explicou Braeden. – Principalmente à noite...

Ele continuava olhando ao redor, claramente frustrado, e ela também estava, mas havia algo de que ela gostava no fato de estarem juntos nisso. Ele pensava nela como uma aliada. Serafina nunca havia passado tanto tempo com outras pessoas, mas estava começando a entender por que elas gostavam disso. Apesar de ela ter certeza de que nem todo mundo era tão inteligente e gentil como Braeden Vanderbilt.

— Se ficarmos aqui, podemos usar a carruagem como abrigo — disse ele. — Meu tio mandou um mensageiro na frente para avisar aos Vances que eu estava a caminho. Se eu não aparecer, eles vão me procurar. Tenho certeza. Acho que devemos esperar por ajuda.

Ela não queria concordar — queria continuar se movendo —, mas sabia que ele provavelmente estava certo. Ela continuava ouvindo as palavras que ele havia dito para um dos cavalos: *Estamos juntos nisso, meu amigo. Vamos ficar bem.* As palavras pareciam estranhamente tranquilizadoras para ela também.

Serafina observou Braeden soltando o arreio dos cavalos para passar a noite. Os cavalos não poderiam ir longe por causa das árvores caídas bloqueando a estrada, mas pelo menos poderiam se mover ali por perto. Ele lhes deu feno e água dos suprimentos que Nolan havia estocado na parte de trás da carruagem. Antes dessa ocasião, ela só havia visto cavalos a distância, e eles sempre pareceram feras terrivelmente selvagens e imprevisíveis, mas, enquanto observava Braeden trabalhar com eles, falar com eles e cuidar deles, pareciam ser criaturas de bom coração, muito mais inteligentes do que ela imaginava. O garoto era um especialista em cavalos.

— Eles normalmente dormem em pé — explicou. — E sempre se revezam de modo que pelo menos um fique acordado e alerta para o perigo. Se percebem alguma coisa, soam o alarme. Você só tem que conhecer os sinais.

— Excelente. Temos cavalos sentinelas — disse Serafina com um sorriso, tentando animá-lo.

Braeden sorriu em retribuição, mas dava para ver que ainda estava muito assustado pelo que havia acontecido, assim como ela. Quando uma rajada de vento passou através das árvores, ela teve o reflexo de dar um giro, com medo de o espectro voador ter voltado.

— O que você está vendo? — perguntou Braeden.

— Nada — respondeu ela. — É só o vento.

O frio da noite havia caído na floresta e, com a luz da lua que era filtrada pelas árvores, eles podiam ver suas respirações. Quando uma coruja deu um pio assustador a distância, Braeden ficou alarmado, mas o som do pássaro acalmou Serafina. Ela havia passado toda a sua vida escutando aqueles tipos de sons nas suas rondas noturnas dos terrenos de Biltmore.

— É só uma coruja — Braeden disse enquanto soltava o ar.

— É só uma coruja — concordou ela.

Quando eles subiram na carruagem, Braeden segurou a porta aberta para Serafina e a ajudou nos pequenos degraus, tocando as costas dela com a mão. Era como se estivessem entrando no Grande Salão de Baile para uma dança festiva. Como um jovem cavalheiro, era um gesto natural para ele, provavelmente apenas um hábito, mas era uma sensação que ela nunca havia sentido antes. Por um momento, não conseguiu sentir nem pensar em outra coisa além do toque delicado da mão de Braeden em suas costas. Era a primeira vez na vida que alguém que não fosse seu pai a tocava de uma maneira delicada e gentil. Fez de tudo para se convencer de que o toque de Braeden provavelmente significava muito mais para ela do que para ele. Ele talvez nem tivesse percebido que a havia tocado. Ela sabia que ele havia dançado e jantado com muitas garotas elegantes. Provavelmente, era tolice dela achar que ele poderia querer ser amigo de uma garota que usava uma camisa como vestido e que não sabia cavalgar.

— Vem — Braeden disse para Gideão em voz baixa, e o cão saltou para dentro da carruagem com eles. Braeden trancou a porta de madeira e a sacudiu algumas vezes para se certificar de que estava segura. Gideão fez dois círculos, depois tomou sua posição no chão guardando a porta.

— Infelizmente, não trouxemos nenhuma coberta — avisou Braeden, procurando nos depósitos de guardados da carruagem e tentando pensar em um modo de se manterem aquecidos. — Nem mesmo uma boa capa de chuva para nos cobrir.

— Dispenso a capa, obrigada — Serafina disse com um sorriso, e Braeden riu um pouco, mas parecia quase tão nervoso quanto ela por ficar preso em sua companhia dentro da carruagem, sem nada mais para fazer a não ser olhar um para a cara do outro no escuro.

Braeden se sentou e deu um tapinha no assento ao lado.

— Por que não senta aqui, Serafina, deste lado? Precisamos nos aquecer de alguma maneira.

Apesar do aperto desconfortável se formando no peito, ela lentamente se moveu na direção dele.

Esperava não estar com cheiro de porão. Se ele estava acostumado a moças como Anastasia Rostonova, com seus vestidos luxuosos, ou até a Srta. Whitney, e seu perfume com aroma de rosas, ela não conseguia imaginar como o cheiro dela também seria agradável para ele. *Com licença, Srta. Serafina*, diria ele, sentindo ânsias de vômito e tossindo, *pensando bem, talvez seja melhor a senhorita dormir no chão com o cachorro...*

Mas Braeden não disse nada. Ela se sentou ao lado dele, e o mundo não acabou. Enquanto eles se aconchegavam para se manterem aquecidos, Serafina se preocupava que ele descobrisse alguma característica bizarra sua que ela nem imaginava que fosse bizarra. Só esperava que não houvesse razão para tirar os sapatos na presença de Braeden e ele perceber seus dedos faltando. Não queria que ele chegasse muito perto. Será que ele sentiria os ossos que lhe faltavam? Ela nem tinha certeza de quais eram. Afinal de contas, quantos ossos tem uma pessoa normal?

Ela sempre gostara de se aconchegar sozinha em lugares pequenos, mas ficou surpresa ao se ver tão confortável encolhida do lado dele. Foi até capaz de relaxar um pouco e acalmar a respiração.

Mais cedo naquela mesma manhã, quando ela havia acordado entalada em uma máquina de secagem no porão de Biltmore, o último lugar do mundo onde imaginaria passar a noite era aninhada no calor do veludo, entre o garoto Vanderbilt e seu valente cão de guarda. Gideão, por sua vez, parecia ter superado a reação inicial a ela. Eles haviam lutado juntos, ela e o dobermann, e quem sabe fossem um pouco amigos agora, pelo menos temporariamente.

— Serafina, preciso fazer uma pergunta — disse Braeden no escuro.

— Tudo bem — concordou ela, mesmo sabendo que aquilo não seria bom.

— Por que você mora no porão?

Ela não sabia se ele a considerava uma amiga ou se os dois estavam unidos apenas pelas circunstâncias e ele procurando fazer frente a uma situação ruim da melhor forma possível, mas, depois de tudo o que haviam passado juntos, não parecia certo mentir para ele. E ela não queria mentir.

— Sou filha do mecânico das máquinas — contou ela finalmente. Pronto, havia falado. Simples assim. Em voz alta. Ao pronunciar as palavras, sentiu tanto orgulho quanto uma sensação nauseante de desgraça iminente por imaginar que havia traído o pai.

— Eu sempre gostei dele — comentou Braeden casualmente. — Ele consertou a fivela da minha sela e ficou muito mais confortável para o meu cavalo.

— Ele também gosta de você — disse ela, embora se lembrasse de que o pai havia falado mais da fivela do que do garoto naquele dia.

— Então, você esteve lá no porão esse tempo todo? — Braeden perguntou surpreso.

— Eu sou boa em ficar fora do caminho — respondeu ela simplesmente. Serafina queria contar a ele que era a Caçadora Oficial de Ratos, mas segurou a língua, sem saber como ele reagiria ao pensar nela pegando ratos. Ele talvez quisesse saber quando ela tinha lavado as mãos pela última vez. De repente, ela duvidou de que ele desse qualquer importância ao que ela fazia. Todos os tipos de pessoas ricas e famosas e seus filhos iam a Biltmore, então por que Braeden se importaria com o que ela fazia a noite toda?

— Então você estava lá no porão quando viu o Homem da Capa Preta pela primeira vez... — começou ele. — Quem você acha que é?

— Não sei — ela respondeu. — Não sei nem se ele é uma pessoa ou um avejão.

— O que é um avejão? — perguntou Braeden, as sobrancelhas erguidas.

— Uma sombra, uma assombração. Sabe, um fantasma. O Homem da Capa Preta pode ser algum tipo de espectro que sai da floresta à noite. Mas eu acho que ele é um simples mortal. Acho que é um dos cavalheiros de Biltmore.

— O que faz você pensar isso? — perguntou Braeden surpreso.

— A capa de cetim, os sapatos, a maneira como ele anda, a maneira como ele fala. Tem alguma coisa nele... como se ele achasse que é melhor do que todo mundo...

— Bom, certamente ele é mais assustador do que qualquer pessoa que eu já vi — disse Braeden, mas depois não disse mais nada.

Ela percebeu que Braeden ficara perturbado com sua teoria de que o Homem da Capa Preta pudesse ser um cavalheiro de Biltmore.

Eles ficaram em silêncio por bastante tempo. Serafina podia sentir o calor de Braeden ao seu lado, a respiração dele e as batidas do seu coração. Podia sentir um tênue perfume de lã, couro e cavalos nele. A despeito do que pudesse significar estarem juntos na carruagem, naquele momento ela sentiu uma maravilhosa sensação de paz, uma sensação de que estava em seu ambiente, e que, apesar de tudo o que vinha acontecendo, ela estava exatamente onde deveria estar. Não fazia nenhum sentido para ela, nem mesmo parecia possível, mas não havia como negar que era dessa maneira que estava se sentindo.

— Preciso que você me faça um favor — pediu ela bem baixinho.

— Tudo bem.

— Por favor, não conte a ninguém sobre mim e meu pai. Ele realmente precisa desse emprego. Ele adora Biltmore.

Braeden concordou com a cabeça.

— Eu entendo. Não vou contar a ninguém, prometo.

— Obrigada — agradeceu ela, aliviada.

Serafina sentia que podia confiar nele. E os comentários do pessoal da cozinha, de que Braeden era um menino solitário e que gostava bem mais de passar o tempo com seus amigos animais do que com as outras pessoas, agora pareciam totalmente injustos.

Quando Braeden adormeceu, sua respiração ficou lenta e estável.

Permanecendo completamente imóvel, Serafina se virou para olhar para ele. Ela passou os olhos pela sua pele clara e macia. Ele era tão limpo. E sua roupa lhe servia tão bem. A jaqueta de lã devia ter sido feita sob medida. Até os botões haviam sido enfeitados com suas iniciais, *BV*, gravadas em cada um. O Sr. e a Sra. Vanderbilt deviam ter encomendado aqueles botões, ela pensou. Será que isso significava que eles amavam e estimavam Braeden? Ou era só para que ele se encaixasse na sua elegante sociedade?

O pai havia lhe contado a história do Sr. Vanderbilt enquanto estavam lavando a louça do jantar certa noite na oficina. Como muitos cavalheiros ricos da alta sociedade, George Vanderbilt usara sua herança para construir uma casa. Mas ele não a construíra em Nova York, como era de costume entre a aristocracia. Ele a construíra em uma região erma no oeste do estado da

Carolina do Norte, incrustada nas montanhas com vegetação densa, a quilômetros e quilômetros da cidade mais próxima. As damas e os cavalheiros da elite da sociedade nova-iorquina consideraram isso um comportamento extremamente excêntrico. Por que um homem com tanta instrução, nascido e criado no luxo civilizado de Nova York, iria querer morar em uma região selvagem de um lugar tão escuro e coberto de florestas?

A Mansão Biltmore levou anos e anos para ser construída, mas, quando finalmente ficou pronta e todos viram o que George Vanderbilt havia feito, entenderam seu sonho. Ele havia construído a maior e mais majestosa casa dos Estados Unidos, cercada por um terreno autossuficiente, generoso, e pela nobre beleza das Montanhas Blue Ridge. Ele se casou alguns anos depois. E todo mundo que tinha o privilégio de ser convidado ia à cidade de Asheville para visitar George e Edith Vanderbilt. Eram os ricos, os famosos e os poderosos: senadores, governadores, grandes industriais, governantes de países estrangeiros, músicos de renome, escritores talentosos, artistas e intelectuais. E foi embaixo desse mundo resplandecente que seu pai a havia criado.

Ela olhou para Braeden e se lembrou de quando ele chegara a Biltmore dois anos antes. Os criados falavam da tragédia aos sussurros. O sobrinho de dez anos de idade do Sr. Vanderbilt estava indo morar em Biltmore porque sua família havia morrido num incêndio em casa em Nova York. Ninguém sabia como havia começado, talvez um lampião a óleo ou uma fagulha do fogão na cozinha, mas a casa pegara fogo no meio da noite. Gideão acordara Braeden em um quarto cheio de fumaça, puxara seu braço com os dentes e o arrastara para fora da cama. Com as paredes e o teto em chamas, eles saíram com dificuldades da casa incendiada, engasgados e exaustos. Quase não escaparam com vida. Gideão o havia salvado. Foi só então que Braeden descobriu que a mãe, o pai, os irmãos e irmãs estavam todos mortos. Sua família inteira havia sido consumida pelo fogo. Pensar nisso fez Serafina estremecer. Não conseguia suportar a ideia de perder o pai. Como Braeden devia ter se sentido triste e desamparado perdendo a família inteira.

Ela havia escutado os criados conversando sobre como centenas de damas e cavalheiros, criados e pessoas de todo tipo tinham ido ao velório. Quatro cavalos negros puxaram a carruagem negra com oito caixões, enquanto um garotinho andava ao lado, segurando a mão do tio.

Ela se lembrava de observar o garoto no dia em que ele chegara a Biltmore e divagar sobre ele. Os criados disseram que ele chegou sem qualquer bagagem, nenhum pertence além dos quatro cavalos negros, os quais seu tio concordara em transportar por trem de Nova York.

Chegando mais perto de Braeden, ela se lembrou do que ele havia dito para ela mais cedo naquela noite: *Eu e esses cavalos somos amigos há muito tempo.*

Daquele dia em diante, ela manteve o garoto sempre à vista. Frequentemente, Serafina o via andando pela propriedade de manhã. Ele passava longos períodos de tempo observando os pássaros nas árvores. Pescava trutas nos riachos, mas, para tristeza da cozinheira, sempre soltava o que quer que tivesse capturado. Quando ela o observava na casa, ele não parecia à vontade entre os garotos e as garotas da sua idade, nem entre a maior parte dos adultos. Amava seu cão e seus cavalos, e isso era tudo para ele. Esses pareciam ser seus únicos amigos.

Ela se lembrava de escutar a tia dele conversando com um convidado certa vez.

"Ele está só passando por uma fase", a Sra. Vanderbilt havia dito, tentando explicar por que ele ficava tão quieto à mesa de jantar e tímido nas festas. "Ele vai sair dessa."

Mas Serafina tinha a sensação de que ele nunca havia saído.

Os tios dele viviam em um mundo de festas extravagantes, mas, a distância, Braeden parecia encontrar mais prazer em cavalgar ou cuidar da asa quebrada de um falcão do que em dançar com as garotas nos deslumbrantes bailes promovidos com frequência pelos Vanderbilt. Serafina se lembrava de fazer uma ronda em uma noite de verão perto das janelas do Jardim de Inverno quando estava tudo aceso para um desses bailes. Ela observava as garotas nos seus lindos vestidos desfilando por todo lado, dançando com os garotos, e bebendo ponche espumante de uma cascata gigante no centro do salão. Sempre quisera ser uma daquelas garotas, com um vestido chique e sapatos lustrosos. Lembrava-se de ouvir a orquestra tocando e as pessoas conversando e rindo. Agachada nas sombras sob as janelas, podia espreitar e observar o olhar fixo e silencioso dos leões de pedra protegendo as imponentes portas da frente da propriedade.

Não sabia como Braeden se sentia a respeito dela, mas de uma coisa tinha certeza: ela era *diferente*. Diferente de qualquer outra garota que ele já vira. Não fazia ideia se isso a determinava como amiga ou inimiga, mas era *alguma coisa*.

Estavam no meio da madrugada agora, e ela sabia que deveria dormir, mas não se sentia cansada. O dia não a havia deixado exausta, mas sim agitada. De repente, o mundo inteiro estava diferente do que fora no dia anterior. Ela nunca se sentira tão viva na vida. Havia tantas perguntas, tantos mistérios para resolver. Ela continuava rezando para que de alguma maneira, de algum modo, apesar de tudo o que ela havia visto, Clara, Nolan e Anastasia ainda estivessem vivos, e ela pudesse salvá-los. Queria sair e percorrer a floresta à procura de pistas sobre o Homem da Capa Preta.

Mas decidiu ficar onde estava, contente por permanecer aninhada do lado de Braeden.

Depois de um tempo, começou a cair uma chuva forte, e ela ficou escutando o barulho dos pingos nas folhas das árvores e no teto da carruagem, pensando o quão perfeita era aquela sinfonia para ela.

De olhos e ouvidos bem abertos, Serafina fez a seguinte promessa para si mesma: se o Homem da Capa Preta voltasse naquela noite... ela estaria preparada.

Quando Serafina acordou bem cedinho na manhã seguinte, a janela da carruagem filtrava os delicados raios do sol nascente que banhavam a todos com uma suave luz dourada. Braeden dormia profundamente do seu lado. Gideão ainda estava deitado aos pés deles, quieto e preguicento.

Mas, de repente, o cão ergueu a cabeça e levantou as orelhas. Então ela também ouviu a algazarra: vozes, cavalos trotando, rodas girando, a barulheira de carruagens se aproximando...

Serafina se levantou com um salto. Não sabia se as carruagens estavam trazendo amigos ou inimigos, mas, de qualquer maneira, não queria ser vista. Se ficasse dentro da carruagem, estaria presa; precisava de espaço para observar, se movimentar, lutar.

Ela detestou ter que deixá-lo, mas tocou Braeden no ombro.

— Acorde. Tem alguém aqui.

Em seguida, deslizou para fora da carruagem e disparou para a floresta antes mesmo que ele acordasse.

Escondendo-se nos arbustos e nas árvores a alguma distância, oculta pelo matagal, ela viu Braeden e Gideão saírem da carruagem. Braeden esfregou os olhos na luz do sol e procurou por Serafina, obviamente se perguntando para onde e por que ela havia desaparecido.

— Aqui! Achei a carruagem! — um homem gritou enquanto escalava o tronco da árvore caída na estrada. Diversas carruagens e uma dúzia de homens a cavalo tinham vindo diretamente de Biltmore à procura de Braeden. Enquanto o grupo foi cortar a árvore, com a ajuda de enormes serrotes de dois cabos, além de dois machados, o Sr. Vanderbilt subiu pelos galhos, passou por cima do tronco e correu na direção do sobrinho.

— Graças a Deus você está bem — disse, a voz cheia de emoção quando eles se abraçaram.

Braeden estava obviamente feliz e aliviado por ver o tio.

— Obrigado por vir me buscar.

Quando eles se separaram, Braeden ajeitou para trás o cabelo despenteado de quem acabou de acordar e esquadrinhou as árvores. Depois olhou na direção das carruagens e dos homens do resgate.

Serafina sabia que ele estava procurando por ela, mas havia se escondido como uma criatura da mata. Sentia-se um animal selvagem lá, embaixo de folhas de rododendros e de louros-da-montanha. A floresta não era algo que ela temesse, como havia acontecido na noite anterior. Era seu esconderijo, sua proteção.

— Me diga o que aconteceu, Braeden — pediu o Sr. Vanderbilt, parecendo sentir a ansiedade do garoto.

— Nós fomos atacados durante a noite — contou Braeden, a voz fraca e o rosto corado de emoção. — Nolan foi capturado. Ele sumiu. Seu Enkrenka desapareceu bem na hora que a batalha começou, e não apareceu mais.

O Sr. Vanderbilt franziu a testa, confuso. Ele colocou a mão no ombro de Braeden e o fez virar na direção do grupo de homens trabalhando na árvore e limpando a estrada. Além dos criados, Serafina reconheceu uma dúzia de outros homens da casa, incluindo o Sr. Bendel, o Sr. Thorne e o Sr. Brahms. Ela abafou uma exclamação, pois lá estava Seu Enkrenka, trabalhando entre eles.

— Seu Enkrenka me disse que um grupo de bandidos atacou — contou o Sr. Vanderbilt. — Ele enxotou os bandidos, mas, quando tentou ir atrás deles, se distanciou da carruagem e decidiu que era melhor voltar para Biltmore o mais rápido possível para buscar ajuda. Fiquei furioso porque ele deixou você sozinho, mas no final das contas foi ele que nos trouxe até aqui, então talvez ele estivesse certo.

Serafina viu Braeden olhar para o cocheiro, surpreso. O homem horroroso retribuiu o olhar, sem deixar transparecer nada.

— Não tenho certeza se eram bandidos, tio — disse Braeden de maneira insegura. — Eu só vi um agressor. Um homem com uma capa preta. Ele levou o Nolan. Eu nunca tinha visto nada parecido. Nolan simplesmente sumiu.

— Vou mandar uma equipe de busca montada vasculhar a estrada toda, de ponta a ponta, até encontrar o garoto — avisou o Sr. Vanderbilt —, mas, nesse meio-tempo, quero que você volte para casa.

Enquanto Braeden e o Sr. Vanderbilt conversavam, Serafina observava Seu Enkrenka. Ela se perguntava o que aquela ratazana velha estava tramando. Alguma coisa nele não cheirava nada bem. Ele não havia lutado com bandido nenhum; simplesmente havia desaparecido. E agora lá estava ele de novo, com uma história falsa, falando do próprio heroísmo.

A única boa notícia era que, pelo visto, ele não tinha dado com a língua nos dentes sobre a existência de Serafina para o Sr. Vanderbilt. Será que o cocheiro era um herói? Um vilão? Ou nada mais do que um covarde comum com cara de rato? Ela olhou em torno, para o Sr. Vanderbilt, Seu Enkrenka e os outros homens. Estava começando a ver como era difícil determinar quem era bom e quem era mau, em quem podia confiar e com quem deveria ter cuidado. Todo mundo, de alguma forma, se achava herói, lutando pelo que acreditava ser certo, ou simplesmente lutando para sobreviver mais um dia, mas ninguém se julgava mau.

Gideão não perdoava assim tão fácil. Partiu para cima do cocheiro na mesma hora e começou a latir e rosnar para ele.

Talvez os cães realmente farejem o medo, pensou Serafina. *Ou, pelo menos, a covardia...*

Não parecia que Gideão ia realmente morder Seu Enkrenka, mas não ia deixá-lo sair dessa sem umas boas latidas. Os outros homens assistiam à cena, achando graça, mas o sinistro cocheiro não estava nada satisfeito com o comportamento do cachorro.

– Ah, cala a boca, seu vira-lata imbecil! – gritou ele, e levantou os braços para bater no cão com o machado.

Braeden e Serafina estavam distantes demais para ajudar, mas o Sr. Thorne agarrou o braço dele e o conteve em pleno movimento.

– Não seja tolo, Enkrenka.

– Ah, mas que... Leva esse vira-lata sarnento pra longe de mim – resmungou e saiu pisando forte.

Braeden correu para Gideão e o Sr. Thorne.

– Ah, obrigado, senhor, muito obrigado.

– É ótimo ver que está bem, jovem amo Vanderbilt – disse o Sr. Thorne contente, dando tapinhas no ombro de Braeden com a mão coberta por uma luva de couro. – Parece que terá grandes histórias para contar a todo mundo sobre sua aventura na floresta no jantar desta noite.

– O senhor viu mais alguém quando chegou? – perguntou Braeden, ainda segurando Gideão, mas olhando ao redor novamente à procura de Serafina.

– Não se preocupe – disse o Sr. Thorne. – Esses sujeitos covardes não são o tipo de gente que fica por perto depois de um ataque. Tenho certeza de que já estão bem longe a essa altura.

Apesar das suas palavras tranquilizadoras, Serafina notou que o Sr. Thorne usava um belo punhal no cinto e imaginou se ele meio que esperava encontrar os bandidos.

– Tenho certeza de que tem razão, Sr. Thorne – disse o Sr. Vanderbilt, balançando a cabeça com irritação enquanto andava até eles. – Mas é difícil acreditar que uns bandidos arriscariam um ataque tão descarado tão perto de Biltmore. Vou pedir para a polícia intensificar as patrulhas na estrada.

Braeden não parecia estar prestando lá muita atenção a nada do que diziam. Apenas continuava olhando para as árvores. Serafina queria que ele soubesse que ela estava bem, mas não podia deixar todos aqueles homens a verem, e ela definitivamente não queria ter que explicar quem era ou por que estava na carruagem com Braeden. Então ela ficou quieta e longe da vista.

Braeden se agachou e colocou as mãos em Gideão, que estava olhando para as árvores na direção dela.

— Você pode sentir o cheiro dela, garoto? — sussurrou ele.

— O que está fazendo? — o Sr. Vanderbilt perguntou de maneira áspera.

Braeden ficou de pé, sabendo que tinha sido pego.

— Quem você está procurando, Braeden? — perguntou o Sr. Vanderbilt.

Serafina prendeu a respiração. Era dessa pergunta que tinha medo. Quem Braeden estava procurando? Era aí que o seu segredo e o do seu pai viria à tona. A resposta de Braeden para a pergunta do tio tinha o poder de destruir sua vida.

Quando Braeden hesitou, o Sr. Vanderbilt franziu a testa.

— O que você tem a dizer, Braeden? Desembuche.

Braeden não queria mentir para o tio, mas balançou a cabeça e olhou para o chão.

— Nada — respondeu.

Serafina soltou um suspiro de alívio. Ele havia mantido a promessa. Não ia contar.

Obrigada, Braeden. Muito obrigada, pensou ela, mas então seu tio se inflamou contra ele.

— Você precisa ser corajoso, filho! — exclamou o Sr. Vanderbilt. — Já tem doze anos, e é idade suficiente para tomar conta de si mesmo de modo apropriado. Não fique com medo do que está acontecendo aqui. Você *precisa* assumir o controle. Ser homem. Estamos lidando só com bandidos aqui, ladrões.

— Não creio que fossem bandidos — disse Braeden novamente.

— Claro que eram. Isso não é nada que um Vanderbilt não possa encarar. Concorda?

— Sim, senhor — disse Braeden, carrancudo, olhando para o chão. — Só estou com fome, eu acho.

O Sr. Thorne veio em seu socorro.

— Bem, então, com certeza, vamos arrumar algo para o senhor comer — avisou com entusiasmo, colocando o braço em volta de Braeden. — Vamos, assaltei a cozinha quando estava saindo. Trouxe um saco cheio de sanduíches de carne de porco desfiada e, se ainda não for suficiente, mergulhamos no pudim de framboesa.

Braeden olhou mais uma vez para a floresta, depois se virou e seguiu o Sr. Thorne.

Serafina queria desesperadamente dar ao pobre Braeden alguma pista de que estava por perto, e que estava bem. Se ela fosse outro tipo de garota, teria deixado algum sinal para ele quando partira, um código da conexão entre eles – talvez um medalhão de prata, um lenço de renda ou um pingente da sua pulseira –, mas ela era uma garota selvagem e não possuía nenhum desses pertences para oferecer.

Enquanto os homens se reuniam em volta de Braeden, felizes e aliviados por terem encontrado o garoto, Serafina observou o Sr. Rostonov, o barbudo e imponente embaixador russo, afastar-se dos demais e ficar sozinho na beira da estrada. Braeden havia dito a ela que o Sr. Rostonov não falava inglês muito bem. O pobre homem encarava a floresta, os olhos cheios de lágrimas, como se perguntasse a si mesmo se sua querida Anastasia havia sido assassinada por aquilo que espreitava nas suas sombras. Ele pegou um lenço, limpou os olhos e assoou o nariz. Braeden havia dito que o Sr. Rostonov e a filha só deveriam ficar na Mansão Biltmore por alguns dias antes de voltarem para a Rússia, a tempo de passarem o Natal com a família. Mas, quando Anastasia desaparecera, ele havia permanecido, continuando a busca por ela. O Sr. Rostonov não conseguia suportar o pensamento de voltar para casa, ao encontro da esposa, sem a filha. Lá no fundo, perto das carruagens, alguns homens foram até Seu Enkrenka, que ainda estava aborrecido pelo incidente com o cão, e agradeceram por ele ter conduzido a equipe de busca até Braeden. Mas havia alguma coisa nele, todo sorridente e sebento, que arrepiava os pelos de Serafina. O que ele estava fazendo *de verdade*? Onde estava quando o Homem da Capa Preta atacara? Será que trabalhava para ele? Ou será que era *ele*?

Ela também lançou um olhar de suspeita para o Sr. Vanderbilt. Não gostou de como ele tinha sido duro com Braeden, dizendo-lhe o que fazer e o que não fazer e como se sentir. Ele não fazia a mínima ideia do que Braeden tinha passado. Não era muito melhor ouvinte do que o pai dela, e parecera aceitar muito rapidamente a história de Seu Enkrenka de que foram apenas bandidos.

Braeden havia dito que os tios o tinham mandado em segredo passar a noite em outro lugar; então, poucas pessoas sabiam que ele estaria na estrada àquela hora. E havia dito que o tio confiava em Seu Enkrenka. Será que eles dois estavam trabalhando juntos?

Ela tentou refletir sobre a situação. Era realmente possível que o Sr. Vanderbilt fosse o Homem da Capa Preta? Será que tinha alguma necessidade terrível de engolir *todas* a crianças em Biltmore?

Depois de os homens tirarem a segunda árvore da estrada, aqueles que não continuavam na busca por Nolan voltaram para as carruagens. Os cocheiros começaram a complexa tarefa de manobrá-las no espaço apertado da estrada estreita para que pudessem voltar à Mansão Biltmore.

— Quero que você vá na minha carruagem, Braeden — disse o Sr. Vanderbilt. — Seu Enkrenka conduz.

— Sim, senhor — disse Braeden —, entendo, mas precisamos levar meus cavalos de volta para casa. — Seus cavalos haviam sido encilhados, mas não havia nenhum cocheiro para levá-los.

— Eu vou cuidar disso! — O Sr. Thorne prontamente se apresentou como voluntário. Andou até os cavalos, fez carinho nas suas cabeças enquanto os animais esfregavam os focinhos nele, depois subiu no assento vazio do condutor e pegou as rédeas.

Serafina viu Braeden sorrir, aliviado porque o Sr. Thorne estava ajudando, mas uma coisa lhe pareceu estranha. Muitos cavalheiros eram cavaleiros talentosos, mas poucos tinham experiência em conduzir uma carruagem, que era um trabalho dos criados.

O Sr. Bendel, que estava montado em seu puro-sangue, se alinhou ao Sr. Thorne.

— Bem, aí está você, Thorne. Já tem uma alternativa se algum dia perder sua fortuna.

— Preciso arranjar uma fortuna antes de perdê-la — disse o Sr. Thorne com humildade.

Serafina e a Capa Preta

Os dois cavalheiros riram juntos, mas então o Sr. Bendel ficou mais sério, acenou com o chapéu para o Sr. Thorne e o Sr. Vanderbilt, e se juntou à equipe de busca que iria procurar Nolan, cerca de meia dúzia de cavaleiros.

– Não me esperem para o jantar – gritou o Sr. Bendel para os amigos quando saiu cavalgando com os demais.

Logo as carruagens estavam todas se movimentando e pegando a estrada em direção à casa.

Serafina queria desesperadamente ir com eles, mas sabia que não podia e permaneceu escondida nos arbustos. Teve que abafar a sensação de pânico provocada pela ideia de que havia sido deixada para trás, de que nunca conseguiria achar o caminho de volta para Biltmore pela floresta. E já sentia falta da companhia de Braeden. Enquanto ela observava as carruagens a distância, pensou, *Adeus, meu amigo*, e esperou que ele estivesse pensando o mesmo.

Mas nem bem as carruagens tinham desaparecido, já sentia um formigamento percorrendo seus membros. Deveria estar com medo de ficar sozinha na floresta. Durante toda a sua vida, havia sido avisada para ficar longe de lá, mas agora era ali que se encontrava. Longe de Biltmore. Sozinha no meio das árvores. E, então, teve uma ideia. Sentiu-se muito desejosa de fazer aquilo. Só esperava que não a fizesse se perder. Nem ser morta.

Quando pisou na estrada vazia e olhou para sua extensão, Serafina teve uma sensação estranha e desconhecida por estar tão longe do pai e de Biltmore e de toda a comoção lá. Ela meio que esperava explodir em lágrimas, correr atrás das carruagens e gritar: *Esperem! Esperem! Vocês se esqueceram de mim!*

Mas não fez isso. E se sentiu muito madura por sua atitude.

O sol estava bem alto agora e lançava uma adorável luz cálida nas árvores. Os passarinhos cantavam. Havia uma brisa suave. As coisas não eram tão ruins assim na floresta.

Mas então ela olhou para a longa e sinuosa estrada, que corria entre as árvores, e se lembrou de que estava a uns vinte quilômetros de casa.

– Tentarei chegar a tempo do jantar, Pa – disse ela para o vazio com uma ponta de incerteza, e começou a caminhar. Mas não estava exatamente indo para casa. Não diretamente.

O Homem da Capa Preta parecia conhecer a floresta muito bem, e ela se lembrava das histórias de pessoas sumindo. Tinha uma suspeita assustadora de que o Homem da Capa Preta de alguma maneira tivesse uma conexão com a aldeia abandonada da qual ouvira falar. Ela havia decidido que iria encontrar a velha aldeia e ver se lhe dava qualquer pista. Por que todas as pessoas de uma cidade abandonariam suas casas e partiriam?

Havia um lado dela, também, que estava ansioso para adentrar as sombras da floresta, para ver esse mundo misterioso. Ele a atraía, não apenas porque o pai a proibira de entrar lá, mas também por causa da penosa verdade da própria descrição dele: ela tinha *nascido* lá.

Decidiu andar um pouco pela estrada e ver o que conseguia encontrar. Quem sabe houvesse alguma placa antiga apontando para a aldeia abandonada, ou talvez topasse com alguém na estrada que soubesse dizer como chegar lá. De um jeito ou de outro, parecia que seria bem fácil encontrar uma cidade inteira.

Enquanto ela andava, não parava de pensar no pai. Queria poder lhe mandar uma mensagem. Ele devia estar preocupadíssimo com ela, principalmente com todas as horríveis histórias de crianças desaparecendo. Ela se perguntou se ele tinha conseguido fazer o gerador funcionar.

Ele produzia a única coisa de que todos, menos ela, precisavam desesperadamente à noite: luz. Quem na face da terra danificaria um gerador elétrico de propósito? E quem saberia até mesmo fazer um negócio desses? Seu pai era o único homem da propriedade que sabia como ele funcionava. Ele, e talvez George Vanderbilt se pegasse as instruções em um dos livros da sua biblioteca.

Ela pensou como era interessante que cada pessoa tivesse um talento ou uma habilidade especial, alguma coisa que fazia naturalmente bem e sem esforço, e depois trabalhava anos para aperfeiçoar. Ninguém sabia como fazer tudo. Era impossível. Não havia horas suficientes na noite. Mas todo mundo sabia alguma coisa. E todo mundo era um pouco diferente. Algumas pessoas faziam uma coisa. Outras faziam coisas diferentes. Isso a fez pensar que talvez Deus pretendesse que todas as pessoas se encaixassem, como um enorme quebra-cabeça montado.

Serafina e a Capa Preta

Serafina ainda ficava impressionada quando tentava imaginar seu pai, um homem grande, mecânico de trens, carregando um recém-nascido para fora da floresta e cuidando dele todos esses anos. Nunca havia lhe ocorrido, até o momento, que ela não pertencesse a qualquer outro lugar além do porão com o pai, mas agora sua mente corria solta com perguntas e ideias. Ela estava ansiosa para chegar em casa, mas, descendo a estrada, sentiu-se um tanto eufórica por estar livre e sozinha. Podia ir para qualquer direção que escolhesse.

Ela andou por uma hora sem ver uma alma viva sequer, nada além de gaios azuis e chapins curiosos com sua presença, alguns esquilos tentando assustá-la e afastá-la para longe e um furão atravessando velozmente a estrada na frente dela como se sua vida dependesse disso. Serafina nem tinha certeza se ainda estava indo na direção certa, mas imaginava que não tinha como errar se permanecesse na estrada.

Então, chegou a uma trifurcação.

A estrada à esquerda era a mais larga e parecia a mais usada. Ela ficou de quatro e examinou o solo rochoso. Era difícil dizer, mas pensou que talvez pudesse ver marcas de rodas de carruagem. Mas a estrada do meio era ampla e tão clara quanto a primeira, com depressões ocasionais que deviam ter sido causadas por ferraduras. Qualquer uma delas podia muito bem ser a estrada para Biltmore.

Apenas a terceira estrada era diferente. Não era nem certo chamá-la de estrada, mas algo que algum dia *tinha sido* uma estrada. Dois velhos pinheiros podres haviam caído, formando um X no caminho. Grossas extensões de hera venenosa e trepadeiras cerradas cresciam em toda a volta e pareciam estrangular as duas árvores caídas. Essa estrada claramente não havia sido usada por carruagens nem cavalos havia anos. Mais parecia um atalho. Serafina nem tinha certeza se uma pessoa a pé conseguiria atravessá-la.

Ela não viu nenhum sinal ou placa que identificasse a estrada, mas parecia possível que um caminho velho e sem uso como esse pudesse levar à aldeia abandonada. Talvez o estado da estrada tivesse prejudicado a cidade. Ou talvez a floresta houvesse retomado a estrada quando os habitantes do local desapareceram. Em todo caso, se ela tivesse qualquer esperança de resolver o mistério do Homem da Capa Preta, iria precisar de pistas e informações. De onde ele tinha vindo? Qual era a história dele? Como ela podia detê-lo?

Heras venenosas nunca a tinham afetado da maneira como afetavam outras pessoas, mas ainda assim ela escalou com cuidado o amontoado de trepadeiras e espinhos. Do outro lado das duas árvores cruzadas, chegou a um matagal de galhos podres e mortos, com pedras no chão tão afiadas quanto lâminas de machado. A trilha estreita, tomada de mato, fazia um S e virava, afundando em um barranco pedregoso, e ela não conseguia ver o que havia lá embaixo.

Ao olhar para a passagem escura, um arrepio correu pela sua espinha. Ela não tinha ideia para onde o caminho a levaria, mas… começou a descer.

Serafina seguiu o caminho sombreado por um tempo, engatinhando por cima de árvores caídas e se embrenhando em matagais horríveis, até atingir uma bifurcação.

Enquanto tentava descobrir que direção tomar, ouviu sons fracos vindo do meio dos galhos. Os sons tinham uma característica assustadora, sobrenatural. Ela pensou que não devia ser nada mais do que o vento soprando nas árvores, mas, quando se pôs a escutar com atenção, percebeu que parecia quase como se houvesse pessoas chamando umas às outras a distância e crianças brincando.

Sem outras pistas para orientá-la, decidiu seguir em direção aos sons e ver o que conseguia encontrar. Se passasse por uma casa, então talvez os habitantes pudessem apontar-lhe a direção certa.

O caminho virava em uma curva acentuada e despencava num barranco íngreme, inteiramente coberto com samambaias, depois subia novamente, formando uma via entre grandes pedras cobertas de musgo e árvores velhas retorcidas pela ação do vento e do tempo. Desesperadas por terra, as raízes das árvores grudavam nas pedras como gigantescas mãos, os imensos dedos mergulhando no solo embaixo delas.

Esse lugar é terrivelmente assustador, pensou ela, mas continuou andando, determinada a ir adiante.

Diferente de árvores normais, que cresciam para cima em direção à luz do sol, essas tinham galhos nodosos, deformados, como se tivessem sido torcidos por uma dor agonizante. Muitas árvores estavam desfolhadas e mortas, ressecadas por doença ou alguma outra força fatal. A maioria estava caída morta no chão, os troncos se cruzando como se um gigante as tivesse empurrado.

Enquanto continuava caminhando, uma névoa subiu do chão coberto de folhas da floresta, e uma neblina obscureceu sua visão do terreno ao redor.

Ah, maravilha. Se eu não conseguir ver nada, com certeza vou me perder...

Ela se virou para voltar para a bifurcação do caminho, mas a neblina ficou tão espessa que mesmo esse pequeno trajeto era impossível. Tentou controlar o medo, mas sentiu o pânico tomando conta. Fez um esforço para respirar, enquanto a névoa a envolvia, e perdeu a noção de lugar e direção. Começou a perceber que havia cometido um erro enorme ao sair da estrada principal.

Fique calma, pensou. *Apenas pense... Encontre o caminho de casa...*

Seu pé bateu numa protuberância, ela tropeçou e caiu no chão. Suas mãos e seu rosto tocaram alguma coisa molhada e pegajosa enterrada nas folhas. Ela quase perdeu o ar quando viu que era uma carcaça ensanguentada de um cervo ou algum outro animal de grande porte. O corpo estava sem as vísceras, as tripas arrancadas. A cabeça e as patas traseiras estavam faltando, mas, pelo que havia sobrado, parecia ter sido escondido lá propositalmente.

Ela teve ânsias de vômito ao se colocar de pé, limpou as mãos na casca de uma árvore coberta com limo e seguiu em frente, desesperada para encontrar a estrada.

Quando ouviu vozes adiante, sentiu uma onda de esperança. Moveu-se rapidamente na direção delas.

Podem ser viajantes, pensou. *Quem sabe tem um grupo caçando lá na frente?*

Mas, então, parou de andar. Eram os mesmos barulhos assustadores que havia escutado antes, mas dessa vez estavam bem mais perto: sons como se alguém chamasse, roucos, ásperos, mas com uma característica estranha, quase humana, como algum tipo de criança sinistra correndo e brincando na floresta. Uma onda de medo atravessou seu corpo: pernas e mãos não paravam de se mexer, agitadas. Os sons estavam acima dela e em todos os lados agora, mas ainda não conseguia ver nada.

— Mostra a cara! — ela ordenou.

Alguma coisa roçou no seu ombro e ela rodopiou, agachando-se no chão para se defender. Uma rajada de ar fez sua pele formigar quando um vulto preto voou sobre ela e aterrissou em uma árvore.

Ela olhou em volta. E foi então que os viu. Primeiro um, depois outro. Eles a estavam rodeando. Os sons de grasnados roucos vinham de um bando de treze corvos se movendo pelos galhos, chamando uns aos outros, falando com seus códigos primitivos. Mas os corvos não estavam apenas conversando entre si — eles estavam olhando para ela, voando em volta dela, tentando se comunicar com ela. Como se frustrados pela dificuldade de comunicação, diversos deles começaram se lançar sobre ela com suas garras. Será que a estavam atacando ou a alertando sobre algo? Ela não sabia.

— Me deixem em paz! — gritou Serafina. Cobriu a cabeça com os braços e correu para fugir deles. Mergulhou em uma moita de arbustos, onde os grandes pássaros não conseguiam voar. Guiada pelo medo, continuou correndo.

Quando finalmente parou para recuperar o fôlego, ela olhou para trás para ver se eles a estavam seguindo. Então viu que estava de pé em alguma coisa dura — algum tipo de superfície chata. Olhou para baixo e viu a ponta longa e reta de um granito cinza.

O que que é agora?, pensou.

A pedra estava meio enterrada, mas ela se ajoelhou no chão e limpou a sujeira e as folhas para expor o granito liso e plano embaixo.

Serafina leu as palavras que alguém havia gravado na pedra em sinistras letras de forma:

AQUI JAZ SANGUE. E DEIXE-O REPOUSAR.
SILENCIOSO E QUIETO. SEM NUNCA CHORAR

Ela sentiu um suor frio brotar no corpo todo. Olhou em volta. Havia outra pedra cinzenta plana a apenas alguns centímetros. Ela puxou o mato para o lado e leu:

VENHA CÁ, VENHA CÁ, E DEITE-SE COMIGO
MATAREMOS O HOMEM QUE ME MATOU
CLOVEN SMITH 1797-1843

Então tá, não estou gostando nada deste lugar. São túmulos...
Limpou as mãos úmidas na camisa, depois deu mais alguns passos, encontrando mais túmulos sob a vegetação baixa da floresta. O cemitério parecia não ter fim. Havia sepulturas espalhadas até onde seus olhos conseguiam alcançar, a maioria encoberta por trepadeiras e árvores.

Muitas das lápides estavam tão próximas umas das outras que não era possível haver corpos embaixo delas, exatamente como as histórias que ela ouvira. Era como se pessoas tivessem desaparecido, seus corpos nunca encontrados, e essas lápides fossem marcas dos falecidos.

Mas, quando ela examinou mais profundamente as partes que pareciam ser as mais antigas do cemitério abandonado, observou montes onde corpos certamente haviam sido enterrados, e outras sepulturas que eram buracos vazios, como se os caixões tivessem sido roubados ou os mortos tivessem, por conta própria, rastejado para fora da terra.

Ela engoliu em seco e tentou continuar andando apesar do tremor nas pernas.

Em certos lugares, as camadas de terra pareciam ter sido revolvidas, expondo os caixões quebrados, apodrecidos. Alguns caixões saíam da terra ou estavam emaranhados em raízes nodosas. Ela continuou andando e lendo as lápides. Cem anos de pessoas velhas e jovens, irmãos e irmãs, amigos e inimigos, maridos e esposas.

Ela havia escutado histórias sobre o antigo cemitério, com suas centenas de lápides e túmulos, embora ninguém ainda vivo conseguisse se lembrar de ter enterrado alguém lá. Muitos dos habitantes das localidades próximas nas montanhas se perguntavam de onde vieram todos aqueles defuntos. Famílias inteiras pareciam ter morrido em curtos períodos de tempo.

Serafina e a Capa Preta

Havia histórias relatando que os habitantes das montanhas não usavam mais o cemitério porque enterrar seus entes queridos lá não significava necessariamente que eles permaneceriam lá. Os caixões *se mexiam* na terra instável. Os corpos desapareciam. Seus entes queridos mortos eram vistos vagando pelas antigas casas e ruas, como se procurassem um lugar para repousar.

Também havia histórias de pessoas tomando a forma de animais selvagens, ou feiticeiros e bruxas com poderes extraordinários, e criaturas horríveis, desfiguradas, rastejando pela floresta.

Serafina chegou a dois pequenos montes tão próximos um do outro, lado a lado, que eram quase um único túmulo. Uma lápide identificava as duas jovens irmãs lá dentro:

NOSSA CAMA É ADORÁVEL, ESCURA E DOCE
JUNTE-SE A NÓS AGORA E NOS ENCONTRAREMOS
MARY HEMLOCK E MARGARET HEMLOCK
1782-1791
DESCANSEM EM PAZ E NÃO RETORNEM

Quando ela leu as palavras *não retornem*, os pelos da sua nuca se arrepiaram. Que tipo de lugar estranho era esse?

Ela havia caminhado em busca de uma antiga aldeia, mas tudo o que havia encontrado era o cemitério. Tinha a sensação de que isso era, de fato, tudo o que restava do lugar.

Conforme Serafina andava, seus pés amassavam ruidosamente as folhas secas do outono. Havia três galhos caídos no chão, entre as lápides e os túmulos, que pareciam dedos esqueléticos. Muitas das lápides haviam tombado ou estavam quebradas e espalhadas, enquanto outras estavam enterradas fundo na terra. Algumas permaneciam de pé, elevando-se alguns metros com pináculos e cruzes, mas estavam tão cobertas por uma camada espessa de musgo escurecido, e envoltas por trepadeiras, que eram quase indistinguíveis da sinistra floresta ao seu redor.

Ela leu mais uma:

> A MORTE É UM DÉBITO DEVIDO À NATUREZA
> EU PAGUEI, VOCÊ TAMBÉM PAGARÁ

Em outra área, ela encontrou fileiras e mais fileiras de cruzes. Uma placa velha e desgastada explicava que aquelas sessenta e seis cruzes eram os túmulos de um destacamento inteiro de soldados confederados que, certa noite, haviam sido encontrados mortos, mesmo nunca tendo participado de uma batalha.

Mais à frente, Serafina chegou a uma clareira, uma pequena área aberta entre as árvores, estranhamente sem arbustos, trepadeiras nem vegetação rasteira de qualquer espécie. Essa área em particular do cemitério não havia sido coberta de mato, mas permanecera com o gramado verde perfeito. No meio da clareira, havia um monumento de pedra esculpido com a imagem de um anjo alado. Ainda mais estranho era o fato de que, embora houvesse neblina em volta de toda a clareira, não havia neblina nenhuma na própria clareira. A luz do sol era filtrada através da névoa e iluminava o rosto, o cabelo e as asas do anjo com uma luz suave.

— Como é lindo — disse Serafina e chegou mais perto para ler a inscrição no pedestal da estátua:

> NOSSO CARÁTER NÃO É DEFINIDO
> PELAS BATALHAS QUE VENCEMOS OU PERDEMOS,
> MAS SIM PELAS BATALHAS QUE OUSAMOS LUTAR

Serafina levantou os olhos para o anjo e o examinou. Camadas mescladas de líquen e musgo escurecido cobriam o anjo, e listras pretas de centenas de anos de desgaste manchavam sua vestimenta longa e seu belo rosto. Lágrimas escuras pareciam escorrer pelas faces, como se ele sentisse uma grande tristeza. Mas as asas estavam alongadas para cima com fúria, a cabeça levantada com um grito apocalíptico, como se chamasse quem estivesse em volta para uma grande batalha.

Mas que tipo de batalha?, Serafina se perguntou.

Na mão direita, o anjo segurava uma espada. A estátua em si era feita de pedra, mas a espada parecia ser feita de aço, e o metal brilhava como se intocado pelo tempo. Curiosa, Serafina lentamente estendeu a mão e tocou na ponta da lâmina. Soltou um gemido e deu um salto para trás, o sangue escorrendo pelo dedo. A ponta da espada era uma lâmina afiadíssima.

Então, alguma coisa capturou seu olhar. Ela sentiu uma pontada de medo. Seus músculos se enrijeceram, preparando-se para fugir. Na beira da clareira, um túmulo havia tombado no local onde um velho salgueiro torcido havia caído e suas raízes viradas para cima formaram uma pequena caverna. Ela não tinha certeza, mas pensou ter visto uma das pequenas sombras se mover lentamente.

Depois, teve certeza.

Havia algo se mexendo perto do velho túmulo.

Serafina teve que se lembrar de continuar respirando, de ficar calma. Sentiu um aperto no peito, a respiração ficando cada vez mais curta. Ela queria se virar e correr, mas permaneceu no mesmo lugar observando; dominar a curiosidade era algo complicado demais.

Ela rastejou silenciosamente pelo cemitério a fim de olhar mais de perto.

Seu medo era de que fosse um cadáver se arrastando para fora do túmulo. Ela imaginou mãos brancas e em decomposição cavando a terra até atingir a superfície. Mas quando chegou mais perto, percebeu que não era nenhum cadáver, mas uma criatura bem viva.

Era um tipo de pequeno felino selvagem com pelo marrom-amarelado, marcas e pintas pretas e um rabo comprido. Ela levou alguns segundos para perceber que era um filhote de onça-parda.

De repente, um segundo filhote apareceu.

Eles pulavam um sobre o outro, agarrando-se com as patas e levando tombos atrapalhados, miando e uivando. Filhotes bagunceiros. Tinham carinhas adoráveis, pelagem amarelada marcada com listras e pintas pretas, e compridos bigodes brancos de filhote de gato.

Sorrindo, Serafina observou os filhotinhos brincarem na grama verde brilhante da clareira iluminada do anjo de pedra. O medo que havia sentido apenas alguns momentos antes começou a se dissipar. Sempre adorara filhotes de gato.

Ela se agachou e se aproximou um pouco. Um dos filhotes a avistou. Suas orelhas se levantaram, e ele a encarou, examinando-a. Ela achou que ele iria fugir de medo. Mas não. Deu um miado rouco para ela e andou lentamente na sua direção como se não tivesse nenhuma preocupação nesse mundo.

Serafina estendeu o braço, deixando a mão parada. O valente filhotinho diminuiu a velocidade, mas continuou indo na direção dela, observando-a, cada vez mais perto, centímetro a centímetro. Quando ele a alcançou, cheirou os seus dedos e esfregou o canto da boca ao longo da sua mão. Serafina sorriu, quase deu uma risada, satisfeita porque o filhote não tinha medo dela.

Ela se sentou na grama e o filhote subiu no seu colo, usando as patas para brincar com os dedos dela. Ela envolveu com os braços o corpinho gostoso e peludo do filhote e o abraçou contra o peito. Era bom ter alguma companhia que não a deixasse morta de medo. O outro filhote chegou perto, e logo a garota estava brincando com os dois, que caíam e rolavam em volta dela e se roçavam nela e ronronavam.

– O que dois bebezinhos lindos como vocês estão fazendo aqui? – perguntou. Depois de tudo o que havia passado, era mais do que agradável ser aceita por essas maravilhosas criaturinhas. Parecia uma sensação de voltar para casa.

Logo, eles estavam para cima e para baixo. Ela correu atrás dos filhotes pela clareira, fingindo que ia atacá-los com a mão, depois eles correram atrás dela. Ela se abaixou e ficou de quatro. Um dos filhotes correu para trás do pedestal do anjo de pedra, deu a volta pelo outro lado e a espreitou, seus pequenos olhos escuros piscando como se fingisse persegui-la. Ele disparou, brincalhão, correndo de lado com as costas arqueadas, simulando um ataque, e pulou em cima dela. Então o outro filhote se juntou a eles, pegando os braços e as pernas dela, tentando enfrentá-la, e logo os três estavam brigando e rosnando. O ataque infantil e delicioso fez Serafina rir alto.

E a risada de Serafina foi levada à floresta sombria.

Ela continuou brincando de luta com os filhotes, sentindo um prazer infantil puro e despreocupado como não sentia havia muito tempo.

E então, ela pressentiu um perigo grave e imediato. Virou-se e viu alguma coisa saindo da névoa, movendo-se rapidamente na sua direção. Primeiro, pareceu estar flutuando como um fantasma, mas depois ela percebeu que não era um fantasma de jeito nenhum.

Estava correndo. Rápido. Na sua direção.

Uma onda de pavor percorreu seu corpo quando ela percebeu que, ao brincar com os filhotes, havia cometido um terrível, terrível erro de julgamento. A grande e zangada mãe onça-parda estava preparada para o bote. O animal mataria para defender sua cria.

O medo impeliu Serafina a se mover. A onça-parda deu um salto no ar, garras e dentes expostos. Ela sentiu que ia morrer, mas tentou se esquivar. O impacto do ataque a atingiu de maneira tão forte que a levantou do chão. Ela e a perigosa fera caíram na grama em uma massa de dentes e garras e rugidos, rosnando, brigando.

Serafina lutou com todas as suas forças. Nunca na vida havia enfrentado um ser tão poderoso fisicamente. Sabia que não havia maneira de derrotar a onça-parda; ela não passava de um gatinho comparada com a fera selvagem. Sua única esperança era fugir o mais rápido que conseguisse. Ela esperneava e agitava os braços. Atacou o felino com um galho, gritando o tempo todo.

Quando a onça-parda tentou morder seu pescoço, o golpe mortal, Serafina deu um tapa no rosto do animal e lhe atingiu os olhos, depois rodopiou num furor selvagem. Seus ataques distraíram o grande felino apenas o tempo suficiente para ela se soltar. Serafina se levantou de um salto e saiu correndo para longe como uma presa que tivesse recebido uma segunda chance.

A onça-parda a seguiu, mas ela arrancou numa incrível explosão de velocidade compelida pelo medo. Como um esquilo, jogou-se nos arbustos fechados e continuou correndo. Desesperadamente. Correu até sentir uma dor forte e latejante dominar-lhe o peito.

Serafina e a Capa Preta

Ela cruzou um riacho pedregoso, depois passou por um grande grupo de pinheiros, e depois mergulhou num matagal de espinhos de amoreiras e cardos. Subiu morros e pedras, e continuou correndo para o mais longe possível.

Finalmente, exausta, agachou-se sob um arbusto como um coelho e tentou escutar os sons da sua perseguidora. Não ouviu nada.

Ela supôs que a onça-parda, satisfeita por ter enxotado a intrusa, houvesse retornado para perto dos filhotes. Podia imaginar a mamãe onça os repreendendo por terem brincado com uma estranha e empurrando-os de maneira zangada de volta para a toca embaixo das raízes da árvore.

Ofegante e machucada, Serafina continuou andando pela floresta, determinada a tomar o máximo possível de distância do cemitério e da toca da onça-parda. Jurou nunca mais voltar àquele lugar aterrorizante.

Quando finalmente parou por um momento para recuperar o fôlego, olhou em volta. Nada parecia familiar. Foi então que Serafina percebeu que estava completa e definitivamente perdida.

Serafina continuou em frente e logo se viu percorrendo a beirada de um penhasco rochoso e coberto de árvores. No pânico para escapar da onça-parda, parecia que tinha subido correndo uma montanha.

Exausta, finalmente parou para descansar e verificar seus ferimentos. A roupa tinha se rasgado. O pedaço de corda que antes segurava a camisa do pai em volta do corpo tinha se partido e caído. Os braços e as pernas tinham marcas rajadas de garras. A cabeça doía. O tórax tinha diversas dentadas. Estava bastante machucada, mas não chegava a ser tão ruim quanto esperava. Poderia estar morta.

Dói, mas vou sobreviver, pensou. *Isso, supondo que vou encontrar o caminho de casa*. Ela havia pensado que a floresta não podia ser nem de perto tão ruim quanto o pai havia descrito; porém, o lugar tinha se mostrado bem mais sombrio e perigoso do que Serafina jamais imaginara. Por tudo que ela tinha passado até o momento, não achava que conseguiria sobreviver a outra noite ali. No entanto, ainda estava a quilômetros de casa, presa num penhasco, e não sabia nem mesmo em que direção seguir.

Serafina e a Capa Preta

Serafina levantou o olhar para o céu nublado, tentando verificar a posição do sol, depois examinou a paisagem em torno procurando pistas e pontos de referência. Sem bússola, sem mapa e sem a menor ideia de onde estava em relação à Mansão Biltmore, como poderia ter certeza de que estava indo na direção certa?

Ela já estava com frio quando começou a chover.

– Ah, maravilha – gritou para as nuvens. – Obrigada! Muito bom, céu estúpido!

Ela detestava ficar molhada. Aquele lugar era terrível. Ela só queria ir para casa. Sentia uma saudade de doer do pai. Ansiava por um copo de leite, um pedaço de peixe frito, fogo para cozinhar algo na oficina e sua cama seca e aconchegante atrás do aquecedor. No dia anterior, estava andando às escondidas graciosamente pelos tapetes felpudos das elegantes salas de Biltmore, e agora estava empacada em um mundo frio, molhado, chuvoso e hostil.

A chuva virou tempestade e ela tentou se abrigar embaixo dos ramos de um pinheiro, mas não adiantou. Os pingos grandes na sua cabeça e no seu pescoço encharcados simplesmente a deixavam ainda mais infeliz. Riachos surgiram atravessando o chão rochoso em volta dela. Molhada e enlameada, Serafina se agarrou como pôde no tronco da árvore, apavorada de escorregar pelo declive íngreme da encosta da montanha. Queria que o pai trouxesse a escada para resgatá-la, assim como fazia quando ela era pequena, mas sabia que ele nem mesmo imaginava onde procurar pela filha.

Então, enquanto observava a água escoar pelo chão, um pensamento lhe ocorreu.

A água corre montanha abaixo. Montanha abaixo e em direção aos rios.

Serafina vinha seguindo o contorno da montanha porque era mais fácil, mas agora tinha uma ideia diferente. E se descesse direto pelo declive mais íngreme e usasse os troncos das árvores e os galhos das azaleias como uma espécie de escada? Ela desceria muito mais rápido.

Deu um passo mais para perto da beirada e olhou hesitante por cima do precipício. Era um longo caminho para baixo. Pegou o primeiro galho para ver se a sustentaria. De repente, seu pé escorregou nas folhas molhadas, seus dedos se soltaram e ela despencou.

Foi tomada imediatamente por uma angustiante sensação de queda livre. Escorregou para baixo, os pés em primeiro lugar, aos berros. Tentou ficar ereta e agarrar os arbustos para interromper a queda; foi aí que atingiu o tronco de uma árvore. O impacto deixou Serafina sem fôlego. Ela era arremessada em uma direção, e depois na outra, descendo desenfreada montanha abaixo. Bateu em um galho. Rodopiou. Bateu em uma pedra. Mergulhou. De repente, estava dando cambalhotas, uma atrás da outra. Durante todo o percurso, ela descia a encosta, aos trambolhões, em uma grande onda de folhas de outono. O ímpeto da velocidade e do vento contra o rosto a fizeram sentir como se estivesse voando, mas aí ela atingiu outra árvore, a força da batida provocando um grunhido doloroso no peito. Girou e rolou até finalmente espatifar-se, dolorida e ofegante, na base da ravina.

Serafina ficou deitada ali por um tempo, incapaz de se mexer. Todo o seu corpo doía. Ela havia sofrido cortes e hematomas. Estava toda machucada.

— Bom, pelo menos arrumei um jeito de descer — resmungou.

Quando finalmente conseguiu se levantar, passou as mãos na roupa para tirar a sujeira e seguiu caminho, mancando.

Acompanhou um córrego que escorria devagar para dentro de um riacho. Com sede, deitou-se na margem e bebeu a água cristalina da montanha às lambidas, como se fosse um animal.

O fluxo da água a levou até uma cascata que dava em uma piscina revolta uns dez metros abaixo.

Será que essa cascata tem nome?, pensou. Se soubesse, talvez então a ajudasse a compreender onde estava e a ter uma ideia melhor de como encontrar o caminho de casa. *Que rio é esse?*

Contudo, ela percebeu que não importava exatamente a sua localização. Um rio não é exatamente um lugar. Um rio é movimento. E Serafina se lembrou de algo que o pai lhe havia ensinado. Todos os rios dessas montanhas passavam por caminhos complicados e sinuosos, mas no final todos corriam para a mesma direção, o majestoso Rio French Broad.

As Montanhas Blue Ridge estavam entre as mais antigas do mundo. O rio corria nesse lugar havia milhões e milhões de anos, e tinha ajudado a modelar o formato atual das montanhas. E, mais importante, ela sabia que o Rio French Broad circulava pelo terreno da Mansão Biltmore, logo depois da casa. O rio era o seu caminho para casa.

Ela desceu as pedras molhadas e escorregadias na beira da cascata e seguiu ao longo da margem íngreme. Agora confiante da direção, avançou o mais rápido possível. Precisava encontrar o pai, pois sabia que ele estava morto de preocupação por sua causa, e queria ver Braeden. Ela não estava certa se o havia abandonado, ao se esconder na mata, ou se ele a havia abandonado, ao voltar para casa na carruagem do tio. Porém, eles haviam se separado, o que lhe dava um nó no estômago. Quanto mais o tempo passava, menos segura ela estava de como devia se sentir. Será que Braeden era seu amigo de verdade, ou se tratava apenas de fruto de sua imaginação, como quando ela havia se imaginado amiga do garoto ajudante do mordomo que parava para comer os biscoitos? Toda a sua vida, ela havia fingido que tinha amigos, mas será que dessa vez era verdade?

Ela e Braeden se conheciam havia bem pouco tempo; contudo, deixou que as recordações do tempo que haviam passado juntos a inundassem. Para alguém como ela, representavam uma vida inteira de amizade. Serafina era como um animal esfomeado devorando uma migalha de comida e pensando ter degustado um banquete. No entanto, ela não fazia ideia se ele sentia sua falta tanto quanto ela sentia dele.

Serafina caminhou por horas, seguindo o curso do rio até ele desembocar em outro muito mais largo e plano; tinha esperanças de ter encontrado o French Broad, mas nenhuma certeza. Estava cansada, faminta e dolorida por causa dos ferimentos. Só queria chegar em casa.

À medida que o sol se recolhia por trás das árvores no horizonte, ela tentou se apressar. Não queria ficar presa na floresta por mais uma noite, pois era quando a onça-parda, o Homem da Capa Preta e quaisquer outros demônios que pudessem rastejar para fora do cemitério estariam espreitando. Em vão. O sol a abandonou, os passarinhos e os demais sons diurnos cessaram, e a natureza se instalou nas árvores como piche.

Exausta, ela parou para recuperar o fôlego e descansar um pouco. Sabia que era perigoso ficar a descoberto. Molhada e tremendo, rastejou até um buraco embaixo das raízes ocas de uma árvore à beira do rio, enrolou-se como uma bolinha e ficou observando a escuridão.

Ela era um fracasso. Foi o que pensou. Havia alimentado a esperança de encontrar respostas na floresta, mas tudo o que encontrou foi desgraça.

A partir de sua pequena gruta embaixo das raízes, analisou a correnteza ao longo da margem cheia de pedrinhas. O ar em torno estava frio e silencioso, mas o rio se ondulava com um som constante de água correndo, e ela sentia o gosto de umidade nos lábios. A lua crescente subindo acima das montanhas lançava uma luz prateada nas águas escuras e profundas. Uma névoa fluía da floresta e flutuava sobre o rio como uma legião de fantasmas.

Um lobo chamou ao longe, um uivo longo, solitário e lamentoso que a fez estremecer. O lobo estava a quilômetros de distância, lá em cima, nas montanhas. Porém, ela levou um tremendo susto quando um lobo, muito mais próximo, respondeu ao chamado, uivando de volta.

Os lobos-vermelhos são feras esquivas, quase mitológicas. Raramente avistados pelas pessoas, são reconhecidos como guerreiros ferozes que lutam em matilhas, rasgando os inimigos com suas presas brancas reluzentes.

O lobo próximo a ela uivou de novo, e uma dúzia de lobos no outro lado do rio iluminou o ar com um coro de uivos de gelar o sangue. Os braços de Serafina ficaram arrepiados.

Ela não ouviu o lobo se aproximar, pois ele se movimentava como um fantasma na névoa, mas o viu sair lentamente da floresta e olhar para o rio. Ela ficou completamente imóvel no meio das raízes e o observou. Podia sentir o odor almiscarado do pelo do animal e ver seu bafo iluminado pelo luar.

Era um lobo jovem, comprido e magro, com um pelo castanho-avermelhado, focinho fino e orelhas altas. O pelo no ombro direito estava sujo de sangue.

Ela prendeu a respiração e ficou em silêncio. *O lobo não sabe que estou aqui*, pensou. *Sou da floresta. Estou quieta e camuflada.*

Mas então o lobo virou a cabeça e a olhou diretamente, seus olhos mais aguçados e penetrantes do que os de qualquer criatura que ela já tivesse visto.

Os músculos de Serafina se contraíram enquanto ela se preparava para o ataque.

Porém, a orelha do lobo fez um movimento rápido. Ela também tinha ouvido. Havia algo grande se movimentando pela floresta, seguindo ao longo da margem do rio, aproximando-se deles.

O lobo olhou na direção do som e logo depois de novo para ela. Ele a encarou por vários segundos, enquanto o som se aproximava. Em seguida, para surpresa de Serafina, o lobo entrou no rio. O animal caminhou até a água bater em seus ombros, e então o rio o envolveu, e tudo o que ela conseguiu ver foi a cabeça do bicho, enquanto tentava lutar contra a corrente. Nadava em direção aos uivos de seus irmãos na margem oposta. E nadava para longe da coisa que vinha na direção dela.

De repente, ela se sentiu abandonada, vulnerável.

O rio fazia tanto barulho que ela não conseguia escutar exatamente o que se aproximava, cada vez mais perto. Gravetos quebrando. Passadas. Dois pés. Não fora a onça-parda ou outro lobo que havia assustado o lobo-vermelho a ponto de fazê-lo atravessar o rio, mas um homem. Seria o Homem da Capa Preta?

À medida que Serafina se aconchegava mais naquele espaço sujo, uma lacraia gigantesca e pavorosa rastejou pela sua mão. Ela se encolheu e abafou um grito.

Seus pulmões exigiam mais ar. Suas pernas se contraíam, querendo que ela corresse. Era tarde demais, porém. O agressor já estava muito próximo. Um coelho esperto não sai correndo quando um predador está assim tão próximo. Ele *se esconde*. Ela pressionou o corpo mais ao fundo no pequeno buraco escuro entre as raízes.

Uma luz bruxuleante surgiu entre as árvores. Ela escutou arbustos sendo empurrados e cascas de árvore sendo arranhadas e o som abafado de metal e madeira batendo.

É um lampião, pensou. *O mesmo tipo de lampião que o Homem da Capa Preta usava na noite em que levou Clara Brahms.*

Tremendo, ela se agachou e se preparou para mais uma batalha.

Serafina observou o homem erguer o lampião e olhar em volta, enquanto avançava na vegetação rasteira. Era evidente que procurava algo, entretanto, mais do que isso, ele estava *assustado*. Mesmo com o lampião e a lua quase cheia, ele não era capaz, como ela, de enxergar no meio da escuridão da floresta. Quando ele deu mais um passo, Serafina reconheceu o estalo familiar da bota do homem. Foi então que ela percebeu que não era o Homem da Capa Preta. Era o pai dela, usando uma capa de chuva comprida e marrom-escura. Apesar dos avisos e do medo que sentia, ele se aventurara a entrar na floresta para resgatá-la.

Ela engoliu em seco, saiu engatinhando do buraco e correu para ele.

– Eu-eu estou aqui, Pa! Estou aqui! – gaguejou Serafina, chorando ao jogar os braços ao redor dele.

Ele a abraçou apertado por um longo tempo. Era como ser abraçada por um urso delicado. Ela se agarrou ao corpo enorme e quente do pai.

Quando ele soltou um suspiro de alívio, ela pôde sentir a preocupação devastadora que emanava dele.

— Sera, ai, Sera, eu... eu pensei que você tinha sumido que nem as outras crianças.

— Não sumi não, Pa — disse ela, a voz tremendo como se tivesse voltado a ser uma garotinha.

Vendo, mesmo com a luz fraca do lampião, a roupa rasgada e os arranhões nos braços da filha, ele perguntou:

— O que que aconteceu, Sera? Você topou de novo com um guaxinim?

Ela não sabia nem por onde começar a contar para o pai tudo o que havia acontecido, e sabia que ele não acreditaria nela mesmo. Ele ia achar que se tratava de mais uma de suas histórias absurdas.

— Eu me perdi totalmente — respondeu ela, balançando a cabeça de vergonha, e isso era verdade. As lágrimas escorriam pelo rosto.

— Mas você tá bem? — perguntou ele, examinando-a. — Dói em algum lugar?

— Só quero ir para casa — respondeu ela, enterrando a cabeça nas dobras da capa do pai. Ela se lembrou de como tinha ficado zangada por ele não ter lhe contado a verdade a respeito do seu nascimento e de como havia se convencido de que ele não estava do seu lado; agora, porém, percebia como havia sido tola. Ninguém no mundo havia feito mais por ela do que o pai e ninguém no mundo a amava tanto quanto ele.

Quando os lobos do outro lado do rio explodiram em uivos, o pai se encolheu e olhou em volta.

— Detesto lobo — disse ele com um calafrio, enquanto colocava o braço em torno dos ombros da filha e a empurrava. — Vem. A gente tem que sair daqui.

Serafina o acompanhou, feliz, mas, como os lobos continuavam a uivar, agora eles soavam diferentes para ela em relação a antes. Os uivos não eram gritos solitários de busca espalhados por toda a vasta extensão dos penhascos das montanhas, mas uivos-ganidos excitados, todos vindo do mesmo lugar. Ela era capaz de sentir que não eram uivos de ameaça, mas de alegria e reencontro. *Você conseguiu, irmão.* Ela pensou no lobo-vermelho ferido atravessando o rio. *Você conseguiu chegar em casa.*

Seu pai mantinha o lampião à frente dos dois enquanto caminhavam, como um guia liderando-os noite adentro. Ela estava contente de tê-lo para orientar o caminho.

– Você chegou no rio e seguiu como eu te ensinei – disse ele enquanto prosseguiam.

– Eu não ia conseguir, se não fosse por isso – confirmou ela.

Logo eles deixaram as árvores da floresta para trás e continuaram por mais um quilômetro. Finalmente, subiram a margem do grande rio e avistaram a Mansão Biltmore, no terreno alto, brilhando a distância na luz do luar. Ainda tinham chão pela frente, mas pelo menos agora podiam vê-la. O leve cheiro de fumaça de lenha flutuava no ar frio do inverno e envolvia Serafina com uma forte saudade de casa.

O pessoal local chamava a magnífica casa de A Dama da Colina, e nessa noite dava para ver por quê. Biltmore parecia majestosa com suas paredes de um cinza-claro e telhados de ardósia azul, as chaminés e as torres se estendendo para o alto, e o reflexo da lua reluzindo nos acabamentos dourados e cor de cobre, como algo saído de um conto de fadas. Serafina nunca estivera tão feliz na vida ao avistar a casa onde morava.

O pai segurou delicadamente seus ombros e olhou-a no rosto.

– Eu sei que você se sente atraída pela floresta, Sera – ele disse. – Você sempre foi levada pela sua curiosidade, mas tem que ficar longe dali. Tem que ficar segura.

– Eu entendo – disse ela. Certamente não poderia argumentar com ele que a floresta não era perigosa.

– Eu sei que você enxerga bem no escuro – continuou ele –, melhor do que eu a minha vida toda, mas você tem que resistir contra essa necessidade, Sera. Você é a minha menininha. Eu ia detestar te perder definitivamente.

Quando ele disse *definitivamente*, ela se assustou, pois percebeu que ele se sentia como se já a estivesse perdendo. Ela podia detectar o desespero na sua voz embargada e no brilho de seu olhar enquanto a fitava. Esse era o maior medo dele; não apenas que ela pudesse se ferir ou morrer na floresta, mas que sua natureza indomável a puxasse, que ela se tornasse cada vez mais selvagem. Mais selvagem do que humana.

Ela ergueu o olhar para ele, encarou seus pequenos olhos castanhos e viu neles o reflexo dos próprios olhos, cor de âmbar.

– Não vou te deixar, Pa – prometeu.

Ele aquiesceu e limpou a boca.

– Então, vem – disse, enroscando o braço ao redor dela. – Vamos para casa tirar essa roupa molhada, e depois vou preparar um jantar pra você.

Quando chegaram à mansão, os funcionários já tinham voltado das fazendas e da roça. Quase todas as portas tinham sido fechadas e trancadas. As persianas e as cortinas tinham sido puxadas, contra os demônios que espreitavam na noite.

Enquanto Serafina e o pai se dirigiam para o porão, ela ficou surpresa de ver que as cocheiras estavam cheias de gente e de atividade. Lamparinas a óleo brilhavam forte na noite.

Ela e o pai não conseguiram resistir e fizeram uma pausa para ver que comoção toda era aquela. Um grupo de busca, cerca de doze cavaleiros, que retornava, entrou retumbante no pátio interno, enchendo o ar com o barulho de cascos dos cavalos batendo contra os paralelepípedos. Eles haviam estado procurando Clara Brahms e as outras vítimas. Quando os cavaleiros desmontaram e os tratadores correram para cuidar dos animais, os pais das crianças desaparecidas se juntaram em torno deles.

O pai de Nolan, que era o ferrador do estábulo, suplicou por notícias do filho, mas os cavaleiros balançaram a cabeça. Não haviam encontrado nada.

O pobre Sr. Rostonov também estava lá, esforçando-se para fazer perguntas em seu inglês misturado com russo, enquanto se agarrava ao cachorrinho branco da filha. A criatura felpuda latia incessantemente, rosnando para os cavalos como se os castigasse pelo fracasso da busca.

Observando o Sr. Rostonov, os Brahms e o pai de Nolan em seu desesperado esforço de encontrar os filhos, Serafina sentiu o coração se inflar com uma tristeza dolorosa. Pensar naquilo, pensar em seu papel naquilo tudo, fez suas entranhas se agitarem. Ela tinha que encontrar o Homem da Capa Preta.

— Vamos — o pai disse, levando-a dali. — Este lugar todo tá desmoronando, o equipamento quebrando sem motivo, o pessoal perdendo os filhos. É coisa ruim pra todo lado.

Enquanto jantavam juntos aconchegados ao redor do pequeno fogareiro na oficina, o pai contou sobre o dia dele.

— Fiquei trabalhando no gerador, mas não consegui descobrir o problema. Os andares de cima tão escuros que nem breu. Os criados tiveram que dar lanterna e vela pra tudo quanto é convidado, mas não tinha quantidade suficiente pra todos eles. Tá todo mundo com medo. Com tanto hóspede e com o sumiço das crianças, isso não podia ter acontecido em época pior…

Ela captava a dor na voz dele.

— O que você vai fazer, Pa?

— Tenho que voltar pro trabalho — ele respondeu. Foi só então que ela percebeu que ele havia interrompido seu serviço a fim de procurá-la. — E você precisa ir pra cama. Nada de caçada hoje à noite. Falo sério. Se acomoda e fica segura, só isso.

Serafina fez que sim com a cabeça. Sabia que ele estava certo.

— Nada de caçada — repetiu ele com firmeza; depois pegou a caixa de ferramentas e saiu.

Enquanto o pai descia o corredor, dirigindo-se à escada que levava à casa de máquinas no subporão, ela disse:

— Você vai conseguir descobrir, Pa. Sei que vai. — Ela sabia que ele nunca ouviria as palavras daquela distância, mas queria dizer de todo modo.

Ela ficou sozinha na oficina. O Homem da Capa Preta tinha levado uma vítima por noite nas duas últimas noites. Com o gerador quebrado, ela o imaginava caminhando na escuridão, pelos corredores sem iluminação de Biltmore, estampando seu sorriso malévolo. Seria uma colheita fácil para ele.

Ela se sentou no colchão atrás do aquecedor. Quando se vira lá fora na montanha tomando chuva, era tudo o que desejara — ficar seca e bem alimentada e confortável em sua cama. Porém, agora que estava lá, esse não era mais exatamente o lugar onde queria estar. O pai lhe havia mandado ir dormir, e ela sabia que devia fazer exatamente isso — seu corpo estava exausto e dolorido –, mas sua mente era um redemoinho de lembranças e sensações, esperanças e medos.

Havia apenas uma pessoa no mundo que acreditaria no que tinha acontecido com Serafina na floresta aquele dia. Apenas uma pessoa entenderia tudo que havia acontecido, e ele vivia em um quarto do segundo andar na extremidade mais distante da casa. Ela sentia falta dele. E estava preocupada com ele. Queria vê-lo.

Quando Serafina e Braeden ficaram desamparados na carruagem, eles estavam juntos, do mesmo lado, tão próximos quanto possível. No entanto, agora que ambos estavam de volta em casa, ele no quarto dele e ela no porão, ele parecia mais distante do que quando ela se vira perdida nas montanhas. Havia muitas escadas, portas e corredores proibidos entre eles.

Eles não são o nosso tipo de gente, Sera, o pai lhe havia dito, e ela ficava só imaginando o que o Sr. e a Sra. Vanderbilt diriam sobre ela se soubessem de sua existência.

Usando um trapo molhado que encontrou na oficina, ela cuidou de suas feridas e se limpou o melhor que pôde. Embora vivesse em um local sujo, cheio de graxa e de ferramentas, gostava de se manter limpa, e sua aventura nas montanhas a tinha deixado enlameada como um porco no chiqueiro. Ela tirou as roupas molhadas, lavou o rosto e o pescoço, as mãos e os braços, e as pernas inteiras até ficar sem manchas novamente.

Quando terminou, Serafina vestiu uma camisa seca, mas havia perdido seu único cinto. Descobriu uma velha tira de máquina feita de couro numa das prateleiras e usou uma faca para cortá-la ao longo do comprimento, deixando-a com uns dois centímetros de largura. Fez furos na tira e cortou pedaços bem finos de couro para fechá-la. Quando terminou, apertou o cinto de couro para ver como ficava. Serafina era tão magra que dava para enrolar a faixa ao redor da cintura duas vezes, mas ela achou que tinha ficado muito bom. Se o pai estivesse ali, diria que a fazia parecer quase uma adulta. Ela sempre quisera usar um vestido também, como todas as outras meninas, mas nunca encontrara um descartado, e não achava correto roubar. Por enquanto, estava satisfeita com seu novo cinto. Ela fez uma reverência e fingiu que era uma jovem senhorita encontrando uma amiga no mercado.

Sorriu e tagarelou e fingiu contar uma história que fez a amiga dar boas risadas.

Em algum momento entre lavar o sangue e a lama do rosto, e arrumar o cinto novo, ela decidiu que, se tinha conseguido sobreviver a uma floresta assombrada, encontrar o caminho através de um cemitério sombrio e escapar por pouco de uma onça-parda que defendia sua cria, então talvez pudesse entrar sorrateiramente no quarto de um Vanderbilt enquanto ele estivesse dormindo. De um jeito ou de outro, Serafina precisava resolver o mistério do Homem da Capa Preta, e isso não seria possível se ela estivesse tirando um cochilo atrás do aquecedor. O Homem da Capa Preta iria sair de novo naquela noite. Ele iria levar outra criança. Ela tinha certeza disso. E a criança que ele queria era Braeden Vanderbilt. Ela tinha que protegê-lo.

A casa estava escura e silenciosa. Havia um medo palpável no ar. Sem iluminação elétrica, os Vanderbilt e seus hóspedes tiveram que se recolher cedo, aconchegando-se na segurança de seus quartos, próximos de suas pequenas lareiras de tijolos. A casa outrora imponente e bem iluminada havia sido privada de sua luz e se transformado em um local escuro e mal-assombrado.

Ela sabia que os quartos do Sr. e da Sra. Vanderbilt ficavam ambos no segundo andar, conectados pela Sala de Estar de Carvalho, onde partilhavam o café toda manhã. Ela não queria chegar perto dali. Então, virou à esquerda no corredor, em direção à extremidade sul da casa, onde sabia que ficava o quarto de Braeden, com vista para os jardins.

Avançou lentamente, passando diante de uma porta atrás da outra, mas todas pareciam irritantemente semelhantes. No final, ela se deparou com uma porta enfeitada com o relevo de um cavalo a galope no painel central, e sorriu. Havia encontrado.

Agachada do lado de fora do quarto de Braeden, Serafina se deu conta de que o verdadeiro risco que corria não era apenas o de que alguém a pegasse no flagra, mas o de que o próprio Braeden não a quisesse ali. Ele não a havia convidado para o quarto dele naquela noite. Ele nem sequer lhe dissera que queria vê-la de novo. E se toda a sua teoria de amizade entre os dois fosse apenas uma pura e total fantasia da parte dela? E se ele tivesse ficado feliz de se ver livre dela na floresta naquela manhã? Talvez ele não quisesse ter mais nada a ver com ela. Certamente ele não ia querer que ela se esgueirasse para dentro do quarto dele tarde da noite.

Então, ela traçou um plano. Daria uma espiada lá dentro e, se a sua presença não parecesse apropriada, bateria em retirada num piscar de olhos.

Lentamente virou a maçaneta e empurrou a porta. Quando se esgueirou para dentro do quarto, Braeden estava na cama, dormindo profundamente. Estava deitado de bruços, debaixo de diversas camadas de cobertores, a bochecha contra o travesseiro branco, os braços para cima em volta da cabeça. Ela parecia morto de cansaço, como se não houvesse nada nesse mundo que pudesse acordá-lo, e Serafina ficou contente de ver que era capaz de dormir. Gideão roncava no chão, ao lado do dono. Ela ficou aliviada ao constatar que ambos saíram ilesos.

Sentindo a presença de um estranho, Gideão abriu os olhos e rosnou.

— *Shhhhh* — murmurou ela. — Você me conhece...

As orelhas de Gideão baixaram em sinal de alívio quando ele reconheceu a voz dela, e parou de rosnar.

Puxa, um bom cachorro, esse aqui, pensou ela. E aquilo era um indício pra lá de relevante de que suas esperanças de manter uma amizade com Braeden não estavam inteiramente erradas. Ela ia dar risada se isso acontecesse — ficar amiga do cachorro, mas não do menino.

Delicadamente, ela fechou a porta atrás de si e a trancou. No início, pensou nos tolos que haviam se esquecido de trancar a porta e proteger Braeden de quem ou do que quer que estivesse provocando o desaparecimento das crianças, mas depois percebeu que aquele tipo de porta só podia ser trancada por dentro. Não soube se devia ficar zangada com ele, ou satisfeita. Não pôde deixar de esboçar um leve sorriso ao notar que talvez ele a tivesse deixado destrancada para ela. Talvez nutrisse a esperança de que Serafina viesse.

Em silêncio, parada perto da porta, ela deu uma olhada em todo o quarto. As brasas do fogo brilhavam na lareira. As paredes revestidas de carvalho vermelho estavam cobertas de quadros de cavalos, gatos, cães, falcões, raposas e até lontras. As estantes estavam cheias de livros sobre equitação e animais. Prêmios de concursos de hipismo, placas e fitas se espalhavam por toda parte.

Em breve teriam que construir um novo quarto para o jovem amo só para ele colocar todos esses troféus de primeiro lugar. Conhecendo os Vanderbilt, não seria apenas um quarto, mas uma ala inteira.

Era uma sensação boa estar lá com Braeden, no aconchego e na penumbra do seu quarto. Dava para ver que este era o refúgio dele. No entanto, ela tinha a sensação de que talvez mesmo ali, naquele lugar aparentemente protegido, não estavam completamente seguros. Algo lhe dizia que deveriam ficar em alerta, pelo menos por mais algum tempo.

Cuidando para não o acordar, ela se moveu silenciosamente até a janela e esquadrinhou o terreno em busca de sinais de perigo. A lua lançava uma fantasmagórica luz prateada sobre o Passadiço, um labirinto de gigantescas azaleias, azevinhos e outros arbustos. Os galhos das árvores balançavam ao vento. Fora no Passadiço que Anastasia Rostonova havia desaparecido, deixando seu cãozinho branco para trás, procurando-a pelos caminhos vazios.

Enquanto olhava, a partir do segundo andar, para os jardins iluminados pelo luar, Serafina quase conseguia se imaginar algumas noites antes, caminhando pelo terreno em direção à beira da floresta, dois ratos presos nas mãos.

Ela olhou para trás, para Braeden deitado na cama. Depois, na direção da floresta mais uma vez. Uma coruja planou com as asas silenciosas diante das copas das árvores e desapareceu.

Sou uma criatura da noite, pensou Serafina.

Quando finalmente começou a se sentir cansada, Serafina se afastou da janela. Caminhou para perto da lareira e sentiu o calor da lenha incandescente. Depois puxou um cobertor de uma poltrona de couro e se aconchegou no tapete de pele que ficava em frente à lareira. Adormeceu quase que imediatamente. Pela primeira vez no que parecia ser um longo tempo, dormiu profundamente e sonhou durante horas. Era uma sensação deliciosa estar em casa.

No meio da noite, ela acordou devagarinho com o som gentil da voz de Braeden.

— Eu esperava que você viesse me ver – disse ele, que não pareceu nada surpreso de acordar e encontrá-la aninhada perto da lareira do seu quarto. — Fiquei preocupado com você o dia inteiro.

— Estou bem – ela assegurou, o coração se aquecendo não só pelo tom da voz dele, mas também pelas palavras.

— Como conseguiu voltar para casa? – perguntou.

Ela lhe contou cada detalhe e, pela primeira vez, tudo começou a parecer verdadeiro em sua mente e em seu coração. Deixou de parecer apenas um sonho ou a fantasia de uma criança, mas a verdade genuína.

Braeden se deitou de costas e escutou seu relato com fascinada atenção.

— É incrível — repetiu várias vezes.

Quando ela terminou, ele fez uma longa pausa, como se estivesse visualizando tudo mentalmente, e depois disse:

— Como você é esperta e corajosa, Serafina.

Ela não conseguiu conter um suspiro à medida que todo o medo, a incerteza e o desamparo que tinham se formado dentro dela se esvaíam.

Ficaram os dois sentados em silêncio por um bom tempo, ele na cama e ela perto da lareira, sem se mexerem ou falarem, e foi uma sensação agradável só ficarem assim aquele tempo.

Serafina se levantou devagar, deu alguns passos até a janela e depois o encarou. Podia ver os olhos dele fitando-a enquanto ficavam frente a frente à luz do luar. Ela imaginou que sua pele devia parecer pálida demais para ele, quase fantasmagórica, e seu cabelo de um louro quase branco.

— Tudo bem se eu te fizer uma pergunta?

— Tudo bem — ele respondeu de modo suave, sentando-se na cama.

— Quando você me olha, o que vê?

Braeden ficou quieto e dessa vez não respondeu. A pergunta parecia amedrontá-lo.

— Como assim?

— Quando você me olha, vê... vê... uma menina normal?

— Clara Brahms era diferente de Anastasia Rostonova, e você é diferente das duas — respondeu ele. — Somos todos diferentes à nossa própria maneira.

— Entendo o que você disse, mas acha que sou... — Ela gaguejou. Não sabia como formular a pergunta. — Tenho uma aparência estranha? Eu ajo de forma estranha? Sou uma espécie de criatura esquisita ou coisa parecida?

Ela ficou perplexa quando ele não respondeu de imediato, nem negou de imediato. Ele não falou absolutamente nada. Ele hesitou. Por um longo tempo. Cada segundo que passava era como uma adaga no coração dela, porque sabia que era verdade. Sentiu vontade de pular da janela e correr até as árvores. A reação dele confirmava que ela era estranha e disforme além da conta!

— Vou responder sua pergunta com outra pergunta — avisou ele. — Você já teve uma porção de amigos?

— Não — ela respondeu séria, pensando que agora ele estava sendo especialmente cruel se essa fosse a sua maneira de explicar como ela era grotesca.

— Nem eu — disse ele. — Para falar a verdade, além de Gideão e de meus cavalos, nunca tive um amigo querido da minha própria idade, alguém em quem eu confiasse de verdade e com quem eu pudesse contar para o que quer que fosse. Conheci uma porção de meninas, uma porção de meninos, e passei algum tempo ao lado deles, mas...

A voz dele fraquejou. Não conseguia explicar. E ela podia sentir a mágoa dentro dele, e seu coração se solidarizou com ele, apesar de Braeden praticamente tê-la chamado de monstro cara a cara apenas alguns minutos antes.

— Continue... — pediu ela suavemente.

— N-não sei por quê, mas nunca tive nenhum amigo que fosse... fosse como...

— Que fosse humano — completou ela.

Ele concordou.

— Não é estranho? Quer dizer, isso não é *muito* estranho? Depois que minha família morreu, eu não quis mais falar com ninguém nem ficar com ninguém. Não queria imaginar quando veria alguém de novo. Simplesmente não queria ninguém. Preferia ficar sozinho. Meus tios foram muito gentis. Eles chamaram uma porção de crianças para cá, para ver se eu me interessava em fazer amizades. Eu jantava com elas porque era o que os meus tios queriam. Eu dançava com as meninas porque era o que os meus tios queriam. Eu nunca disse nada cruel para nenhuma das crianças, e não sentia nada além de simpatia em relação a elas, e talvez elas nunca nem soubessem o que eu estava sentindo. Não havia nada de errado com elas, mas, por algum motivo, eu preferia ficar com Gideão, ou fazer uma caminhada observando os pássaros, ou procurar coisas novas na floresta. Meu tio chamou meus primos para explorarem a floresta comigo, mas eles começaram a jogar um jogo com uma bola e eu logo me afastei deles. Não entendo. Não vejo nada de errado com nenhum deles. Acho que existe algo de errado *comigo*, Serafina.

Serafina olhou para Braeden, e depois falou com muita suavidade, sem ter certeza se queria saber a resposta para a pergunta que estava prestes a fazer.

— Foi assim quando me conheceu?

— Eu não... eu...

— Você preferia que eu fosse... embora? – perguntou em voz baixa, tentando entender.

— Não, é... É difícil de explicar.

— Tente – pediu ela, rezando para que ele não estivesse prestes a lhe falar que não sentia nada por ela e queria apenas ficar sozinho.

— Quando eu conheci você, foi *diferente* – disse ele. – Eu queria saber quem era você. Quando desceu a escada correndo e sumiu, fiquei desesperado para encontrar você de novo. Procurei por todos os lugares, em todos os andares. Verifiquei em cada armário e debaixo de cada cama. Todo mundo estava tentando achar Clara Brahms, que Deus a proteja, mas eu estava procurando *você*, Serafina. Quando meus tios decidiram me mandar para a casa dos Vances, tive um ataque de nervos, como eles nunca haviam presenciado. Você devia ter visto o olhar deles. Não faziam ideia do que tinha dado em mim.

Serafina sorriu.

— Você *realmente* não queria deixar Biltmore de jeito nenhum? – Ainda sorrindo, ela deu alguns passos à frente e se sentou na beira da cama, ao lado dele.

— Você não faz ideia de como o meu coração pulou quando vi o chato e estúpido Seu Enkrenka sacudindo você daquele jeito na porta dos fundos – continuou ele. – Pensei: Ali está ela! Ali está ela! Eu posso salvar a menina!

Serafina riu.

— Bom, você devia ter chegado um pouco mais cedo e me livrado de uma boa chacoalhada!

Braeden sorriu, e era bom vê-lo sorrir, mas então ele se lembrou da pergunta que ela fizera e ficou mais sério de novo enquanto a observava.

— Entretanto, mais tarde, durante a batalha na floresta, e na carruagem naquela noite, e quando você sumiu na manhã seguinte, foi quando eu percebi como você era realmente diferente de qualquer um que eu já tivesse conhecido. Sim, você é diferente, Serafina... muito diferente... talvez até estranha, como você mesma diz... não sei... mas... — As palavras dele começaram a desaparecer, e ele não continuou.

— Quer dizer que está tudo bem para você? — questionou ela, hesitante, pensando tê-lo entendido.

— Sim, acho que é disso que eu gosto em você — respondeu ele, e fez-se um longo silêncio entre os dois.

— Então... somos amigos — ela soltou finalmente, o coração palpitando enquanto esperava a resposta dele. Era uma afirmação, mas também uma pergunta, a ser confirmada ou negada, e era a primeira vez na vida que Serafina fazia essa pergunta a alguém.

— Somos amigos — concordou Braeden, confirmando com um balançar de cabeça. — Bons amigos.

Ela sorriu para ele, que retribuiu o sorriso. O peito de Serafina se encheu de uma sensação como se ela estivesse bebendo leite quente.

— Também quero dizer uma coisa a você, Serafina — continuou ele. — Não acho que exista algo errado com você. E talvez nada de errado comigo também. Não sei. Somos diferentes dos outros, eu e você, cada um à sua maneira. Entende o que estou dizendo?

Ele desceu da cama.

— Tenho um presente para você. — Ele acendeu um lampião a óleo na mesa de cabeceira. — Sei que você não precisa da luz, mas eu, sim. Senão, vou dar uma topada na cama.

— Um presente? Pra mim? — Ela estranhou, sem de fato ouvir qualquer outra palavra.

Presentes eram uma coisa sobre a qual Serafina havia lido em *Adoráveis mulheres* e em outros livros, algo que as pessoas trocavam quando gostavam umas das outras. Ela nunca fora capaz de imaginar por que o pai nunca tinha comemorado o aniversário dela, mas, agora que ele lhe havia contado a história do seu nascimento, ela percebeu que isso provavelmente trazia à tona recordações sombrias e dolorosas, que ele preferia esquecer. Não ajudava o fato de que comprar presentes sentimentais, que não tivessem utilidade, fosse sinônimo de pecado na cartilha dele. E na única vez em que ele tentara lhe oferecer um presente, ela acabara com uma boneca suspeitamente parecida com uma chave inglesa. A verdade é que Serafina nunca havia recebido um autêntico presente, embalado em papel, em toda a sua vida, mas a ideia de ganhar um a entusiasmava.

— Por que eu mereço um presente? — perguntou ela a Braeden enquanto se arrastava mais para dentro da cama.

— Porque somos amigos, certo? — respondeu Braeden, entregando-lhe uma caixa leve de tamanho médio embrulhada com um papel decorado e amarrada com um laço de veludo vermelho. — Espero que não se importe com o que está aí dentro.

Ela o fitou e arqueou uma sobrancelha.

— Maus pressentimentos. O que é? Uma capa preta de cetim?

— Apenas abra a caixa. — Ele sorriu.

Ela desfez o laço, pensando em como era diferente o toque do veludo suave em seus dedos em relação à corda áspera que ela tinha amarrado ao redor da cintura. Contudo, sem prática naquilo, não soube como desembrulhar o bonito papel. Braeden teve que mostrar a ela.

Finalmente, ela levantou a tampa da caixa.

Engoliu em seco. O que viu... aqueceu seu coração. Era um lindo, deslumbrante vestido de baile. Tinha mangas compridas de veludo vinho e um corpete de tecido aveludado preto, finamente estampado, todo debruado com detalhes de um cinzento rajado, as linhas prateadas brilhando na luz bruxuleante do lampião.

— Uau, é maravilhoso... — murmurou, com admiração, tirando o vestido da caixa. O tecido era tão macio e quente que ela o amassou com os dedos e o levou até o rosto. Nunca havia visto um vestido tão lindo na vida.

Ela puxou o cabelo para trás da cabeça e o prendeu com a fita vermelha do presente. Depois foi até o espelho e colocou o vestido na frente para ver como ficava. Quando viu sua própria imagem, quase pareceu uma pessoa completamente diferente a encarando. Ela não era mais uma criatura selvagem da floresta, mas uma bela menina que faria bonito em qualquer lugar aonde fosse. Encarou a imagem por um longo tempo.

Enquanto se maravilhava com os refinados detalhes do seu novo vestido, um pensamento sombrio se infiltrou em sua mente. Serafina não queria ser grosseira, mas sua curiosidade ganhou aquela batalha mais rápido do que as águas descendo uma montanha. Ela se voltou para Braeden.

– Já sei o que você vai perguntar – ele se adiantou.

– Se a gente se conhece há tão pouco tempo, então como você conseguiu esse vestido com tanta rapidez?

Ele olhou para os quadros na parede.

– De onde ele surgiu, Braeden?

Ele olhou para o chão.

– Braeden...

Finalmente, ele olhou para ela e respondeu:

– Minha tia encomendou.

– Mas não para mim.

– Ela queria dar para a Clara.

– Ah – soltou Serafina, tentando lidar com aquilo.

– Eu sei, eu sei, me desculpe – disse ele. – Mas ela nunca usou, juro. Ela nunca nem o viu. Eu realmente queria dar alguma coisa bonita para você e não tinha nada. Não queria ofender.

Serafina tocou o braço dele delicadamente.

– É um vestido lindo, Braeden. Adorei. Obrigada. – Ela se inclinou para ele e o beijou na bochecha.

Braeden sorriu, contente.

Ela gostou de vê-lo todo satisfeito, mas o vestido a fez pensar em Clara novamente.

– Então, por que os Brahms foram convidados para Biltmore? – perguntou ela.

– Não sei – respondeu Braeden. – Acho que meus tios souberam que ela era um prodígio e acharam que seria bom conhecer a Clara e pedir que tocasse para os convidados.

— E sua tia viu como ela era doce e bonita, e como era educada e talentosa, e queria que você ficasse amigo dela.

Ele confirmou com um gesto de cabeça.

— Parte do grande plano de minha tia de encontrar um amigo para mim. Ela gostava bastante da Clara especificamente, mas só falei com ela algumas vezes, então não a conheci muito bem.

Enquanto Braeden falava, os ouvidos de Serafina detectaram o som de alguém se aproximando. Ela ouviu passos vindo lentamente pelo corredor. Colocou o vestido de lado.

— Ouviu isso? – cochichou. – Tem alguém vindo!

— Estou ouvindo – respondeu Braeden, em voz baixa.

Gideão se levantou e foi direto até a porta fechada.

— Rápido! Apague a luz – sussurrou ela.

Braeden seguiu sua sugestão imediatamente, deixando-os no escuro.

Bem quietos, eles ficaram imóveis e escutaram.

Pelo som dos sapatos, ela achou que podia ser o Sr. Vanderbilt vindo para dar uma checada no sobrinho. Ela seria descoberta, pensou. Seria descoberta de uma vez por todas, e não havia como escapar daquilo! A farsa da garota engraxate não ia funcionar dessa vez. Ficou pensando se poderia se esconder embaixo da cama, ou soltar alguma desculpa maluca e sair em disparada pelo corredor, antes que ele pudesse dar uma boa olhada nela. No entanto, foi então que ela ouviu um barulho de rastejar.

Era o Homem da Capa Preta.

Ele estava atravessando o corredor.

Ele estava procurando.

Ele vinha toda noite.

Ele era incansável.

— Conheço uma passagem secreta – sussurrou Braeden.

— Vamos ficar em silêncio total – disse ela. – *Total*. – Deixando Braeden perto da cama, Serafina avançou pela escuridão e se juntou a Gideão na porta, temendo que ele começasse a latir e revelasse a presença deles. Ela tocou o ombro do cachorro, para ele saber que, se houvesse um combate, eles lutariam juntos.

Serafina e a Capa Preta

O som se aproximou mais e mais, até que o Homem da Capa Preta ficou parado bem do outro lado da porta.

Escutando, esperando, como se pudesse senti-los dentro do quarto. Ele sabia que as crianças estavam lá.

Serafina podia ouvi-lo respirar. Ela captou o cheiro desagradável da capa à medida que o fedor se infiltrava pela fenda embaixo da porta.

A Capa Preta começou seu movimento lento, rastejante, chacoalhante.

Gideão rosnou.

A maçaneta girou devagar e...

Serafina viu a maçaneta começar a girar e depois parar com o clique de metal contra metal. Ela havia passado a tranca ao entrar e se lembrou de que a porta era bem pesada, com painéis de carvalho grossos e maciços. Parecia quase impossível que alguém conseguisse arrombá-la. Ela só esperava que o Homem da Capa Preta não fosse capaz de atravessar a porta usando algum tipo de magia negra.

Ela podia senti-lo respirando do outro lado, tremendamente agitado.

Ela esperou, segurando-se em Gideão.

Depois de alguns segundos, a maçaneta voltou à posição inicial e os passos recomeçaram, afastando-se lentamente pelo corredor. Serafina liberou Gideão, e todos afinal voltaram a respirar normalmente. Ela olhou para Braeden.

— Essa foi por pouco — sussurrou ela.

— Estou feliz que você tenha chegado aqui antes dele — disse Braeden.

Ela voltou a subir na cama. Eles ficaram deitados no escuro, escutando os sons da casa — esperando passos de alguém correndo ou um grito de terror na noite —, mas tudo o que ouviram foi o estalar do fogo e suas próprias respirações ritmadas enquanto dormiam e despertavam ao longo do que restava da noite.

Serafina acordou na manhã seguinte com o som da tia de Braeden batendo insistentemente na porta do quarto trancada.

— Braeden, hora de acordar — chamou a Sra. Vanderbilt. — Braeden?

Serafina deslizou para fora da cama e procurou um lugar para se esconder.

— Aqui... — Braeden sussurrou ao puxar a tampa decorativa de cobre de uma saída de ventilação na parede embaixo da mesa dele.

— Braeden, está tudo bem aí dentro? — perguntou a tia do outro lado da porta. — Por favor, abra, querido. Você está me deixando preocupada.

Serafina se arrastou para dentro do duto e Braeden recolocou a tampa. Ela o observou pela grade enquanto ele enfiava o vestido embaixo da cama e checava em volta do quarto para ter certeza de que não havia nenhuma outra evidência da presença dela lá. Gideão estudava o dono com interesse, as orelhas pontudas do cão levantadas e a cabeça inclinada para o lado em sinal de *o que está acontecendo aqui?*

— Bico calado, amigão — Braeden avisou a ele, e Gideão abaixou as orelhas.

Finalmente, Braeden andou até a porta e a abriu.

— Estou aqui. Está tudo bem.

A tia entrou correndo no quarto, envolveu-o nos braços e o apertou. Foi quando Serafina percebeu que a Sra. Vanderbilt realmente amava Braeden. Dava para ver somente pela maneira como o abraçava.

— O que aconteceu? — perguntou Braeden à tia, inseguro.

— O filho do pastor desapareceu durante a noite.

Quando ouviu a notícia sobre outra vítima, Serafina sentiu um terrível nó no estômago. O saldo agora era de três crianças em três noites. Era como se algo estivesse impelindo o agressor renovadamente, impulsionando-o cada vez com mais força. Serafina havia ficado tão aliviada por ela e Braeden terem conseguido escapar do Homem da Capa Preta trancando-se no quarto, que só agora percebia que aquilo significava que ele havia partido para capturar outra pessoa. Outra criança desaparecera. Ela havia escapado do demônio, mas não conseguira *detê-lo*.

Sabendo que precisava encontrar alguma maneira de sair que não fosse por dentro do quarto de Braeden, Serafina rastejou pela passagem para ver onde ia dar. Chegou a um local onde havia duas outras passagens. Pegou a da direita, que deu em outra bifurcação. Parecia haver uma rede inteira de passagens secretas costurando a casa. *Então é aqui que os ratos têm se escondido todos esses anos.*

Ela engatinhou pelas aberturas de ventilação que levavam aos inúmeros cômodos privados da mansão – salas de estar, salões, corredores, quartos e até mesmo banheiros. Viu criadas fazendo camas e hóspedes se vestindo para o dia. Todos cochichavam, preocupados e confusos. Ninguém entendia o que estava acontecendo. Falavam de sombras e assassinos. Biltmore havia se tornado um lugar assombrado onde crianças indefesas desapareciam.

Ela viu o lacaio, o Sr. Pratt, andando apressadamente pelo corredor com a Srta. Whitney.

– Não, não, Srta. Whitney, ele não é um assassino comum – o Sr. Pratt estava dizendo quando passaram.

– Que coisa horrorosa para se dizer! – protestou a Srta. Whitney. – Como o senhor sabe que as crianças estão mortas?

– Ah, elas estão mortas, acredite. Ele é uma criatura da noite, algo vindo direto do inferno.

Ouvir aquela expressão chocou Serafina. *Criatura da noite,* ele havia dito. Mas *ela* era uma criatura da noite. Ela própria já havia usado a expressão. As criaturas da noite eram más? Isso significava que *ela* era má? Serafina ficou horrorizada ao pensar que pudesse ter alguma associação ou semelhança com o Homem da Capa Preta.

– Bem, e o que nós vamos fazer a respeito?!? É isso que eu quero saber! – gritou um homem.

Ela engatinhou alguns centímetros adiante pela tubulação na direção da voz e olhou para baixo, através de uma grade de metal, para a Sala das Armas. Com sua visão estratégica, pôde ver uma dúzia de cavalheiros em pé, conversando sobre o que estava acontecendo.

— Não há nada que possamos fazer — falou o Sr. Vanderbilt. — Temos que deixar os detetives concluírem o trabalho deles.

O Sr. Vanderbilt conhecia as entradas e saídas de Biltmore melhor do que ninguém. Ele havia projetado o lugar. Por que será que existiam tantas escadarias escondidas e portas secretas? E ele era rico, logo tinha dinheiro e poder para fazer o que quisesse. E era um Vanderbilt, então ninguém nunca suspeitaria dele. Teria sido por isso que construíra uma mansão no meio de uma floresta escura?

E agora lá estava o Sr. Vanderbilt, dizendo a todos que não havia nada que pudessem fazer, a não ser esperar pela conclusão do trabalho dos detetives. Sem dúvida quem *estava pagando* aos detetives particulares era ele, então os detetives encontrariam quaisquer respostas que a ele interessasse.

Os outros cavalheiros balançaram a cabeça, frustrados.

— Talvez devêssemos contratar uma das famosas agências de detetives de Nova York — sugeriu o Sr. Bendel. — Esses sujeitos locais estão fazendo um monte de perguntas indiscretas para todo mundo, mas não parecem estar avançando no trabalho.

— Ou talvez devêssemos organizar uma outra equipe de busca — sugeriu o Sr. Thorne.

— Concordo — disse o Sr. Brahms. — Os detetives parecem pensar que um dos criados está levando as crianças, mas eu acho que não deveríamos descartar nenhuma pessoa da casa. Nem mesmo um de nós.

— Talvez seja você, Brahms — falou o Sr. Bendel rispidamente, deixando claro que não havia apreciado a insinuação.

— Não seja ridículo — reagiu o Sr. Vanderbilt, ficando entre eles. — Não é nenhum de nós. Apenas se acalmem.

— As mulheres estão aterrorizadas — disse um cavalheiro que ela não reconheceu. — Toda noite uma criança desaparece. Temos que fazer alguma coisa!

— Mas pelo menos sabemos se o bandido é de fora ou se é alguém de dentro de Biltmore? — perguntou outra pessoa. — Talvez seja um estranho total. Ou um dos nossos homens: o Sr. Boseman ou Seu Enkrenka.

— Nem mesmo podemos afirmar se, de fato, *existe* um bandido — disse o Sr. Bendel. — Não achamos prova alguma de que as crianças foram raptadas. Por tudo o que sabemos, essas crianças simplesmente fugiram!

— Claro que existe um bandido — refutou o Sr. Brahms, ficando cada vez mais irritado. — Alguém está levando nossas crianças! Minha Clara nunca fugiria! O Sr. Thorne está certo. Precisamos organizar outra busca.

O Sr. Rostonov disse algo numa mistura de russo e inglês, mas ninguém parecia prestar atenção nele.

— Talvez as crianças estejam caindo em algum tipo de buraco no porão ou coisa parecida — sugeriu o Sr. Bendel.

— Não existem buracos no porão — rebateu o Sr. Vanderbilt com firmeza, ofendido pela sugestão de que Biltmore pudesse ser um lugar perigoso.

— Ou talvez haja um poço descoberto em alguma parte do terreno… — pressionou o Sr. Bendel.

— O mais importante é que precisamos proteger as crianças que aqui permanecem — disse o Sr. Thorne. — Eu estou especialmente preocupado com o jovem amo. O que podemos fazer para garantirmos que ele fique seguro?

— Não se preocupe — disse o Sr. Vanderbilt. — Vamos garantir a segurança de Braeden.

— Isso tudo está muito bem, mas precisamos organizar outra busca — disse o Sr. Brahms novamente. — Preciso encontrar a minha Clara!

— Sinto muito, Sr. Brahms, mas não creio que vá adiantar grande coisa — refutou o Sr. Vanderbilt. — Nós já vasculhamos a casa e o terreno diversas vezes. Tem de haver alguma outra coisa a fazer, algo mais efetivo. Tem de existir uma resposta para esse quebra-cabeça terrível…

O Sr. Rostonov se virou para o Sr. Thorne e tocou o braço dele, pedindo apoio.

— *Nekotorye ubivayut detyey* — ele disse ao outro.

— *Otets, vse v poryadke. My organizuem novyi poisk, Batya* — argumentou o Sr. Thorne em resposta.

Serafina se lembrou de que o Sr. Bendel havia mencionado algo sobre o Sr. Thorne saber falar um pouco de russo, mas ela ainda ficava surpresa ao ouvi-lo. O Sr. Thorne continuou traduzindo o que estava acontecendo para o Sr. Rostonov e tentou tranquilizá-lo.

Ela achou muito gentil da parte do Sr. Thorne ajudar o Sr. Rostonov, mas, subitamente, o Sr. Rostonov ficou aborrecido e olhou para o Sr. Thorne completamente confuso.

— *Otets?* — questionou ele. — *Batya?*

O Sr. Thorne ficou pálido, como se tivesse percebido que havia cometido um erro terrível em russo. Ele até tentou se desculpar, mas, quando o fez, o Sr. Rostonov ficou ainda mais irritado. Tudo o que o Sr. Thorne dizia só o deixava mais e mais agitado.

Serafina assistia a tudo, fascinada. Afinal, o que o Sr. Thorne havia dito ao Sr. Rostonov que havia lhe causado tanta angústia?

— Cavalheiros, por favor — pediu o Sr. Vanderbilt, frustrado com a discussão. — Tudo bem, tudo bem. Se é isso o que os senhores acreditam que deva ser feito, então vamos organizar outra busca, mas dessa vez vamos vasculhar devagar e sistematicamente cada cômodo, e vamos colocar vigias em cada um ao fim da inspeção.

Os outros homens agradeceram com entusiasmo o plano do Sr. Vanderbilt. Eles ficaram claramente aliviados por terem alcançado algum tipo de acordo e por haver algo que pudessem fazer. A sensação de impotência era insuportável. Era uma sensação que Serafina compartilhava com eles.

Os homens saíram da sala para organizar a nova busca — todos menos o Sr. Rostonov, que ficou para trás, com o rosto vermelho e aborrecido.

Ela franziu a testa. Alguma coisa não estava certa.

Havia planejado usar os dutos de ventilação para encontrar uma maneira de descer ao primeiro andar e depois achar o caminho até o porão para se juntar ao pai, mas agora tinha uma ideia diferente.

Ela se virou e engatinhou rapidamente de volta ao quarto de Braeden. Parou na saída da ventilação e escutou. Como não ouviu a voz da Sra. Vanderbilt, abriu lentamente a tampa e espiou dentro do quarto. Gideão enfiou o focinho na fresta e rosnou. Surpresa, ela se retraiu, as costas arqueadas como um gato quando rosnou de volta para ele.

— Sou eu, cachorro lesado! Estou do lado dos bons, lembra? — *Pelo menos, eu acho que estou*, pensou ela, recordando o comentário do Sr. Pratt sobre a natureza má das criaturas da noite.

Gideão parou de rosnar e deu um passo para trás, o rosto feliz de alívio e o toquinho de rabo abanando.

— Serafina! – exclamou Braeden entusiasmado quando a amiga abriu a ventilação e saiu. – Aonde você foi? Você devia ter me esperado lá, não ido embora. Você vai se perder em todas essas passagens! São intermináveis!

— Eu não vou me perder – disse ela. – Até que gostei lá de dentro.

— Você precisa ter cuidado. Não ouviu minha tia dizendo que outro garoto desapareceu?

— Seu tio está organizando uma nova busca.

— Como ficou sabendo disso?

— Você sabe o que significa a palavra *otets* em russo? – perguntou ela abruptamente, ignorando a pergunta dele.

— O quê?

— *Otets*. Ou a palavra *batya*. O que significam essas palavras?

— Não sei. Do que você está falando?

— Você conhece alguém que fale russo?

— O Sr. Rostonov.

— Além dele.

— O Sr. Thorne.

— Além dele também. Mais alguém?

— Não, mas temos uma biblioteca.

— A biblioteca... – disse ela. Era uma boa ideia. – Podemos ir lá?

— Você quer ir à biblioteca *agora*? Pra quê?

— Precisamos procurar uma coisa no dicionário. Acho que é importante.

Serafina e Braeden engatinharam rapidamente, um atrás do outro, pelas passagens secretas da casa. Apesar de todo o talento dele em ser amigo de animais e de suas outras qualidades, Braeden fazia tanto barulho quanto uma manada de javalis selvagens em fuga pela tubulação.

— *Shhhhh* – sussurrou ela. – Silêncio...

— Tudo bem, Senhorita Patasmacias – replicou Braeden, e a incitou a prosseguir, fazendo um movimento com a cabeça. – Continue para a frente.

No caminho restante ao longo da passagem, Braeden fez todo o esforço possível para se mover de maneira mais silenciosa, mas ainda assim ele fazia barulho demais.

— Vou ficar muito encrencado se meu tio nos pegar fazendo isso — disse Braeden enquanto eles passavam por outra entrada da ventilação.

— Ele nem cabe aqui — disse ela alegremente.

Eles engatinharam passando pela segunda sala de estar e depois ao longo de toda a Galeria das Tapeçarias, até que alcançaram a ala sul da casa.

— É aqui — avisou Braeden finalmente.

Ela examinou o lugar através da grade de metal: a Biblioteca de Biltmore, com suas luminárias de bronze ornamentado, paredes com painéis de carvalho e os móveis estofados. As prateleiras enfileiradas continham milhares de livros.

— Vamos lá — ela disse, e empurrou a grade.

A dez metros do chão, Serafina se equilibrou na borda alta da sanca, entalhada a mão, que sustentava o teto abobadado, com suas famosas pinturas italianas de nuvens iluminadas pelo sol e anjos alados. Ela foi descendo pelas prateleiras mais altas como se fossem degraus de uma confortável escada. De lá, correu como uma equilibrista ao longo de um parapeito decorativo de ferro forjado. Arremessando-se rapidamente por cima da cornija alta da impressionante lareira de mármore preto, saltou com leveza para os macios tapetes persas no chão e aterrissou de pé.

— Até que foi divertido — disse ela com satisfação.

— Fale por si mesma — reclamou Braeden, que ainda estava a dez metros do solo, agarrando-se desesperadamente na prateleira mais alta, parecendo morto de medo.

— O que você está fazendo aí em cima, Braeden? — ela sussurrou para ele confusa. — Pare de brincar. Venha!

— Não estou brincando — reclamou Braeden novamente.

Ela pôde ver então que ele estava com medo de verdade.

— Coloque o pé esquerdo na prateleira logo embaixo de você e vá por aí — ensinou.

Serafina ficou observando, enquanto Braeden descia lenta e desajeitadamente. Ele se portou bem no começo, mas logo perdeu o equilíbrio no último trecho, caiu uma distância curta e aterrissou sentado com um suspiro de alívio.

— Você conseguiu — ela disse alegremente, tocando no ombro dele para parabenizá-lo.

Ele sorriu.

— Vamos usar a porta normal da próxima vez, certo?

Ela sorriu e concordou. Gostou de ver como ele já estava pensando que haveria uma próxima vez.

Serafina olhou em volta, para todos os livros enfileirados nas prateleiras. Ela nunca estivera lá à luz do dia. Pensou em todos os livros que seu pai já havia levado para ela, e como passara horas estudando as páginas sob a orientação dele, lendo as letras em voz alta até que formassem palavras, frases e pensamentos na sua cabeça. Sempre querendo mais, ela continuava lendo até bem depois de ele já ter dormido. Ao longo dos anos, lera centenas de livros, cada um abrindo-lhe um novo mundo. Estava maravilhada com essa sala, que reunia entre suas paredes os pensamentos e as vozes de milhares de escritores, pessoas que tinham vivido em diferentes países e diferentes épocas, pessoas que haviam contado histórias do coração e da mente, pessoas que haviam estudado civilizações antigas, as espécies de plantas ou o curso dos rios. Seu pai havia lhe contado que o Sr. Vanderbilt tinha muitos interesses apaixonantes e estudava nos livros da sua própria biblioteca; ele era considerado um dos homens mais cultos dos Estados Unidos. À medida que ela dava uma olhada em torno da sala para todos os volumes com capa de couro, as bugigangas sofisticadas nas mesas e os convidativos estofados macios, teve a sensação de que podia passar horas ali apenas explorando, lendo e tirando sonecas.

— Esse era o tabuleiro de xadrez particular de Napoleão Bonaparte — disse Braeden quando percebeu que ela estava olhando as peças entalhadas de caráter decorativo, arrumadas em linhas perfeitas em uma delicada mesa retangular. Ela não sabia quem era Napoleão Bonaparte, mas pensou que seria muito divertido empurrar as lindas peças do tabuleiro e observá-las caindo no chão.

— O que é aquilo? — perguntou ela, apontando para uma pintura a óleo pequena e escura com uma moldura de madeira apoiada em uma das mesas entre uma coleção de outros itens. A pintura estava tão desbotada e gasta que era difícil decifrá-la, mas parecia representar uma onça-parda andando pela vegetação rasteira de uma floresta.

— Acho que deve ser um gato-mutante — Braeden disse, olhando por cima do ombro dela.

— O que é isso?

— Meu tio contou que muitos anos atrás a população local costumava usar a expressão *gato das montanhas*, mas, com o passar do tempo, os camponeses foram mudando o nome do bicho até que se transformou em *gato-mutante*.

Enquanto Braeden falava, Serafina se inclinou para mais perto do quadro e estudou os detalhes. Era difícil dizer, mas a sombra do gato parecia esquisita, confusa nos arbustos atrás dele. Parecia quase que o animal estava projetando a sombra de um ser humano. Ela se recordou vagamente de fragmentos de uma velha lenda popular que ouvira anos antes.

— O gato-mutante é alguma espécie de mutante de verdade? — perguntou, cheia de curiosidade.

— Não sei. Meu tio comprou a pintura em uma loja da cidade. Minha tia acha que é horrorosa e quer se ver livre dela — disse Braeden, e depois puxou Serafina. — Venha. Você queria saber o significado de uma palavra em russo. Vamos procurar no dicionário. — Ele a levou ao canto atrás do imenso globo de metal. — As línguas estrangeiras estão por aqui. — Ele esquadrinhou os títulos dos livros, falando cada um como se apreciasse o som das palavras. — *Árabe, búlgaro, cherokee, deutsch, español*. — Estava claro que o tio de Braeden, que era fluente em oito idiomas, havia ensinado algumas coisas ao sobrinho. Agora que eles se encontravam no mundo das palavras e dos livros em vez de escalando estantes íngremes, Braeden estava de volta ao seu elemento. — *Français, grego, hindi, italiano, japonês, curdo, latim, manx...*

— Eu gosto do som dessa última — Serafina interveio.

— É um tipo de língua celta antiga, eu acho — explicou Braeden antes de continuar. — *Normando, ojibwa, polonês, quíchua, romeno*. Achei. Está bem aqui. *Russo!*

— Maravilha. Vamos procurar a palavra *otets*.

— Como se escreve?

— Não tenho certeza.

— Que tal irmos pelo som e… — ele sugeriu enquanto folheava as páginas até chegar ao ponto que queria. — Não, não é isso. — Braeden tentou outro palpite. — Não, também não é isso. Ah, aqui está. *Otets*.

— É isso! — disse ela, apertando o braço dele. — Foi disso que o Sr. Thorne chamou o Sr. Rostonov que deixou ele tão irritado. É algum tipo de acusação ou um insulto horrível? É um demônio com caninos afiados ou algo assim?

— Hummm… — Braeden disse, franzindo a testa ao ler o verbete. — Não exatamente.

— Bem, o que significa?

— Pai.

— O quê?

— *Otets* significa "pai" em russo – disse Braeden, balançando a cabeça. – Eu não entendo. Talvez você não tenha compreendido bem o que o Sr. Thorne disse. Por que ele chamaria o Sr. Rostonov de "pai"?

Ela não fazia ideia, mas se aproximou para ter uma visão melhor do verbete no livro.

— Eu não consigo imaginar o Sr. Thorne cometendo um erro como esse – disse Braeden. – Ele é muito inteligente. Você precisava vê-lo jogando xadrez. Ele ganha até do meu tio, e *ninguém* ganha do meu tio.

— Ele parece entender de tudo um muito – ela zombou.

— Bem, não precisa ser má. Ele é um bom homem.

Ela pegou o livro das mãos de Braeden e continuou lendo. Explicava que *otets* era a maneira formal pela qual um filho se dirigia ao pai em público. Mas a maneira mais íntima, usada apenas entre a família, era a palavra *batya*, que tinha como tradução aproximada "papai", "papi" ou "papá".

Confusa, Serafina franziu a sobrancelha.

Eles tinham a mesma idade e absolutamente nenhum parentesco. Por que o Sr. Thorne se dirigiria duas vezes ao Sr. Rostonov como seu *papai*?

Quando Serafina e Braeden se preparavam para engatinhar de volta pelo duto de ventilação, ela perguntou:

— Você conhece todos os cavalheiros que estão hospedados agora em Biltmore?

— Já conheci a maioria – Braeden disse enquanto fechava a tampa da ventilação atrás deles –, mas não todos.

— Você sabe em que quartos cada um deles está? – perguntou ela enquanto avançavam em direção ao quarto dele.

— Os hóspedes estão no terceiro andar. Os criados ficam no quarto andar.

— Mas você sabe quais são os quartos específicos?

— Alguns. Minha tia colocou o Sr. Bendel no Quarto Raphael. Os Brahms estão no Quarto Earlom e o Sr. Rostonov está no Quarto Morland. E assim vai. Por quê?

— Eu tenho uma ideia. Se o Homem da Capa Preta for um dos cavalheiros hospedados em Biltmore, então ele vai precisar guardar sua capa em algum lugar quando não a estiver usando, certo? Já inspecionei todos os armários e guarda-casacos do primeiro andar, mas quero inspecionar os quartos também.

— Você quer entrar clandestinamente no quarto particular das pessoas? — perguntou Braeden, hesitante.

— O que que tem? Elas não vão saber mesmo — Serafina observou. — Se a gente tomar cuidado, ninguém vai notar.

— Mas vamos fuçar as coisas pessoais dos hóspedes…

— Sim, mas a gente precisa ajudar a Clara e os outros. E também impedir o Homem da Capa Preta de fazer aquilo de novo.

Braeden apertou os lábios. Não gostava dessa ideia.

— Não tem nenhum outro jeito?

— A gente só vai dar uma olhada — minimizou ela.

Finalmente, ele concordou com um gesto da cabeça.

Serafina seguiu Braeden pelo duto. O Sr. Vanderbilt havia chamado uns detetives particulares, que agora montavam guarda em pontos estratégicos dos corredores da casa. Enquanto ficassem no sistema de ventilação, eles estariam seguros, mas mover-se para as outras partes da casa sem serem vistos seria muito mais difícil do que antes.

Serafina podia notar que nem a presença dos detetives nem as buscas realizadas estavam tranquilizando os angustiados habitantes de Biltmore. Ela sentia que tanto os hóspedes quanto os criados já estavam perdendo a esperança. Pelo que ouvia as pessoas comentando, havia uma sensação cada vez maior de que as crianças não estavam apenas sumidas, mas sim mortas. Ela tinha que impedir seu próprio coração de acreditar na mesma terrível conclusão. Tinha visto as crianças desaparecerem, mas seu pai lhe havia dito que todos tinham que estar em algum lugar. Mesmo os corpos tinham que estar em algum lugar.

Nós temos que continuar procurando, ela ficava dizendo a si mesma. *Não podemos desistir. Precisamos ajudar essas crianças.* Mas, quando os membros das variadas equipes de busca começaram a retornar sem nenhum sinal de vida das crianças, as pessoas ficaram mais desanimadas do que nunca.

Serafina e Braeden se esgueiraram para dentro do Quarto Raphael e fuçaram as coisas do Sr. Bendel.

— O Sr. Bendel é sempre tão alegre – disse Braeden. – Não vejo como possa ter machucado uma criança.

— Apenas continue olhando – sussurrou ela, determinada a manter o foco.

Ela encontrou todo tipo de roupas caras nos baús de viagem finamente decorados do Sr. Bendel, incluindo muitas luvas estilosas e uma longa capa cinza-escura, mas não era a Capa Preta.

Em seguida, inspecionaram o Quarto Van Dyck, com seu papel de parede terracota com detalhes elegantes, os móveis de mogno escuro e muitos quadros pendurados por fios.

— O Sr. Thorne sempre foi muito gentil comigo – disse Braeden. – Não é possível que ele seja o culpado.

Ignorando-o, Serafina vasculhou o quarto da maneira mais minuciosa que conseguiu, procurando em todos os velhos baús que ele havia deixado destrancados. Mas não encontrou nenhum sinal da capa.

— Você *adora* ele, né? – alfinetou Serafina enquanto procurava embaixo da cama de mogno.

— Eu não! – protestou Braeden.

— Parece.

— Ele salvou a vida de Gideão quando Seu Enkrenka ia matar o meu cachorro com um machado – explicou Braeden.

Serafina franziu a sobrancelha. Na cabeça de Braeden, o homem que salvara seu cão não seria capaz de fazer nada de errado. Quando eles ouviram alguém se aproximando, correram de volta para o duto de ventilação o mais rápido que conseguiram.

— Não acho que seja nenhum dos cavalheiros de Biltmore – Braeden disse enquanto seguiam para o quarto seguinte. – Deve ser alguma espécie de demônio da floresta como falamos antes, ou talvez um estranho da cidade que não conhecemos.

Serafina concordou que a falta de pistas era desanimadora, mas ainda havia pelo menos uma dúzia de quartos para vasculhar. Então, eles rumaram para o Quarto Sheraton e para o Quarto Inglês Antigo.

Quando vasculharam o Quarto Morland, ela espiou dentro de cada mala de viagem do Sr. Rostonov, todas lindas e pintadas à mão. Seu coração se encheu de tristeza quando ela encontrou um baú cheio de adoráveis vestidos russos. Eram tão maravilhosos, com grandes babados e estampas exóticas.

— Não me parece certo estar aqui – disse Braeden, pouco à vontade.

Quando seguiram pelo duto até o quarto seguinte, eles ouviram diversas mulheres conversando em um corredor no andar de baixo. Desceram um dos dutos para olharem mais de perto.

— É o quarto da minha tia – disse Braeden, nervoso.

— Vamos ficar em silêncio... – Serafina murmurou, depois olhou através de uma grade para ver dentro do quarto.

Ao espiar o quarto da Sra. Vanderbilt, Serafina contemplou o resplandecente aposento roxo e dourado em estilo francês, com sua mobília elegante e sinuosa, e espelhos com enfeites requintados. Aquele era o quarto mais bonito que já vira na vida. Não tinha a forma retangular de um quarto normal, mas sim oval. As paredes revestidas de seda dourada, as janelas brilhantes e até mesmo as portas delicadamente pintadas eram curvas, seguindo as linhas do formato oval. As cobertas da cama, as tapeçarias e os móveis estofados eram todos de veludo roxo de corte impecável. O quarto certamente brilhava com a luz do sol, e ela teria adorado se aninhar na cama da Sra. Vanderbilt. Estava a ponto de sugerir a Braeden que arriscassem descer, quando ele agarrou o braço dela.

— Espere. É minha tia – disse ele quando a Sra. Vanderbilt entrou lentamente no quarto, seguida da sua criada pessoal e da governanta.

— Vivemos tempos solitários e assustadores – disse a Sra. Vanderbilt com tristeza. – Eu gostaria de fazer alguma coisa para as famílias, algo que juntasse todos e fortalecesse seus espíritos. Hoje à noite vamos nos reunir no Salão de Banquetes às sete horas. A luz elétrica ainda não está funcionando, então aticem as lareiras e tragam o máximo de velas e lampiões a óleo que puderem. Avisem ao pessoal da cozinha para prepararem refeições simples. Não será um jantar formal nem nenhum tipo de festa ou banquete, lembrem-se; não é hora para isso, mas precisamos fazer alguma coisa.

— Descerei à cozinha e falarei com a cozinheira – disse a governanta.

— Acho extremamente importante as pessoas se unirem, para se consolarem mutuamente, mesmo que estejam amedrontadas, ou sofrendo, ou ainda esperançosas – disse a Sra. Vanderbilt.

— Sim, madame — acatou a criada pessoal.

Serafina entendeu que era uma gentileza da Sra. Vanderbilt organizar a tal reunião.

Era um fato conhecido em Biltmore que a Sra. Vanderbilt gostava de saber os nomes e os rostos de todas as crianças, tanto dos hóspedes quanto dos filhos dos criados, e, quando o Natal chegava, ela e sua criada pessoal iam fazer compras em Asheville e nas cidades vizinhas e traziam um presente especial para cada uma. Algumas vezes, se ela ouvisse que uma criança queria um presente em particular que não estivesse disponível nas redondezas, a Sra. Vanderbilt mandava o pedido para Nova York e a encomenda chegava milagrosamente alguns dias mais tarde de trem. Na manhã de Natal, ela convidava todas as famílias para se juntarem em torno da árvore de Natal, onde entregava a cada criança seu presente: uma boneca com cara de porcelana, um bichinho de pelúcia macio, um canivete — dependia da criança. Serafina se lembrava das suas próprias manhãs de Natal, sentada no porão, encolhida no chão de pedra no final da escada, ouvindo, lá em cima, as crianças rindo e brincando com seus brinquedos novos.

Nas horas seguintes, a notícia se espalhou, e os hóspedes e os criados começaram a preparar a reunião.

— Meus tios vão querer que eu esteja lá, então eu preciso ir — Braeden disse de modo carrancudo. — Gostaria que você pudesse ir comigo. Você deve estar com tanta fome quanto eu.

— Estou morrendo de fome. Vai ser no Salão de Banquetes, não é? Vou estar lá *em espírito*. Só não deixe ninguém tocar o órgão — pediu Serafina.

— Vou tentar pegar um pouco de comida para você — ele disse quando os dois se separaram.

Enquanto Braeden se dirigia ao quarto para se vestir para a tal reunião, ela sorrateiramente assumiu sua posição. Seguiu pelas passagens secretas atrás dos níveis mais altos do órgão que descobrira com o Sr. Pratt e a Srta. Whitney. Lá ela se escondeu no sótão do órgão, entre os setecentos tubos de metal, alguns alcançando um metro e meio, três metros, ou mesmo seis metros de altura. De lá, tinha uma fantástica vista panorâmica da sala.

O Salão de Banquetes era a maior sala em que ela já havia posto os olhos: Um teto abobadado cilíndrico e um pé-direito alto o suficiente para um falcão voar. Havia bandeiras e flâmulas penduradas, como a clássica sala do trono de um rei. As paredes de pedra eram adornadas com armaduras medievais, lanças cruzadas e ricas tapeçarias que pareciam extremamente velhas mas que valiam a pena escalar um dia. No centro da sala havia uma mesa de jantar de carvalho imensamente comprida rodeada por cadeiras entalhadas à mão destinadas aos Vanderbilt e sessenta e quatro outras para os amigos mais íntimos. Mas essa noite ninguém se sentaria à mesa. Apesar da ordem para servir refeições simples, os criados haviam colocado em cima dela uma abundante quantidade de comida. Além da seleção de rosbifes, trutas, frango ao molho de laranja, intermináveis bandejas de legumes e batatas gratinadas com alecrim, havia todo tipo de sobremesas de chocolate e tortas de frutas. A torta de abóbora, como todas as tortas de abóbora, tinha cara de comida de cachorro, mas a cobertura de chantilly parecia estar deliciosa.

Ela observou em silêncio enquanto as pessoas entristecidas e cansadas entravam na sala, trocavam algumas palavras com a Sra. Vanderbilt e depois se juntavam aos demais convidados. Com o que parecia ser um esforço heroico para se mostrarem otimistas, o Sr. e a Sra. Brahms entraram e tentaram comer qualquer coisa e encontrar alento na companhia dos amigos. O Sr. Vanderbilt se aproximou deles e falou alguma coisa, e eles pareceram se sentir muito reconfortados com suas palavras e seu interesse. Então, ele foi até o pastor e sua esposa e os consolou sobre o filho desaparecido. Em seguida, ele se dirigiu aos desolados pais de Nolan. O pai de Nolan era ferrador, mas ele e a esposa eram bem-vindos ali. O Sr. Vanderbilt conversou com o casal por um longo tempo. Quanto mais ela o observava, mais seus sentimentos por ele se abrandavam. Parecia haver preocupação verdadeira e genuína nele, não apenas pelos seus hóspedes, mas pelas pessoas que trabalhavam para ele também.

Braeden, seguindo o exemplo do tio – particularmente elegante em seu paletó e colete pretos –, esforçou-se ao máximo para conversar com uma garota ruiva de vestido azul. A menina parecia estar mais do que assustada com tudo o que estava acontecendo. Havia outras crianças também, todas amedrontadas e amuadas. O Sr. Boseman, o zelador da propriedade, havia comparecido, junto com o Sr. Pratt e a Srta. Whitney e muitos outros rostos familiares. Serafina reparou que a única pessoa faltando era o embaixador da Rússia. Ela ouviu um dos criados entrar e dizer que o Sr. Rostonov havia mandado avisar que estava deprimido, triste demais para comparecer.

Ela olhou para o Sr. Thorne e o Sr. Bendel, que estavam parados juntos, perto da lareira. O Sr. Thorne parecia abatido e cansado. Quando começou a tossir um pouco, cobriu a boca e se virou para o lado oposto ao do Sr. Bendel. Imaginou que o Sr. Thorne talvez estivesse se sentindo mal ou quem sabe gripado. Muito diferente das outras vezes em que ela o vira. Ninguém estava se sentindo bem naquela noite.

Quando viu que quase todos estavam presentes, a Sra. Vanderbilt se virou para o Sr. Thorne e colocou a mão no ombro do cavalheiro.

— Será que o senhor faria a gentileza de tocar alguma coisa para nós?

O Sr. Thorne pareceu relutante.

— Sem dúvida – disse o Sr. Bendel de maneira encorajadora. – Nós todos precisamos de algo para nos alegrar.

— Com certeza. Eu ficaria honrado de atender ao seu pedido – disse o Sr. Thorne em voz baixa, limpando a boca com o lenço e se recompondo. Levou vários segundos, mas, por fim, parecia ter se reanimado. Ele olhou em torno da sala como se procurasse por inspiração.

— Devo mandar o lacaio buscar seu violino? – a Sra. Vanderbilt perguntou, tentando ajudar.

— Não, não, muito obrigado. Estou pensando em dar uma chance àquele magnífico órgão... – avisou o Sr. Thorne.

Serafina entrou em pânico. Havia escutado o órgão diversas vezes antes, do porão. Não conseguia nem mesmo imaginar a altura do som se estivesse agachada entre seus tubos. Iria estourar seus tímpanos, com certeza! Ela se apressou a sair imediatamente do seu esconderijo e escapar.

Ao mesmo tempo, Braeden correu e segurou o braço do Sr. Thorne.

— Talvez o senhor possa tocar o piano em vez do órgão, Sr. Thorne. Eu adoro piano.

Surpreso, o Sr. Thorne parou e olhou para seu jovem amigo.

— Se é isso o que prefere, Mestre Braeden...

— Ah, sim, senhor. Eu adoraria ouvir o senhor tocar *o piano*.

— Muito bem – acatou o Sr. Thorne.

Morta de alívio, Serafina sorriu pela sagacidade do seu aliado e voltou a rastejar para o esconderijo.

Braeden arriscou uma rápida olhadela para cima na direção dela, o rosto momentaneamente traindo um sorriso satisfeito consigo mesmo. Ela não conseguiu evitar de sorrir de volta.

O Sr. Thorne andou até o piano de cauda.

— Achei que seu instrumento fosse o violino – disse o Sr. Bendel.

— Ultimamente, ando me aventurando um pouco no piano também – disse o Sr. Thorne, baixinho.

Reticente, quase tímido, sentou-se ao piano como se estivesse inseguro. Ficou lá posicionado por vários e longos segundos enquanto todos aguardavam. E então, sem tirar as luvas de cetim, começou. Ele tocou uma sonata suave e encantadora com a graça de um virtuoso. A peça que ele escolhera não era triste demais, nem feliz demais, mas adorável à sua própria maneira, e pareceu conectar todos os presentes em humor e espírito. Serafina ficou admirada de ver como a música tinha uma habilidade quase mágica para unir as emoções das pessoas na sala. Todos pareciam amar de verdade e apreciar a música do Sr. Thorne, com exceção do Sr. e da Sra. Brahms, que aparentemente ficavam mais tristes a cada nota. A Sra. Brahms começou a soluçar e puxou o lenço, e depois seu marido teve que levá-la de lá se desculpando. Os demais convidados continuaram a escutar a música do Sr. Thorne enquanto ele terminava a sonata.

— Obrigada, Sr. Thorne – agradeceu a Sra. Vanderbilt, tentando se manter positiva. Ela olhou em volta para os presentes. – Por que nós todos não comemos um pouco e bebemos alguma coisa?

Braeden abordou o Sr. Thorne de maneira tímida.

— O senhor toca maravilhosamente bem, senhor.

— Obrigado, Braeden – disse o Sr. Thorne com um leve sorriso. – Agradeço. Sei que é um jovem de gosto exigente.

— Algumas semanas atrás, quando o senhor chegou em Biltmore, o senhor nos contou uma história deliciosa sobre o garoto com os três desejos.

— Gostou? — O Sr. Thorne olhou para ele.

— O senhor tem mais? — perguntou Braeden, olhando para a garota ruiva de vestido azul e para as outras crianças. — Poderia nos contar outra história?

O Sr. Thorne fez uma pausa e olhou para a Sra. Vanderbilt, que fez um movimento com a cabeça concordando, parecendo orgulhosa do sobrinho pela sua consideração com os presentes.

— Acho que seria maravilhoso se o senhor pudesse contar alguma história, Sr. Thorne. Todos nós íamos gostar muito.

— Então devo dar o meu melhor e tentar — concordou o Sr. Thorne. Lentamente ele acenou com o braço para as crianças. — Vamos todos nos juntar em volta da lareira?

Conforme Braeden e as outras crianças se sentavam à luz brilhante do fogo, o Sr. Thorne baixou a voz para um tom dramático e começou a contar uma história.

Assistindo à cena e ouvindo do órgão, Serafina podia ver que as crianças estavam se inclinando para a frente, acompanhando atentamente a narração. A voz do Sr. Thorne ficava suave em algumas horas e crescia com força em outras. Ela se viu desejosa de se juntar às demais crianças e ouvir a história também. Seu coração ansiava por fazer parte do mundo que ele descrevia — um lugar onde todos os meninos e meninas tinham mães e pais, irmãos e irmãs. Um lugar onde as crianças brincavam juntas em campos iluminados e, quando ficavam cansadas, se deitavam à sombra de uma árvore frondosa no topo de um morro. Serafina queria estar naquele mundo. Viver aquela vida. A história fez com que ansiasse por conhecer a própria mãe e ouvir a sua voz. E, quando a história terminou, ela pensou que o Sr. Thorne devia ser um dos mais incríveis contadores de histórias que ela já ouvira.

A Sra. Vanderbilt observava Braeden sentado junto às crianças, prestando atenção no Sr. Thorne. Havia uma expressão satisfeita no rosto dela. Braeden estava finalmente fazendo amigos.

Serafina estudou o Sr. Thorne. Não havia como negar que ele aquecera seu coração. Ela tinha adorado a música e a história. E ele tinha levado uma sensação de comunidade e união à triste reunião por um curto espaço de tempo. Braeden e o Sr. Bendel estavam certos — ele era um homem de muitos talentos.

Mais tarde, quando a reunião estava terminando, a Sra. Vanderbilt abordou o Sr. Thorne e delicadamente o abraçou.

— Obrigada, senhor, por tudo o que tem feito por nós. Agradeço, principalmente, a maneira como ficou amigo de Braeden. Ele pensa o melhor do senhor.

— Eu só queria poder fazer mais – disse o Sr. Thorne. – São tempos dificílimos para todos.

— Você é um bom homem, Montgomery – disse o Sr. Vanderbilt enquanto andava até o Sr. Thorne e apertava sua mão em agradecimento. – Mais tarde, eu gostaria de convidá-lo e ao Sr. Bendel para se juntarem a mim na Sala de Sinuca para um conhaque e um charuto. Apenas os amigos.

— Muito obrigado, George – agradeceu o Sr. Thorne, fazendo uma leve reverência. – Fico honrado. Estou ansioso por isso.

Enquanto observava a interação, Serafina sentiu que algo não estava certo. O Sr. Thorne parecia sisudo, como deveria parecer em uma reunião triste como essa, mas ela percebeu algo mais também. Enquanto o Sr. Vanderbilt falava com ele, o Sr. Thorne tinha a mesma expressão no rosto de um gambá quando está roendo uma batata-doce que arrancou do jardim. Mostrava-se satisfeito consigo mesmo – satisfeito demais, e não somente por sua peça impecável ao piano nem por sua história sensacional. Parecia encantado com o convite pessoal para fazer parte do círculo íntimo de George Vanderbilt. Braeden havia dito a ela que seu tio e o Sr. Thorne só se conheciam havia alguns meses, mas agora ela podia ver que havia uma ligação mais forte se desenvolvendo entre eles, um vínculo pessoal cada vez maior. Os Vanderbilt eram uma das mais famosas, ricas e poderosas famílias de todo o país, e o Sr. Thorne havia acabado de se tornar um amigo muito estimado.

Ela olhou para Braeden, tentando verificar se ele também havia sentido que algo parecia inadequado, mas ele nem estava olhando para o Sr. Thorne. Enquanto todos deixavam a sala, ele andava ao longo da mesa do bufê, discretamente enfiando pedaços de frango empanado no bolso. Depois pegou um pequeno pote de creme inglês da bandeja de bolos. Ela não conseguiu deixar de sentir água na boca ao ver tanta comida deliciosa. Havia se esquecido de como estava faminta, e Braeden parecia saber exatamente do que ela gostava.

Enquanto seguia os tios para fora da sala, Braeden olhou para ela.

Serafina sinalizou para que ele a encontrasse do lado de fora. Havia muito para conversarem.

Serafina sabia que o Sr. Thorne era querido, mas, para ela, ele parecia talentoso demais, gentil demais, *alguma coisa* demais. E ela ainda não tinha descoberto por que ele havia chamado o Sr. Rostonov de "Papá".

Ela não conseguia juntar as peças, mas sentia cheiro de rato.

17

Serafina encontrou Braeden do lado de fora, no escuro, nos fundos da casa principal, onde eles esperavam que ninguém pudesse vê-los. O vale do Rio French Broad com sua mata fechada aparecia abaixo deles, e a silhueta negra das montanhas formava camadas a distância. Uma névoa subia da copa das árvores do vale como se a floresta inteira estivesse respirando.

— Reparou como o Sr. Thorne toca piano bem? — perguntou Serafina, incrédula. — Você tinha ideia de que ele sabia fazer aquilo?

— Não, mas ele sabe fazer um monte de coisas — disse Braeden, tirando os pedaços de frango do bolso e entregando-os a ela.

— Tem razão. Ele sabe mesmo — concordou ela de boca cheia, enquanto devorava. — A gente sempre comenta isso, mas como é possível?

— É que ele é assim. Deve ser um dom — disse Braeden, enquanto ela engolia ruidosamente o creme inglês.

— Mas o que você sabe do Sr. Thorne? — Serafina perguntou, limpando a boca. — Quer dizer, o que você *realmente* sabe sobre ele?

— Meu tio diz que ele deveria servir de inspiração para todos nós.

— Sim, mas quanto você acha que pode confiar nele?

— Eu já disse. Ele salvou o Gideão. E tem sido muito prestativo com os meus tios. Não entendo por que você antipatiza tanto com ele.

— Temos que seguir as pistas.

— Ele é um bom homem! – afirmou Braeden, ficando cada vez mais aborrecido. – Você não pode sair por aí acusando todo mundo. Ele sempre foi muito legal comigo!

Ela fez um sinal com a cabeça de que havia compreendido. Braeden era uma pessoa leal.

— Mas pense por um segundo. Quem é ele, Braeden?

— É um amigo do Sr. Bendel e do meu tio.

— Sim, mas de onde ele vem?

— O Sr. Bendel me contou que, tempos atrás, antes da Guerra Entre os Estados, o Sr. Thorne era dono de uma grande propriedade na Carolina do Sul. Ela foi queimada e destruída pelas tropas da União. Ele havia nascido e sido criado como um homem muito rico, um senhor de terras, mas perdeu cada centavo e teve que fugir para salvar a própria vida.

— Ele não parece pobre agora – ela observou, confusa com a história.

— O Sr. Bendel contou que, depois da guerra, o Sr. Thorne ficou tão pobre que mal conseguia sobreviver. Ele não tinha casa, nem terreno, nem dinheiro e nem comida. Ele se tornou um bêbado sem-teto, vagando pelas ruas, dizendo xingamentos para qualquer pessoa do Norte que passasse.

Serafina franziu a testa.

— Tem certeza que é desse Montgomery Thorne que você está falando, o homem que sabe fazer tudo? Sua descrição não combina com o Sr. Thorne que eu vi.

— Eu sei, eu sei – disse Braeden, irritado. – É isso que estou falando. Ele teve uma vida dura, uma vida ruim, mas deu a volta por cima. Ele sempre foi muito legal comigo. Você não tem nenhuma razão para pensar mal dele.

— Bom, termine a história que está me contando. O que mais? O que aconteceu com ele? Como ele chegou aqui?

— O Sr. Bendel me contou que uma noite, depois de beber muito num bar em uma cidadezinha, o Sr. Thorne estava voltando a pé para casa, errou o caminho e se perdeu na floresta. Caiu num velho poço abandonado e ficou muito ferido. Acho que ficou preso lá embaixo uns dois dias. Mal consegue se lembrar de quem o encontrou e o ajudou a sair do poço. Mas, quando finalmente se recuperou dos machucados, ele percebeu que havia atingido o fundo do poço *na vida* e logo morreria se não mudasse os hábitos. Então, decidiu ser um homem decente.

— O que isso significa? — ela perguntou, pensando que a história toda soava como pura lenda, e que o Sr. Bendel estivera zombando de Braeden.

— O Sr. Thorne arrumou um emprego em uma fábrica na cidade. Ele aprendeu sobre as máquinas e foi promovido a gerente.

— Máquinas? — Serafina perguntou, surpresa. — Que tipo de máquinas?

— Não sei, máquinas de fábrica. Mas depois disso ele se tornou promotor.

— O que é isso? — perguntou ela, que mal podia acreditar em quantas coisas não sabia.

— Um advogado, um tipo de especialista em leis e crimes.

— Como ele se tornou advogado se passava o dia trabalhando na fábrica? — A história inteira estava ficando cada vez mais mal contada.

— Aí é que está — continuou Braeden. — Ele trabalhou e se esforçou e se tornou um homem melhor. Ele viajou por um tempo, depois se mudou de volta para cá, comprou uma grande casa em Asheville e começou a comprar terras na região.

— Ah, fala sério... — Serafina disse incredulamente. — Você está dizendo que ele passou de um mendigo bêbado na miséria para um cavalheiro dono de terras?

— Eu sei que a história toda soa inacreditável, mas você viu o homem. O Sr. Thorne é muito inteligente, ele é riquíssimo e todos o adoram.

Ela balançou a cabeça, frustrada. Não tinha como negar nada daquilo. Mas, ainda assim, alguma coisa não estava certa.

Ela olhou em direção ao vale e à névoa, apenas meditando. Nada sobre a história de Thorne fazia sentido para ela. Era como uma daquelas histórias cheias de furos e artimanhas, pequenas distorções no enredo. E ela havia aprendido, ao caçar ratos, que onde as coisas estavam confusas era lá que os ratos estavam.

— Então, onde ele e o seu tio se conheceram? — perguntou ela.

— Acho que os dois estavam experimentando sapatos na loja de sapatos feitos sob medida no centro da cidade.

— Isso explica por que os sapatos do Sr. Vanderbilt faziam o mesmo barulho que os dele...

— O quê?

— É... Nada, não. Por que o Sr. Thorne sempre usa luvas? — perguntou Serafina, tentando ver se conseguia captar alguma coisa seguindo uma trilha diferente.

— Nunca percebi isso.

— Tem alguma coisa errada com as mãos dele? Ele toca piano de luvas. Isso não parece muito estranho? E, na manhã em que os homens te encontraram na carruagem na estrada da floresta, ele estava usando luvas de couro, mesmo não estando tão frio assim. E você disse que ele é especialista em máquinas e... Você acha que ele conseguiria quebrar um gerador de uma maneira que nem mesmo o mais inteligente e habilidoso dos mecânicos do mundo pudesse consertar?

— Que tipo de pergunta é essa? — indagou Braeden, confuso. — Por que você...

— E como um fazendeiro do Sul aprendeu russo?

— Eu sei lá, Serafina! — exclamou Braeden, ficando cada vez mais na defensiva.

— E o que ele disse ao Sr. Rostonov?

Braeden balançou a cabeça, recusando-se a acreditar em qualquer daquelas coisas.

— Eu não sei! Ninguém é perfeito!

— Você disse que ele é extremamente inteligente, poderia até vencer seu tio no xadrez.

— Bem, talvez eu estivesse errado. Talvez ele só tenha cometido um erro gramatical com o Sr. Rostonov.

— Então por que o coitado do Sr. Rostonov ficou tão aborrecido? Ele ficou tão irritado quanto um texugo brigando com um porco-espinho. Mas ele não estava só zangado. Ele parecia com medo.

— Medo? De quê?
— Do Thorne!
— Por quê?

Serafina balançou a cabeça. Ela não sabia. Seus pensamentos estavam todos desconexos, parecia que as pistas para o mistério rodopiavam ao seu redor. Tudo o que precisava fazer era juntá-las. Onde exatamente o rato estava se escondendo? Essa era a pergunta.

— Você me disse que, quando sua tia conheceu Clara Brahms, ela queria que vocês ficassem amigos – lembrou Serafina, tentando outro caminho.

— Sim.

— Como seus tios conheceram a família Brahms?

Braeden deu de ombros.

— Sei lá. Conhecendo.

— Seu tio... – Serafina começou, pressentindo outra conexão.

— Por que você está falando assim? – Braeden perguntou, incomodado. – Meu tio não tem nada a ver com essa história, Serafina, então pare!

— Quem contou a ele que Clara tocava piano bem? Como ele ouviu falar dela?

— Não sei, mas meu tio não é responsável por nada disso, tenho certeza absoluta.

— Tente se lembrar, Braeden – insistiu ela. – Quem falou com você primeiro sobre Clara Brahms?

— O Sr. Bendel e o Sr. Thorne. Eles estão sempre indo a concertos, sinfonias, recitais, coisas do tipo.

— E Clara era uma pianista excepcionalmente talentosa... – disse ela, lembrando-se das palavras da criada para o lacaio. Continuava tentando pensar além. Estava tendo a mesma sensação de formigamento de quando fechava o cerco a um dos seus inimigos de quatro patas.

— Sim, eu a ouvi tocando na primeira noite dela na casa – Braeden disse, concordando. – Era muito boa mesmo.

— E você viu Thorne tocando...

— Sim, e você também. Ele é um pianista excelente.

E então Braeden parou. Franziu a testa e olhou para ela, surpreso.

— Você não acha...

Ela apenas o encarou, vendo se ele ia chegar à mesma conclusão a que ela havia chegado.

— Muitas pessoas sabem tocar piano, Serafina — ele disse, com firmeza.

— Eu não — ela refutou.

— Bem, não, eu também não, não daquele jeito, mas o que quero dizer é que *muitas* pessoas sabem tocar piano muito bem.

— E falam russo e tocam violino também?

— Bem, com certeza. Tem o Tchaikovsky e...

— Não sei quem é esse, Senhor Sabe-Tudo, mas ele também é fera no xadrez?

— Bem, provavelmente não, mas...

— E por acaso ele sabe virar e manobrar um grupo de cavalos e uma carruagem imensa para a direção oposta em uma estrada estreita nas montanhas?

— Você está louca! — exclamou Braeden, olhando para ela, perplexo. — Do que está falando agora?

— Não tenho certeza exatamente — admitiu ela —, mas pense um pouco no assunto...

— Eu *estou* pensando no assunto.

— E o que você conclui?

— Que é só uma grande confusão, pelo que eu posso ver. Nada significa nada!

— Ao contrário! Tudo significa tudo. Pense na Capa Preta... Você já viu... Parece permitir, a quem veste, que envolva e mate as pessoas, ou pelo menos capture essas pessoas de alguma maneira...

— Que horror! — Ele estremeceu.

— Talvez não apenas mate as pessoas...

— Não entendo.

— Talvez ele *absorva* elas.

— Isso é repugnante. O que você quer dizer?

— Talvez seja por isso que Thorne acidentalmente se dirigiu ao Sr. Rostonov como "pai" e "papá". Porque Thorne absorveu seu conhecimento da língua russa por meio da Anastasia.

— Você está dizendo que ele consumiu a alma de Anastasia?

Ela segurou o braço de Braeden com tanta rapidez que ele ficou assustado e deu um pulo.

— Pense bem — insistiu ela. — O dono da capa absorve suas vítimas, seus conhecimentos, seus talentos, suas habilidades. Pense no que isso significaria, em como seria isso... Se ele absorver gente habilidosa e talentosa, ele ganha um monte de habilidades e talentos. Ele se tornaria o homem mais completo da sociedade. Ele seria inteligente. Ele seria rico. E seria amado por todos. Bem como você disse.

— Eu me recuso a acreditar que o Sr. Thorne possa fazer aquilo — disse Braeden. — Não é possível. — Seu corpo inteiro parecia estar se contraindo contra ela.

— Faz sentido, Braeden. A coisa toda. Ele está roubando almas. E você é o próximo na lista dele.

— Não, Serafina — disse Braeden, balançando a cabeça. — Não pode ser. Isso é loucura. Ele é um bom homem.

Nesse momento, ela ouviu uma das portas da casa principal se abrindo e o som de alguém a caminho.

Serafina deu um rodopio, pronta para o combate.

— Braeden, querido, o que você está fazendo aí fora? Já é hora de entrar — a Sra. Vanderbilt chamou enquanto andava na direção dele.

Serafina soltou um suspiro de alívio, depois correu para dentro dos arbustos, deixando Braeden parado lá sozinho.

— Com quem estava falando? — perguntou a Sra. Vanderbilt.

— Com ninguém — respondeu ele, já caminhando na direção da tia para bloquear a visão dela. — Só estava falando comigo mesmo.

— Não é seguro para você ficar aqui fora — disse a Sra. Vanderbilt. — Precisa entrar agora e ir para a cama.

Serafina nunca tinha visto a Sra. Vanderbilt com uma aparência tão cansada e triste. A dona da casa havia enrolado um casaco preto comprido em volta da cintura para se proteger do frio da noite. Era evidente que o desaparecimento das crianças estava sendo uma carga pesada demais para ela.

Hesitando, tentando ser discreto, Braeden olhou para os arbustos atrás de si, na direção de Serafina.

— Por favor, venha para dentro — pediu a Sra. Vanderbilt, com doçura, mas de maneira firme.

— Tudo bem — disse ele finalmente.

Serafina podia ver que Braeden não queria ir, mas ele também não queria aborrecer a tia mais ainda do que ela já estava aborrecida.

A Sra. Vanderbilt colocou o braço ao redor dele, e eles começaram a andar de volta para casa.

— Tranca a porta! — Serafina meio tossiu, meio sussurrou para Braeden, cobrindo a boca com a mão para disfarçar as palavras.

— Ouviu alguma coisa, querido? — perguntou a Sra. Vanderbilt, parando e olhando para a escuridão.

— Acho que foi só o uivo de uma raposa na mata — disfarçou Braeden, mas Serafina pôde ver o sorriso dele e ficou aliviada por ele não estar mais zangado com ela por suspeitar do Sr. Thorne.

Fique seguro esta noite, Serafina pensou, enquanto a tia e o sobrinho continuavam andando em direção à casa.

— Veja, seu tio e eu andamos conversando — disse a Sra. Vanderbilt. — Estamos preocupados com você.

— Eu estou bem — afirmou Braeden.

— Seu tio e eu precisamos ficar aqui com os hóspedes, mas decidimos que será melhor se você se afastar de Biltmore por um tempinho. Até já tentamos antes, mas achamos que agora é mais importante do que nunca.

— Eu não quero ir embora — pediu Braeden, e Serafina sabia que ele estava pensando nela.

— É só até as coisas se acalmarem e os detetives descobrirem o que está de fato acontecendo — continuou a Sra. Vanderbilt, a voz ficando cada vez mais difícil de ouvir à medida que voltavam para a mansão. — É mais seguro.

— Tudo bem — disse ele. — Eu entendo.

— Nós pedimos ao Sr. Thorne para levar você na carruagem dele logo cedo amanhã — informou ela. — Não seria bom? Você gosta do Sr. Thorne, não gosta? Vai poder conhecer a casa dele em Asheville.

Quando a porta se fechou atrás deles, o coração de Serafina se encheu de pavor. Braeden confiava no Sr. Thorne e não teria escolha a não ser concordar com o desejo dos tios.

O Homem da Capa Preta finalmente teria o que desejava.

Preciso de um plano, pensou Serafina ao descer as escadas para o porão. *E tem que ser esta noite.*

Enquanto ela comia qualquer coisa com o pai na oficina, sua vontade era contar tudo para ele e implorar pela sua ajuda para salvar Braeden, mas não havia corpos, nem armas, nem evidências de nenhum tipo para respaldar o que o pai chamaria de "fantasias" sobre o convidado mais confiável dos Vanderbilt. Nem mesmo seu melhor amigo tinha acreditado nela! O pai nunca acreditaria. Mas, mais do que isso, ele parecia esgotado. Suas mãos estavam escurecidas e ásperas com o dia de trabalho na máquina de Edison. Ele estava sob intensa pressão para fazer as luzes voltarem a funcionar. E com razão. A escuridão tornava a casa toda um domínio do mal.

Mas, então, ela parou no meio do pensamento e percebeu uma coisa.

A escuridão também era o domínio *dela*.

— Cê tá bem? — o pai perguntou enquanto cortava a última das suas batatas com a colher. — Não comeu nada.

Ela afastou os pensamentos, olhou para o pai e fez que sim com a cabeça.

— Estou sem fome.

— Escute, Sera — o pai disse —, eu quero que você fique recolhida esta noite. Longe dos outros, ouviu?

— Ouvi, pai — disse ela obedientemente, mas claro que não faria isso. *Ela não podia.*

Quando foram para a cama e o pai começou a roncar, ela se esgueirou para fora da oficina e subiu as escadas que davam para o exterior, para o terreno da propriedade. Sua mente era um redemoinho de pensamentos, imagens e medos. Sabia que o pai queria que ela ficasse perto dele, mas pela primeira vez na vida não se sentia segura no porão. Ficar no porão naquela noite era a morte. Era a destruição. E a levaria a uma solidão que ela não poderia suportar. Nos últimos dias, vinha se sentindo cada vez mais constrangida naquele buraco. Já não queria mais ficar lá dentro. Queria a liberdade do espaço aberto e da escuridão de verdade.

Enquanto ela andava do lado de fora, deliciava-se com uma linda noite iluminada pelo luar com um pouco de neve caindo suavemente na grama e nas árvores. Ela tentou refletir sobre o assunto. Sabia o que tinha que fazer; só não sabia como. Que estratégia podia criar para derrotar o Homem da Capa Preta? Se ele fosse um rato, como ela o pegaria?

Ela andou até a beira da floresta e parou no ponto que seu pai havia dito que nunca deveria ultrapassar. Sua primeira incursão às sombras da floresta dois dias antes tinha sido difícil, assustadora.

Mas Serafina continuou adiante.

Ela atravessou a mata cerrada e andou entre as árvores. Entrou floresta adentro usando a luz da lua e das estrelas para iluminar o caminho. Apesar de tudo o que havia acontecido, ainda se sentia atraída pela floresta. Era lá que queria estar.

Um feixe de luz capturou sua atenção. Ela olhou para cima e viu uma estrela cadente. Depois outra. Depois dez projetando-se contra a escuridão. E depois cem de uma vez. Uma chuva de estrelas cadentes riscou o céu, enchendo o firmamento negro e cristalino com uma luz brilhante. E então a chuva de estrelas cessou, sem deixar nada além da calmaria das estrelas cintilantes e dos planetas resplandecentes no espaço infinito acima dela.

Serafina ouviu passinhos miúdos atrás de si, um pequeno rato buscando comida e voltando para sua família, aquecida embaixo de um tronco oco.

A floresta estava viva de noite, cheia de movimentos, sons, criaturas e luz.

Serafina se sentia confortável ali. *Conectada.*

Andou mais um pouco adiante, examinando as pedras cobertas de limo, as árvores com seus galhos esticados e os pequenos riachos reluzentes que corriam embaixo das samambaias.

Era dessa floresta que a mãe tinha vindo?

Era dessa floresta que a mãe *e* a filha tinham vindo?

Serafina pensou sobre o motivo por que *ela* podia ver que o Sr. Thorne era o Homem da Capa Preta, mas ninguém mais conseguia. Nem mesmo Braeden. Por que *ela* acreditava naquilo, mas os outros não? Porque eles eram seres humanos mortais, normais, e ela não era. Estava mais perto do Homem da Capa Preta do que queria admitir. Perto demais do mal.

Ela sabia que não podia lutar diretamente com o Homem da Capa Preta. Ele era muito mais forte. Nos primeiros encontros entre eles, ela quase não tinha escapado com vida. Um arrepio percorreu sua espinha só de pensar. Mas também não podia só continuar fugindo e se escondendo dele. De alguma maneira, tinha que *detê-lo* – se sua teoria estivesse correta, então ele tinha dentro de si toda a força e a capacidade de cada pessoa que havia absorvido com a capa.

Não, ela não podia fazer frente ao Homem da Capa Preta.

Não sozinha.

Olhou em volta, e uma ideia sombria se formou em sua mente. Perguntou-se mais uma vez: se ele fosse um rato, como ela o pegaria?

De repente, ela soube a resposta.

Ela própria serviria de isca.

O medo tomou conta de Serafina como a bile de uma refeição mal digerida. Ela queria ignorar a ideia, evitá-la, mas sua mente continuava voltando àquela ideia como se fosse a única solução.

Pensou nas palavras do pai mais uma vez: *Nunca vá para as profundezas da floresta, há muitos perigos lá, e eles tentarão seduzir a sua alma...*

Você tem razão, Pa, pensou ela. *Há, sim. E eu sou um deles.*

Parada na floresta, ela chegou a uma conclusão sobre si mesma, uma coisa que já sabia bem no fundo havia muito tempo, mas nunca quisera admitir: ela não era como seu pai. Ela não era como Braeden. Ela não era humana.

Pelo menos, não inteiramente.

Pensar nisso provocou um nó na sua garganta. Ela sentiu uma solidão terrível. Não sabia o que significava, nem tinha certeza se *queria* saber o que significava, mas sabia que era verdade. Serafina não era como as pessoas que ela amava. Tinha nascido na floresta, uma floresta tão escura quanto a Capa Preta e tão assombrada quanto o cemitério. Ela era uma criatura da noite.

Havia escutado o Sr. Pratt dizer que as criaturas da noite vinham direto do inferno, que eram más. Pensou naquilo mais uma vez, a mente atravessando ideias espinhosas de conflito e confusão. Será que as criaturas más pensavam em si mesmas como sendo más? Ou será que pensavam estar fazendo o que era certo? A maldade era algo que estava dentro do coração ou era como as pessoas viam as outras? Ela se sentia como se fosse boa, mas será que, na verdade, era má e só não sabia? Ela vivia no subterrâneo. Esgueirava-se pelo escuro sem ser vista ou ouvida. Escutava secretamente as conversas. Vasculhava os pertences dos outros, sorrateiramente. Matava animais. Lutava. Mentia. Roubava. Escondia-se. Assistia às crianças perdendo suas almas. E ainda assim continuava vivendo – se desenvolvendo, até –, extraindo energia, conhecimento e percepção de cada uma das noites em que vagava pelas trevas enquanto outra criança era capturada.

Ela ficou parada por um bom tempo, pensando na razão por que estava viva e os outros não, e perguntou-se novamente: ela era boa ou má? Havia nascido num mundo de escuridão e vivia nele, mas de que lado ela estava? Da escuridão ou da luz?

Serafina olhou para as estrelas. Não sabia o que era ou como tinha ficado daquela maneira, mas sabia o que queria ser. Ela queria ser *boa*. Queria salvar Braeden e as crianças que ainda estavam vivas. Queria proteger Biltmore. Ela pensou na inscrição na base do pedestal do anjo de pedra: *Nosso caráter não é definido pelas batalhas que vencemos ou perdemos, mas sim pelas batalhas que ousamos lutar.* Parada na floresta naquele momento, era nisso que ela escolhera acreditar. Era verdade que ela era uma criatura da noite. Mas *ela* decidiria por si mesma o que isso significava.

Tinha somente duas opções diante de si: sair de fininho e se esconder, ou entrar nessa briga.

Naquele momento, ela concebeu um plano e soube o que precisava fazer.

Uma parte dela não queria fazer. Significava que ela bem poderia morrer naquela noite. E sua morte viria num momento da vida em que finalmente tinha saído do porão e encontrado um amigo e começado a entender e se conectar ao mundo em torno dela. Ela queria ir para casa e dormir na frente da lareira de Braeden e comer frango com polenta com o pai e fingir que nada disso estava acontecendo. Queria se encolher no porão atrás do aquecedor e se esconder como havia feito a vida toda. Mas já não podia mais.

Thorne ia continuar vindo. Ele ia tirar a vida de Braeden. Ela tinha que detê-lo. Talvez morresse, mas isso significaria que Braeden talvez vivesse. Ele continuaria sua vida com o Sr. e a Sra. Vanderbilt e seus cavalos, e com Gideão do lado. E ela decidiu que aquilo era o que ela queria, mais do que qualquer outra coisa. Ela queria que Braeden vivesse.

Serafina tinha *visto*, e não *ouvido falar*, que o Homem da Capa Preta absorvia qualquer criança que encontrava pela frente, mas sabia que ele queria Braeden Vanderbilt mais do qualquer outra. Ela havia percebido isso quando o Homem da Capa Preta os atacara na floresta. Ele não tinha ido por causa de Nolan, ele fora direto para Braeden. Havia um talento em Braeden que Thorne desejava: a habilidade do garoto em equitação, e, mais do que isso, sua quase telepática conexão com os animais. Ela imaginou como seria poder ser amiga de todos os animais ao seu redor, até mesmo controlá-los.

Contudo, Serafina sentia que havia algo mais também, alguma coisa que deixava o Sr. Thorne obcecado, que o levava até mesmo além de Braeden. Mais e mais, ele tinha que pegar uma criança toda noite. Qualquer uma. E ela usaria aquela necessidade contra ele. Ela iria encontrá-lo cara a cara no campo de batalha mais mortal em que pudesse pensar. Ela o derrotaria de uma vez por todas. Ou morreria lutando.

Serafina se virou e andou em direção à casa. Como a meia-noite se aproximava, desceu as escadas em direção à oficina.

Não ficou surpresa por seu pai estar dormindo profundamente, aos roncos, exausto pelo dia longo e difícil. Mas então ela viu uma coisa em cima da cama improvisada atrás do aquecedor. Quando andou em direção a ela, Serafina percebeu que era o vestido que Braeden havia lhe dado. Braeden devia ter descido e colocado lá enquanto ela estivera fora. Havia um bilhete junto:

S,
Titio e Titia estão determinados. Vou sair de manhã cedo com MT. Vejo você em breve. Por favor, mantenha-se a salvo até eu voltar.
— B.

Serafina fitou o bilhete. Ela não queria acreditar. Ele realmente ia fazer o que os tios queriam. Estava nas mãos de Montgomery Thorne.

Mas, então, ela olhou para o vestido.

Ela tinha certeza de que não era a intenção de Braeden, mas era a peça perfeita que faltava para o seu plano. Agora, ela iria ter a aparência adequada.

O tempo de se esgueirar e se esconder havia terminado.

Ela iria garantir que um homem em particular a visse.

E aquela noite… era a noite.

A Caçadora Oficial de Ratos tinha um trabalho a fazer.

Serafina colocou o lindo vestido vinho de inverno que Braeden havia lhe presenteado na noite anterior.

O corpete com um elaborado brocado preto ficava justo no peito e nas costas, e ela temeu que, quando chegasse a hora de lutar, ele restringisse seus golpes. Virou-se e rodopiou para testar a liberdade de movimentos. A saia comprida caía pesadamente em volta de suas pernas, mas, apesar da falta de familiaridade com roupas femininas, ela não conseguia evitar de se encantar por elas. Parecia quase mágico colocar um vestido pela primeira vez na vida. O material era delicado, feminino e macio, nem um pouco comparável com qualquer coisa que tivesse usado antes. Ela se sentia como uma das garotas dos livros que lia – como uma garota *de verdade*, com uma família de verdade, com irmãos e irmãs, uma mãe e um pai, e amigos.

Rapidamente, esfregou o rosto, penteou o cabelo e se pôs o mais bonita que conseguiu. Parecia bobagem, mas precisava entrar no papel. Ela tentou imaginar que estava indo a um baile de gala, em um salão repleto de cavalheiros e damas brilhando, e garotos que a convidariam para dançar.

Mas Serafina não estava indo a uma festa, muito pelo contrário.

Quando pensou no lugar para onde estava indo e nas forças sombrias que lá encontraria, sentiu-se como se estivesse saltando sobre um abismo e que nunca chegaria do outro lado.

Ela tentou bloquear aquele pensamento e apenas continuar amarrando o vestido nas costas com dedos vacilantes, mas estava tendo muita dificuldade. *Garotas normais devem ter dedos extremamente longos e braços flexíveis para fazer isso toda noite*, pensou.

Quando finalmente acabou, ela olhou em volta da oficina uma última vez. Não conseguia abafar o sentimento de que talvez não voltasse. Olhou para onde seu pai dormia. Tinha visto como ele estava cansado e sobrecarregado. Ele estava pagando um alto preço quebrando a cabeça por causa do gerador e das andanças à procura da filha. Ela queria se aninhar na curva do braço dele como costumava fazer, mas sabia que não podia.

Durma bem, Pa, pensou ela. *Descanse.*

Finalmente, tomou coragem e deu meia-volta. Atravessou o porão e depois subiu a escada para o primeiro andar.

Lá em cima, ela parou. Respirou profundamente e então desceu o corredor da casa, na penumbra.

Andou devagar, deliberadamente, sem correr nem se esconder como em geral fazia, mas caminhando pelo centro do amplo corredor como uma jovem dama que se preze. Seus passos eram como os das garotas que ela havia observado das sombras tantas vezes ao longo dos anos. Ela fez tudo o que podia para assumir a aparência da jovem filha indefesa de um dos hóspedes. Serafina agora não era mais a predadora; era uma criança vulnerável.

O ar estava muito parado. O luar brilhava através das janelas, caindo no chão de mármore. O relógio de pé no Saguão da Entrada soou as doze badaladas da meia-noite. Os corredores estavam praticamente vazios devido ao adiantado da hora, apenas uma vela aqui e outra ali para iluminar o caminho para os hóspedes. Mas ela sentia que ainda havia gente acordada.

Ao fazer a lenta caminhada no seu vestido de baile pelos largos corredores da casa, ela sentiu uma profunda estranheza por não estar caçando, por não ser os olhos do predador que vê, mas ser a presa que é vista.

O estômago se revirou. Os músculos se encolheram e se contraíram, implorando para que ela fugisse. Detestava andar em linha reta. E detestava andar devagar.

Você é uma garota normal, disse a si mesma. *Só continue respirando, continue enchendo os pulmões.* Ela precisou de cada grama de coragem para continuar em frente no espaço aberto.

Ela já tinha enfrentado o Homem da Capa Preta antes, mas agora estava determinada a fazer diferente. Essa noite, iria lutar – lutar nos seus próprios termos e da sua própria maneira, com presas e garras.

Decidiu parar perto do Jardim de Inverno, com seu teto alto de vidro, anexo à Sala de Sinuca, que ela sabia, pelo que tinha descoberto na reunião da Sra. Vanderbilt horas antes, ser o lugar mais conveniente para montar sua armadilha.

De repente, a porta que dava para a Sala de Sinuca se abriu. O Sr. Thorne, o Sr. Bendel, o Sr. Vanderbilt e diversos outros cavalheiros estavam sentados nas cadeiras de couro e bebendo em copos de formatos estranhos. O cheiro de charuto inundou o corredor. O Sr. Pratt saiu da sala com uma grande bandeja de prata equilibrada na mão e desceu apressado o corredor.

Serafina se camuflou em uma sombra atrás de uma coluna para evitar ser vista, e lá esperou, deixando-se ficar no limite da penumbra. Ela era uma boneca de porcelana, e também um espectro, entrando e saindo das sombras, uma garota entre dois mundos.

Finalmente, a conversa ao lado do fogo começou a esfriar. O Sr. Vanderbilt se levantou e deu boa-noite a cada um dos seus convidados. O Sr. Bendel apertou a mão de todos e também se retirou. No final, somente o Sr. Thorne permaneceu lá.

Serafina o observou através da porta aberta, o coração batendo lento e pesado. Ele se encontrava sentado sozinho à luz de velas na Sala de Sinuca, bebericando do seu copo e fumando seu charuto.

Saia daí, pensou ela. *Nós temos um negócio para resolver.* Mas ele parecia estar apreciando um momento de triunfo pessoal. Ela não conseguia ler a mente do Sr. Thorne, mas tentou juntar as coisas que sabia dele e imaginar o que ele estava pensando naquele momento.

Depois de perder sua lavoura na guerra e cair nas profundezas da ruína, lá estava ele de novo, finalmente de volta ao seu legítimo lugar, um cavalheiro distinto da mais alta estirpe, um amigo pessoal de um dos homens mais ricos do país. Tudo o que o miserável precisara fazer para chegar lá, fora roubar as almas e os talentos de dezenas de crianças indefesas, com seus corpos pequenos e frágeis e seus espíritos maleáveis.

Mas, pensou ela, por que ele não absorvia os adultos também? Será que eles eram mais difíceis? E agora que ele havia conseguido sua posição na sociedade, por que continuava atacando sob o risco de ser descoberto? Se estava fazendo isso havia muito tempo, então por que o súbito desejo por jovens almas? O que o estava levando a absorver uma criança noite após noite? Tinha que ser mais do que apenas a busca pelos seus talentos. Tinha que ser uma necessidade nova, maior do que qualquer coisa que já tivesse existido.

Ela observou o Sr. Thorne enquanto ele, sentado no sofá, dava baforadas no seu charuto e pequenos goles no conhaque. Havia alguma coisa diferente nele essa noite. Seu rosto parecia cinza. A pele embaixo dos olhos estava enrugada e descamando. O cabelo parecia menos brilhante e perfeito do que naquela manhã na Galeria das Tapeçarias, quando ela o tinha visto pela primeira vez, ou quando ele chegara com a equipe de busca para levar Braeden de volta a Biltmore.

O Sr. Thorne colocou o copo vazio na mesa de canto e se levantou.

Os músculos de Serafina se retesaram. Tinha chegado a hora.

Como os demais cavalheiros, ele usava um traje formal – paletó e gravata –, e ela podia ouvir o movimento dos seus sapatos de couro no assoalho de madeira da Sala de Sinuca. Mas, quando ela viu o que ele estava carregando dobrado sobre o braço, sua respiração ficou presa na garganta. Era a Capa Preta. De cetim, brilhante e limpa – a capa estava tão disfarçada quanto ela própria. Para todos os efeitos, era só um abrigo elegante. Para qualquer pessoa, poderia parecer que o cavalheiro belamente vestido pretendia dar um passeio tranquilo pelo terreno antes de se recolher, mas Serafina sabia a verdade: não era apenas uma capa, era a Capa Preta, o que significava que ele estava inclinado a propósitos malignos. Ali estava o inimigo. Ali estava a luta para a qual ela tinha vindo. Debaixo do seu vestido, porém, ela sentia o corpo inteiro tremendo. Estava morta de medo.

Pelo menos vou morrer com um belo vestido, pensou.

O Sr. Thorne saiu da sala e entrou no corredor onde Serafina estava escondida, nas sombras. Ela ficou completamente imóvel, mas então... ele parou bem em frente à porta da Sala de Sinuca. Não podia vê-la, mas podia sentir que ela estava lá. O desgraçado decidiu parar a apenas alguns centímetros dela. O coração de Serafina pulava. Mal conseguia controlar a respiração. Ele estava exatamente na frente dela. Todos os seus planos bem arquitetados pareciam bobagem agora. Ela queria se esconder, fugir, sair furtivamente, se misturar às sombras, gritar.

Mas conseguiu se acalmar. Forçou-se a ficar quieta. E fez o que para ela era a coisa mais assustadora a fazer no mundo: deu um passo à frente para ficar visível.

𝒮𝑒𝓇𝒶𝒻𝒾𝓃𝒶, 𝒸𝑜𝓂 𝓈𝑒𝓊 belo vestido, ficou parada à luz das velas do corredor, onde o Sr. Thorne pudesse vê-la.

O cabelo dele não estava tão escuro quanto ela se lembrava, mas muito mais grisalho agora, e seus olhos eram de um impressionante azul glacial. Ele parecia muito mais velho do que ela se recordava, mas ainda era um homem extraordinariamente atraente, um cavalheiro de caráter distinto, e, por um momento, ela ficou surpresa com isso.

O plano dela era se passar por uma rica garotinha indefesa, uma criança hóspede dos Vanderbilt, para que ele a caçasse. Parecer uma presa fácil seria uma parte da manobra, a isca para o rato.

Parecia um plano perfeito. Mas ela percebeu, naquele momento, que não ia funcionar.

Enquanto se encaravam, Serafina percebeu pela expressão dele que, apesar do lindo vestido e do cabelo excepcionalmente bem penteado, Montgomery Thorne sabia exatamente quem ela era. E isso lhe provocou uma onda de pavor terrível.

Ela era a garota que havia escapado das suas garras na noite em que ele absorvera Clara Brahms. Ela era a garota que o havia atacado na floresta na noite em que ele pegara o garoto cocheiro. Ela era a garota que fugia pela escuridão sem precisar de um lampião, aquela que podia correr e se esconder e pular e parecia ter reflexos de uma rapidez impossível. Ou seja, ela era uma garota com muitos talentos...

E agora ali estava ela, bem na frente dele. Um prêmio a ser capturado.

Era tarde demais para correr.

Quando o Sr. Thorne sorriu, ela hesitou. Mas se manteve firme.

Ela estava com tanto medo que doía até para respirar. O corselete parecia a mão ossuda de satanás esmagando seu peito. Os membros estavam quentes com a ânsia ardente de fugir.

Mas ela não fugiu. Não podia fugir. Tinha que ficar.

Respirou profunda, demorada e lentamente. Depois, deu as costas para ele e saiu andando bem devagar.

Ela andou com o que parecia ser o passo de uma tartaruga descendo o corredor, fingindo que não tinha ideia de quem ele era ou que a própria vida estava em perigo.

Estava de costas para ele agora, então não podia mais vê-lo, mas podia ouvir os passos do Sr. Thorne a seguindo, chegando cada vez mais perto, tão perto que os pelos da sua nuca se arrepiaram. Incapaz de controlar o medo, seus braços e mãos começaram a tremer. Os passos dele ressoavam em suas têmporas.

Não havia dúvidas na cabeça dela de que não eram os passos de um mortal, mas os passos do Homem da Capa Preta. Esse era um Ladrão de Almas. Esse era o demônio que havia capturado Anastasia Rostonova, Clara Brahms, Nolan, o filho do pastor e inúmeros outros.

E ele estava bem atrás dela.

Do corredor, ela olhou para a pequena porta lateral à sua frente.

Só mais alguns passos, pensou Serafina, e continuou andando.

Mais três passos...

Andando lentamente.

Mais dois passos...

Finalmente, ela deslizou pela porta com um rápido movimento e penetrou a escuridão gelada da madrugada.

O Sr. Thorne a seguiu para fora, puxando sua esvoaçante capa preta com capuz e a colocou em cima da cabeça e dos ombros enquanto mergulhava na noite.

Conforme a neve caía delicadamente do céu iluminado pela lua, ela correu pela grama e se enfiou no Passadiço. O labirinto de caminhos sinuosos era uma confusa estrutura de arbustos e sebes entrecruzados com sombras escuras, pontos cegos e becos sem saída – um lugar onde o Homem da Capa Preta havia matado antes. Mas ela também conhecia o lugar. Ela o conhecia melhor do que qualquer um.

Ela se moveu pelo labirinto com velocidade. Imaginou ver o fantasma de Anastasia Rostonova procurando seu pequeno cão branco pelos cantos.

O Homem da Capa Preta a seguiu por uma trilha atrás da outra.

– Por que você está fugindo de mim, criança? – perguntou ele com uma voz rouca, medonha.

Amedrontada demais para responder, Serafina apenas seguiu em frente. Quando virou a cabeça para ver quanto de vantagem tinha ganho, ela o viu na sua cola. Com a esvoaçante e comprida capa preta, ele flutuava a alguns centímetros acima do chão, ereto, os braços estendidos como uma assombração, as imensas mãos manchadas de sangue tentando agarrá-la.

Serafina sentia a respiração travada no peito, de tal modo que não conseguia nem gritar. Aterrorizada, disparou numa explosão de velocidade.

Parar representava a morte, e era cedo demais para morrer.

Vendo um buraco nos arbustos, ela mergulhou nele. Deixou os jardins bem cuidados do Passadiço para trás e correu para dentro da floresta selvagem.

Avançando pela vegetação rasteira, Serafina ganhou tempo. Esgueirou-se atrás das árvores. Lançou-se para dentro de moitas e através delas. Mergulhou nas sombras mais escuras da floresta. Correu, correu e correu, nas profundezas da escuridão da noite, o inimigo bem no seu encalço.

A densidade da floresta dificultava a ação de seu perseguidor. As árvores cresciam tão juntas umas das outras que um adulto teria uma tremenda dificuldade de se espremer entre elas. As moitas espinhosas eram tão repletas de espinhos que se mostravam quase impenetráveis. Porém, com seu tamanho e sua agilidade, ela conseguia se mover facilmente, arremessando-se para um lado e para o outro, arrastando-se para baixo e saltando por cima. Ela se movia com tanta rapidez quanto uma doninha pela mata. A floresta era sua aliada.

Ela estava morrendo de medo de que ele a pegasse e a matasse, mas não queria perdê-lo completamente de vista. Quando ele ficava para trás ou perdia a trilha dela na neve, Serafina diminuía o ritmo para que ele a alcançasse. Ela o arrastava para as profundezas da floresta. Havia estudado o caminho e formado um mapa mental. Mas, mesmo com o atalho que planejava pegar, eles ainda tinham quilômetros para percorrer.

Enquanto corria, ela pensava em Braeden, em seu pai e nos Vanderbilt. Pensava sobre o que havia acontecido com Clara, Anastasia e Nolan. Precisava derrotar o Sr. Thorne. Precisava *matá-lo*. Sua única chance estava lá na frente.

Ela já se encontrava sem fôlego e mortalmente cansada. As pernas doíam, e era como se os pulmões respirassem palha de aço. Não tinha certeza de quanto mais conseguiria correr. Mas, então, finalmente viu o que estava buscando.

As lápides.

Havia centenas delas banhadas pelo luar prateado que vencia os galhos desfolhados das velhas e retorcidas árvores consumidas pelo inverno.

Esse era o lugar que a aterrorizava, mas ela sabia que precisava dele.

Correu pelo velho cemitério. Uma neblina sinistra se elevava entre os galhos torcidos das árvores ancestrais e os arruinados monumentos aos mortos.

Ela olhou para trás. O Homem da Capa Preta voou em sua direção saindo da névoa, as mãos ensanguentadas tentando alcançá-la.

Serafina correu o máximo que pôde.

Passou velozmente por Cloven Smith, o homem assassinado.

Saltou sobre as duas irmãs que jaziam lado a lado.

Disparou pelos sessenta e seis soldados confederados.

Finalmente, chegou, ofegante e exausta, à pequena clareira com a estátua do anjo alado.

Serafina podia ouvir o Homem da Capa Preta esbarrando no meio dos arbustos às suas costas. Ela só tinha alguns segundos até ele chegar.

O medo percorria suas veias. Ela ficou nauseada de perceber que estava juntando duas forças formidáveis e que estava entre elas. De uma direção ou da outra, havia uma boa chance de que a morte logo estivesse sobre ela.

Correu para a beira da clareira iluminada pela lua onde havia o velho salgueiro caído com suas raízes viradas. O tronco grosso e os galhos pesados do desabado senhor da floresta se retorciam com uma neblina fantasmagórica. Suas folhas delicadas, de alguma maneira ainda crescendo verdes e brilhantes no inverno, reluziam com a luz das estrelas.

Rezando para que a enorme vigia da noite de olhos amarelos estivesse fora caçando, Serafina encontrou o buraco no chão entre as raízes. Ela se deixou cair apoiada nas mãos e nos joelhos e engatinhou para dentro da toca da onça-parda.

Ficou cara a cara com os dois filhotes pintados, que a fitaram com olhos grandes e amedrontados enquanto ela se aproximava.

– Onde está a mamãe de vocês? – perguntou ela aos filhotes.

Quando os animaizinhos viram que era ela, deram pulos de alívio. Eles se aproximaram, cheirando-a e se esfregando no seu corpo.

Ela engatinhou passando pelos filhotes e se enrolou como uma bolinha na toca de terra.

A armadilha estava preparada.

Da mesma maneira como tinha feito quando se enfiara na máquina do porão de Biltmore, ela ficou completamente imóvel e silenciosa.

Tranquilizou os pulmões e o coração. Fechou os olhos e se concentrou, ampliando seus sentidos para o lado de fora, na floresta.

Eu sei que você está aí fora, caçando no seu domínio. Onde você está? Seus filhotes estão em perigo...

Serafina podia sentir. Lá fora, na escuridão da floresta além das lápides, a mãe onça-parda parou de caçar. Ela inclinou a cabeça ao som de dois intrusos na floresta. A floresta *dela*. Seus filhotes corriam perigo. Ela se virou e voou de volta para a toca a toda velocidade.

O Homem da Capa Preta chegou na clareira do anjo e olhou ao redor.

– Para onde você me trouxe, minha querida? – perguntou ele, tentando descobrir em qual direção Serafina tinha ido. Ele circundou o pedestal de pedra do anjo coberto de musgo. – Acha que pode se esconder de mim, coelhinha? – perguntou o sinistro.

Não sou um coelho, Serafina pensou, furiosa. Por um breve momento, ela sentiu uma sensação de triunfo porque parecia que seu plano ia funcionar. O Homem da Capa Preta estava parado, desolado, na clareira do anjo. Não fazia ideia do local para onde a garota tinha ido. Ela havia desaparecido. Havia escapado dele.

Mas, então, Serafina se lembrou da neve. Ela não tinha levado a neve em consideração. Seus rastros conduziam direto para o seu esconderijo. Os rastros a trairiam.

– Ah... – disse o Homem da Capa Preta, quando viu os rastros. – Aí está você...

Ele andou até a toca, ficou de quatro e olhou para o interior.

– Eu sei que você está aí. Saia, minha querida criança, antes que eu fique zangado com você.

Serafina tentou não respirar. O Homem da Capa Preta estendeu o braço até o fundo da toca, a mão ensanguentada procurando no escuro. Ela podia sentir seu fedor horrível de podre. As dobras da capa escorregadia giravam e viravam conforme ela serpenteava pela abertura, emitindo seu barulho de chocalho na expectativa da futura refeição.

Segurando os filhotes contra o peito em terror, Serafina chegou para trás o máximo que conseguiu. Ela sabia que, se as mãos daquele homem ou se as dobras da capa a alcançassem, ele a arrastaria para fora da toca e sua vida acabaria da maneira mais medonha.

– Não vou machucar você, criança – ele falava com voz rouca, enquanto procurava por ela.

Naquele momento, todo o poder e a ferocidade do instinto materno munido de garras irrompeu dentre as árvores. Irada pelo intruso na boca da sua toca, a onça-parda lançou-se contra as costas dele. O impulso fenomenal do ataque o fez rolar. Ela enfiou as garras dianteiras nas costas e no peito do homem enquanto enterrava seus dentes no pescoço e na cabeça.

O Homem da Capa Preta gritou com o choque da dor. Lutou como pôde para se defender do poderoso felino. Chegou até a puxar seu punhal, mas a onça-parda cortou sua mão. Rosnando e rugindo com fúria, o animal o mordeu e arranhou repetidamente, sem piedade.

O Homem da Capa Preta socou e chutou e tentou se levantar, mas a furiosa onça-parda era rápida e forte demais. Ele não teve tempo de encontrar o punhal caído. Tentou bater nela com um galho, mas ela o golpeou tão violentamente com as garras de navalha que abriu a pele dele e o nocauteou. Em seguida, deu um bote e mordeu seu pescoço, forçando-o contra o chão com o seu peso da maneira como mataria um cervo. Manteve suas poderosas mandíbulas fechadas na garganta dele até que o homem lentamente parou de lutar e por fim ficou imóvel.

O Homem da Capa Preta murchou.

A onça-parda o largou, deixando-o como um monte preto ensanguentado, como a carcaça de um animal morto.

A armadilha tinha funcionado. Uma onda de alegria e alívio atravessou Serafina. O plano tinha funcionado! Finalmente havia derrotado o Homem da Capa Preta. *Ela tinha conseguido!* Havia salvado Braeden. Havia salvado Biltmore. *Tinha conseguido mesmo!* Sua pele formigava de satisfação. Ela queria poder, de alguma maneira mágica, se comunicar com Braeden a distância e contar a ele o que havia acontecido. Quase tinha a sensação de que podia se transformar em um pássaro e voar. Ela voaria alto no céu como uma gaivota e faria acrobacias nas nuvens até que estivesse exausta para voar mais.

Eufórica, ela começou a engatinhar em direção à entrada da toca para correr para casa, mas era tarde demais.

A morte fechava a passagem.

A onça-parda, ainda ferozmente furiosa, entrou na toca para matar o segundo intruso.

Ela.

Não havia outra saída da toca. A onça-parda iria rasgar Serafina em pedaços. O animal a mataria da mesma maneira como havia matado o primeiro intruso. Para a onça, não havia diferença entre eles.

Com uma onda de pavor, Serafina se refugiou no fundo da toca, tentando desesperadamente sair do alcance da onça. Ela enchia e esvaziava os pulmões com força. As pernas davam pontapés e batiam como os cascos de um cavalo em pânico, mas ela não tinha para onde ir.

A onça entrou. Os músculos da fera se salientaram e se agitaram sob o pelo castanho-claro. Olhos vidrados. A boca parcialmente aberta. Os dentes, enormes e afiados, reluziam. A respiração congelava no ar gelado enquanto o peito arfava. Saía vapor do corpo do animal. Conforme investia em direção a Serafina, a onça-parda deu um rugido baixo e ameaçador, ferozmente determinada a matar a criatura que havia invadido sua toca.

Serafina se encolheu atrás dos filhotes com as costas contra a parede de terra. Tentou se segurar, ficar forte, mas tremia incontrolavelmente. Incapaz de fugir, ela puxou as coxas contra o peito, pronta para se defender, pronta para chutar. Preparou as mãos como um felino, disposta a arranhar e agarrar. Trincou os dentes e rosnou.

Bem na hora em que a onça estava prestes a dar o bote e rasgar seu pescoço, Serafina olhou bem no rosto dela e gritou o mais alto e violentamente que pôde, os dentes expostos e ameaçadores, como um lince encurralado. Queria que a onça-parda soubesse que ela podia ser pequena, mas que não morreria facilmente.

Sem se abalar com a reação de Serafina, a onça-parda a encarou com seus enormes e penetrantes olhos amarelos. Serafina arfou. Os olhos da gata eram exatamente da mesma cor dos dela.

Ela olhou para o rosto da felina. E então, no segundo seguinte, viu o que pareceu ser um vislumbre de reconhecimento nos olhos da onça-parda.

A onça hesitou, parando a apenas alguns centímetros dela.

Ela podia ver na expressão do animal que a onça-parda estava pensando a mesma coisa que ela: seus olhos eram iguais.

Elas não eram predadora e presa.

Elas não eram protetora e intrusa. Elas estavam conectadas.

Serafina olhou fundo dentro dos olhos da onça-parda e a onça-parda olhou fundo dentro dos olhos de Serafina. Não havia palavras entre elas. Não poderia haver. Mas, naquele momento, havia *entendimento*. Havia um vínculo entre as duas. Elas eram iguais. Elas eram caçadoras. Elas eram vigias da noite.

Mas, mais do que tudo, elas tinham o mesmo *sangue*.

23

Com as costas coladas à parede do fundo da toca e os joelhos encostados no queixo, Serafina encarou a onça-parda com espanto. O coração pulava. O corpo estava dobrado de modo tão contraído que ela só conseguia respirar de maneira curta e rasa.

A onça-parda olhou para ela com os olhos cor de âmbar-dourado mais fascinantes que ela já tinha visto. Como era possível que fossem exatamente como os dela? Imagens e ideias atravessaram sua mente em um turbilhão confuso, mas nada daquilo fazia sentido.

A onça-parda se inclinou para mais perto dela.

Serafina continuou completamente imóvel, tentando respirar da maneira mais tranquila possível. Nenhum movimento brusco.

Ela viu inteligência e consciência nos olhos da onça-parda, que revelavam uma delicadeza e uma compreensão muito além daquelas de um animal selvagem. Sabia que não podia falar com a onça por palavras, mas gostaria ardentemente de poder fazer isso.

Serafina e a Capa Preta

A onça-parda encostou o focinho no ombro de Serafina e a cheirou. A respiração emitia um som alto nos ouvidos da garota, os pulmões soando como um fole, o ar entrando e saindo. A umidade em volta da boca parcialmente aberta do animal brilhava e seus dentes reluziam. Seu cheiro forte era tanto estranho quanto familiar para Serafina. Ela nunca havia sentido o cheiro de uma onça na vida, mas era exatamente como esperava que fosse.

Enquanto olhava a onça, ela desejou mais do que tudo no mundo que pudesse, de alguma maneira, se comunicar com ela. Sentiu um desejo profundo de saber o que o animal estava pensando e sentindo naquele momento.

Serafina exalou delicadamente e depois inspirou e segurou a respiração enquanto lentamente levantava a mão trêmula e tocava o lado da cabeça da onça. Acariciou o pelo.

A onça a fitou, os olhos fixos nela, mas a grande gata não se moveu, não rugiu nem mordeu, e Serafina começou a respirar novamente.

Ela afagou um lado da cabeça da onça e depois desceu para o pescoço. A onça esfregou o ombro contra o corpo de Serafina, e Serafina sentiu o poder e o peso do animal contra ela, tanto peso que a impediu de respirar por vários segundos e ela quase entrou em pânico, mas então a onça recuou e ela pôde respirar. Quando relaxou os joelhos dobrados, a onça colocou a cabeça contra o peito de Serafina, que tocou na sua nuca e nas suas orelhas. Então a onça lentamente se abaixou e deitou do lado dela, com os filhotes em volta, e abanou o rabo comprido.

Serafina pegou no colo os pequenos filhotes felpudos que miavam e os abraçou. Ela sentiu o peito se inchando e os membros formigando. Estava cheia de orgulho e felicidade. As oncinhas lhe davam as boas-vindas – *elas a amavam* – e, por um momento, ela foi invadida pela sensação de que finalmente havia voltado para casa.

Pensou em como era diferente das outras pessoas: ver no escuro, mover-se silenciosamente, caçar no breu da noite. Olhou para a palma da mão e abriu os dedos, e depois examinou as pontas dos dedos uma a uma. Eram unhas ou garras? Qual era sua conexão com a onça? Por que se sentia como se pertencesse àquele lugar?

Mas, quanto mais pensava, mais absurdo isso lhe parecia. Ela era um ser humano. Usava roupas. Morava em uma casa cheia de outros seres humanos. E era lá que queria estar. Tinha que voltar para Braeden e seu pai e o mundo que ela conhecia, o mundo que amava.

Cerrando os dentes e balançando a cabeça, ela engatinhou para fora da toca da onça. Cambaleou para a clareira aberta e ficou parada sob as estrelas em completa confusão.

Olhou para o lugar onde a batalha acontecera. A Capa Preta estava caída em um monte de terra no chão. O corpo ensanguentado de Thorne jazia ao lado. Sua roupa havia sido rasgada pelas garras da onça. O sangue manchava sua camisa branca. Um grande ferimento aberto sangrava. A cabeça e o rosto estavam muito mordidos e arranhados. Ela podia ver o sangue brilhando e sabia, por assistir aos ratos morrendo, que sangue brilhante queria dizer que ele ainda não estava completamente morto. Mas logo estaria. Às vezes, se devia matar um rato à beira da morte, mas outras vezes se devia apenas deixar que ele morresse sozinho.

Parada na clareira do anjo, ela ergueu os olhos para o céu e as árvores e tudo ao seu redor. Ela havia vencido! Havia derrotado o Homem da Capa Preta! Parecia que cada músculo do seu corpo estava vivo e se mexendo. Havia uma parte dela que parecia exultante, quase eufórica, como se ela estivesse flutuando no ar. Mas outra parte estava profundamente confusa. Havia solucionado um mistério apenas para ser confrontada com outro. Por que se sentia dessa maneira? E por que a onça não a tinha atacado?

— O que tudo isso significa? — perguntou ela em voz alta, com frustração. Deu alguns passos, chutando a neve raivosamente. Estava extremamente cansada de não saber nada, de não ter respostas. — Me diga o que isso tudo significa! — gritou ela aos céus.

— *Me vista...* — falou uma voz áspera.

Serafina olhou em volta.

Me vista...

Ela sentiu as palavras — em uma voz rouca e anciã — mais do que as ouviu, e soube exatamente de onde estavam vindo. Olhou para a Capa Preta, caída lá no chão ao lado do corpo de Thorne. A capa estava amassada sozinha na neve, arrancada do homem pela força do ataque.

Imagine saber todas as coisas...

— Cala a boca! — exclamou Serafina para a capa, suas palavras sendo cuspidas como se estivesse repreendendo uma ratazana presunçosa que tivesse capturado.

Imagine ser capaz de fazer tudo o que você quiser...

Ela rangeu os dentes e rosnou para a capa.

— Você está morta! Agora, cala a boca!

Não precisa ter medo...

Serafina sentiu a agitação trêmula do mais puro medo crescendo no fundo do seu ser. Cada músculo do seu corpo lhe dizia para fugir, mas ela estava irritada demais para isso. Então, cerrou os dentes. Queria lutar. Ela queria vencer.

Me vista..., a voz áspera começou novamente.

Ela olhou para a capa. Era a capa do poder, a capa do *conhecimento*. Sentiu um desejo avassalador de tocar nela. Queria segurar a capa. Podia senti-la usando seus poderes de atração, mas não se importava. Ela queria o poder.

Imagine entender e controlar tudo à sua volta...

Ela deu um passo na direção da capa.

Me vista...

Ela se abaixou e pegou a Capa Preta. O cetim refletiu o brilho do luar quando a garota virou a capa nas mãos. Apesar da corrida pelo matagal, o voo pela floresta e a batalha com a onça-parda, a capa não estava nem um pouco suja ou rasgada.

Serafina a examinou cuidadosamente, procurando por algum sinal ou símbolo do poder nela contido. Quando mexeu no tecido com as mãos, não pareceu uma peça de roupa normal, mas algo vivo, pulsante, como uma serpente gigante.

Me vista..., repetiu a capa, com sua voz baixa e áspera.

Ela olhou para o fecho prateado da vestimenta, que tinha um desenho todo elaborado: um emaranhado de trepadeiras e espinhos. Quando segurou o fecho na luz da maneira correta, pôde ver a imagem de rostos minúsculos atrás dos espinhos.

Ela não sabia o que significavam. Parecia que não sabia mais o que nada significava. Uma solidão escura e terrível brotou dentro dela, uma angústia mais forte do que qualquer coisa que já sentira antes. Mas o que a capa fazia? Como funcionava? Será que realmente dava ao seu mestre a bênção do conhecimento total? Poderia ela responder às perguntas que atormentavam sua mente?

Você vai se tornar onisciente, onipotente..., sussurrou a capa.

Sua cabeça girou, confusa. Uma névoa fechava sua mente. Ela era incapaz de se controlar. Seus dedos se apertaram, seus braços se moveram e ela começou a vestir a capa em volta de si. Atraída pelo feitiço poderoso, colocou a capa sobre as costas e os ombros apenas por um breve momento para ver o que aconteceria. Só queria usá-la por alguns segundos, só o tempo suficiente para ver como era.

Quando ela a vestiu, a capa falou com Serafina mais uma vez.

Bem-vinda, Serafina. Não vou machucar você, criança...

25

Assim que Serafina vestiu a capa, seu mundo se transformou. O peso da capa nos ombros pareceu estranhamente prazeroso. A capa não tinha fedor nem cheiro desagradável. Não havia sangue nem medo enquanto ela a vestia. Não fazia som de chocalho. Tudo sobre ela parecia correto e bom.

Ela usou as pontas dos dedos para fechar a capa na garganta. Embora chegasse até os pés do Sr. Thorne, muito mais alto, ajustara-se perfeitamente ao seu corpo. Ela estendeu os braços, girou e olhou para a capa no seu corpo. E achou que parecia muito sofisticada e aristocrática. Deu alguns passos para a frente e para trás, testando como a capa ondulava e esvoaçava. Parecia que ela estava dançando a cada movimento que fazia.

— Eu fico bem com ela — disse Serafina. Sua voz soou forte e confiante.

Ela não se sentia nem um pouco confusa nem cansada ou desanimada como havia acontecido apenas um minuto antes. Não, ela não estava mais nem um pouco cansada. Ela se sentia revigorada, capaz. Otimista. Ela se sentia *poderosa*. Usando a capa, Serafina se sentia preparada para fazer quase qualquer coisa, resolver qualquer mistério, cumprir qualquer tarefa, tocar qualquer instrumento, falar outra língua e, se tentasse, talvez até mesmo *voar*. Era uma sensação maravilhosa, gloriosa, e Serafina rodopiou pela clareira do anjo dando chutes na neve.

O poder está dentro de nós..., sussurrou a capa.

Ela tentou imaginar. Seria famosa e popular, e todos a amariam. Teria muitos amigos e uma família enorme de pessoas que a adoravam. Viajaria pelo mundo inteiro. Teria mais conhecimentos do que qualquer outra pessoa. Ninguém poderia derrotá-la.

Nós trabalharemos juntas...

Ela seria a garota mais poderosa do mundo.

Nós seremos uma grande força...

Com o corpo envolto pelo tecido da capa, Serafina começou a entender coisas sobre a capa que não conseguia ver antes. Ela pôde ver sua história, como um sonho escuro em sua mente. A capa havia sido concebida por um feiticeiro que vivia em uma aldeia próxima. Sua intenção era usá-la para arrecadar talentos e conhecimentos, aprender línguas e habilidades para se tornar um líder importante e agregador na sociedade, mas sua criação havia se distorcido completamente. Ele não havia criado apenas um concentrador de conhecimentos: havia criado um escravizador de almas. Quando percebeu o que havia feito, o feiticeiro tentou atirar a capa no poço mais fundo da aldeia. Ele lutou com a capa, rasgando e puxando e jogando, mas a capa o agarrou e se enrolou nele e não soltou até que, finalmente, o feiticeiro se jogou no poço com a capa e tudo, pensando que assim destruiria a ambos. Conforme os anos passaram, o corpo do feiticeiro apodreceu no poço, se putrefez, mas a capa permaneceu perfeita e intacta, até anos depois, quando fora encontrada pelo bêbado e desesperado Sr. Thorne. A capa tinha o poder de adquirir conhecimentos e capacidades, de concentrar os talentos de cem pessoas em uma única. Ela vira o que o Sr. Thorne tinha feito com aquela capacidade. E imaginava o que poderia fazer com aquilo. Seria capaz de fazer qualquer coisa que quisesse. Poderia ir para qualquer lugar. Ela saberia *tudo*. Finalmente encontraria todas as respostas.

Serafina correu os dedos pelo tecido da capa e sentiu sua potência percorrendo-a. A capa continha uma competência tremenda, pensou ela. Tentou imaginar que grandes feitos poderia realizar, que boas e benéficas ações poderia efetuar para o mundo. Parecia uma grande pena desperdiçar tal poder. Alguém precisava usar a capa; podia bem ser ela.

Levante o capuz da capa…

Ela se sentia boa e esperançosa e vigorosa.

Coloque o capuz…

Ela pegou o capuz e o puxou para cima da cabeça.

Então, gritou com horror ao choque do que viu.

Os lados de sua visão se embaçaram em um túnel escuro e vibrante. Ela ainda podia ver o mundo físico diretamente na sua frente, mas o capuz comprimia sua visão periférica com uma quantidade de crianças e adultos mortos pressionando os rostos com força contra o dela. Os rostos das crianças mortas a circundavam.

Uma garotinha loura chorou ao pressionar o rosto frio e morto contra o de Serafina, tocando nela de maneira suplicante e agarrando-a com seus dedos.

— Não consigo encontrar minha mãe! Você pode me ajudar?

— *Pozhaluysta, skazhite gde moi otets?* – perguntou uma garota de cabelo escuro comprido e cacheado, pressionando o rosto contra o de Serafina.

— Por favor, me ajude! – implorou aos prantos uma mulher, apenas para ser empurrada para fora do caminho por dois outros rostos. Os rostos dos adultos e das crianças apavorados se amontoavam dentro da capa.

— Os cavalos estão presos! É uma armadilha! – gritou um garoto, pressionando o rosto entre os outros. – Cuidado!

Serafina gritou e arrancou o capuz da cabeça. Olhou em volta da clareira vazia, tremendo e tentando respirar.

As almas das pessoas mortas estavam aprisionadas nas dobras negras. Esse era o poder da capa: escravizar os talentos das pessoas e manter suas almas prisioneiras numa jaula sinistra.

Vamos, pequena criatura… Devemos ficar juntas…

Ela balançou a cabeça, tentando desesperadamente resistir ao poderoso feitiço da capa.

Vamos mandar no mundo…

— Não – disse ela, rangendo os dentes.

Serafina e a Capa Preta

Todos vão nos amar...

– Não! – gritou Serafina. – Não vou fazer isso!

Soltou o fecho da capa do pescoço e a arrancou. O simples ato de tirá-la do corpo a atingiu como uma explosão, fazendo-a cair sobre as mãos e os joelhos, subitamente debilitada por desespero e fadiga extrema. Mas, cheia de determinação, ela voltou a se pôr de pé. Tentou arremessar a capa no chão, mas a criatura escorregadia se enrolava nos seus braços e não a largava. Ela não conseguia se ver livre dela.

Sozinha você é uma criatura fraca, mas juntas somos fortes...

– Não! – gritou novamente.

Sabia que não bastava se ver livre da capa. Precisava *destruí-la*.

Enquanto a capa se enrolava e contorcia como serpentes negras nas suas mãos, ela tentou rasgar o tecido com os dedos, mas eles não tinham força suficiente para tanto. A capa, agitando-se e sibilando, envolveu seus braços e suas pernas, grudando nela.

Uma mão ensanguentada se elevou do chão e agarrou seu tornozelo.

26

Serafina gritou.

– Não estrague a capa, criança estúpida! – rosnou Thorne. Ferido e desvairado, ele deu um puxão em Serafina que a jogou bruscamente no chão e a segurou. – Se destruir a capa, vamos perder tudo!

Ela lutou para escapar, mas ele a agarrou pelos braços e ela não conseguiu se soltar.

– Vamos trabalhar juntos – ele falou irritado. – Você com suas habilidades e eu com as minhas. Será que não vê? Somos iguais. Estamos do mesmo lado.

Alguma coisa estava acontecendo com ele. O rosto de Thorne estava cinza e se deteriorando, a pele se descamando em volta das bochechas e dos olhos. O cabelo havia ficado grisalho e desgrenhado. Da boca pingava sangue.

Ela sentiu uma onda de nojo. Tentou chutá-lo e morder suas mãos e se libertar, mas não conseguiu se desvencilhar dele.

Ele a manteve no chão com todo o seu peso, esvaziando seus pulmões dolorosamente. Ela podia sentir suas costelas se dobrando, começando a estalar. Apesar dos ferimentos e do seu estado de decomposição, Thorne parecia estar ficando cada vez mais forte, movido pela ganância em relação à capa.

– Nunca vou dar a capa para você! – ela rosnou no rosto dele. – Nunca!

– Então você vai morrer, pequena caçadora de ratos...

Pressionando-a para baixo, tentou esmagá-la. Ela não conseguia respirar. Sem ar o bastante passando pelos pulmões, Serafina não conseguia se mexer, nem mesmo pensar. Enquanto lutava para escapar, sentia a vida indo embora, braços e pernas amolecendo, a mente ficando enevoada com a luz branca da morte.

Ela pensou que deveria haver uma sensação de paz quando a morte finalmente chegasse. Mas não era o que sentia. Ainda havia tanta coisa para fazer na vida, tantas perguntas para responder, tantos mistérios para solucionar, e eram os mistérios, as tarefas não terminadas, a gana, que a faziam continuar. Ela não queria morrer, principalmente não dessa maneira. Mas, naquele momento, sentia estar sendo levada, a vida se esvaindo, a alma lhe escapando.

Mas continuava tendo uma visão do pai na sua mente. Podia ouvir a voz dele. *Coma sua polenta, garota*, ele mandava. *Não vou comer essa polenta!*, ela gritava de volta para ele.

Seu pai olhava para ela morrendo no chão embaixo do peso do inimigo e sacudia a cabeça. *O rato não mata o gato, garota*, ele dizia. *Isso não está certo.*

O rato não mata o gato, Serafina pensou, enquanto puxava sua alma de volta para o corpo com uma determinação feroz. *O rato não mata o gato*, ela pensou novamente enquanto sentia uma explosão de força renovada. Ela começou a lutar mais uma vez, libertando o braço do seu algoz.

Naquele exato momento, uma grande figura preta deu um bote saindo da neblina, com um rosnado feroz e um brilho de dentes brancos. Primeiro ela pensou que devia ser algum tipo de lobo negro. Mas não era um lobo. Era um cão. Um dobermann.

Gideão!

Gideão mordeu a barriga de Thorne e o tirou de cima de Serafina, depois mergulhou para outro ataque, mordendo e golpeando. Thorne pegou o punhal caído do chão e cortou Gideão nas costelas. Gideão ganiu de dor e recuou. Então, a onça-parda saiu correndo da toca e se lançou na batalha. Ela atacou Thorne com golpes rápidos e violentos de suas garras, mostrando os dentes e pressionando as orelhas para trás, como se estivesse extremamente perturbada por ele não ter morrido. Mergulhando de volta na briga, o ferido Gideão mordeu o braço de Thorne, forçando-o a soltar o punhal, e depois rasgou seu ombro e o arrastou violentamente pela terra, sacudindo-o.

Serafina avistou a Capa Preta caída no chão. Ela se jogou para dentro da batalha e agarrou o punhal que tinha caído da mão de Thorne. Em seguida, atacou a capa com a lâmina. Tinha certeza de que ali estava a resposta. Ela a golpeou com o punhal, tentando cortar o tecido, mas a capa lutava com ela, torcendo-se e girando e serpenteando. Virando uma espiral negra em ebulição nas mãos dela, a capa a segurou e envolveu seus braços e depois seu corpo, e começou a esmagá-la. Não importava o quanto ela tentasse, não conseguia cortar o tecido serpenteante.

Quando as dobras da Capa Preta deslizaram em volta do seu pescoço e começaram a estrangulá-lo, ela tentou gritar por ajuda, mas a capa a sufocou deixando-a sem respiração. Nada além de terríveis sons abafados saíam da sua garganta fechada. Lutando por ar e segurando o pescoço, ela fez um esforço para ficar de pé. Cambaleou em direção à estátua do anjo no meio da clareira. *Essa estátua cortou meu dedo com o mais suave dos toques.* Com um movimento ligeiro, ela se lançou para o local da espada brilhante do anjo. A espada fez um corte em um dos lados do seu pescoço, provocando uma dor ardente enquanto sua ponta furava as dobras da Capa Preta. A capa gritou e sibilou quando as pontas afiadas a cortaram. Serafina colocou as mãos no pescoço e arrancou a capa, depois prendeu-a nos pulsos e bateu-a contra a ponta da espada, fazendo com que a lâmina a trespassasse várias vezes. A capa escorregou e berrou, enrolando-se como uma serpente torturada. Ela se retorcia nas mãos de Serafina enquanto ela rasgava o tecido, mas Serafina não cedia. Quando finalmente terminou, não havia sobrado nada da Capa Preta além de retalhos aos pés do anjo.

Serafina caiu, ofegante e exausta, pressionando o ferimento do pescoço para estancar o sangramento. Olhou em volta e viu Thorne imóvel no chão embaixo dos aliados dela. Thorne era forte, mas sem a Capa Preta ele não era páreo para a velocidade, o poder e as presas de Gideão e da onça-parda juntos.

Serafina sentiu uma onda de triunfo. Eles tinham conseguido. Tudo aquilo havia chegado ao fim. Tinha que ser assim.

No entanto, quando Gideão e a onça-parda davam as últimas mordidas mortais em Thorne, seu corpo emitiu um chiado assustador, como carne queimando no fogo. Sua carcaça vibrou enquanto a pele se queimava e descascava em sangue e ossos. Uma espessa nuvem de fumaça emanou do seu corpo enquanto ele se desintegrava rapidamente, como se estivesse se inflamando pelo próprio ar.

Gideão deu um passo para trás e inclinou a cabeça, confuso. A onça voltou para a entrada da toca a fim de proteger os filhotes.

A nuvem negra fedorenta se espalhou, até toda a clareira estar coberta pela fumaça turva. A área inteira se transformou numa grande e sufocante névoa. Serafina tossiu, agitou os braços e tentou escapar da fumaça.

– Venha, Gideão – ela chamou e o puxou para trás, enquanto tossia por causa do gosto horrível na garganta.

Dominada pela fumaça e incapaz de enxergar, ela tropeçou em alguma coisa e caiu de cara no chão. Fosse o que fosse, era algo sólido, talvez um galho. Contudo, quando olhou, Serafina percebeu que não era um galho. Era uma perna humana. Ela gemeu de pavor e cambaleou, afastando-se. O corpo de uma garotinha estava caído no chão, os braços e as pernas emaranhados e dobrados em ângulos tortos.

27

Serafina rastejou por metros na clareira do anjo até conseguir se levantar, o corpo inteiro tremendo de medo. Ela olhou novamente para o corpo da garota deitada no chão. Tinha cabelos louros e usava um vestido amarelo. Um vestido amarelo! Não, não era possível!

O corpo estava de bruços. Serafina não conseguia ver o rosto, apenas o cabelo, as pernas tão pálidas que pareciam doentes e os dedos das mãos enrugados.

Na hora em que deu um pequeno e hesitante passo em direção ao corpo para olhar mais de perto, um dos dedos se mexeu.

Serafina deu um salto para trás, agarrando Gideão em busca de proteção. Gideão latiu e rosnou para o corpo, os caninos brancos e brilhantes.

A mão se dobrou. E então o braço se mexeu, depois uma perna. Era como uma carcaça rastejando para fora de um túmulo.

O instinto de Serafina lhe dizia para correr, mas ela se forçou a ficar.

O corpo lentamente se apoiou nas mãos e nos joelhos, o cabelo caindo em volta do rosto, cobrindo-o.

Serafina e a Capa Preta

Serafina estava apavorada, pensando em qual seria a aparência daquele rosto, imaginando o aspecto de uma carcaça, sangrento e podre.

A coisa ficou ereta sobre os dois pés.

Serafina assistia, petrificada, em um estado de pavor. Gideão dava botes e ameaçava repetidamente, afastando o ataque zumbi.

Naquele momento, a cabeça lentamente se virou e o cabelo se repartiu e Serafina olhou para o rosto. Não era o de um monstro decrépito, mas as feições perfeitas e os olhos límpidos e azul-claros de Clara Brahms. Clara abriu a boca e falou com uma voz desesperadamente doce.

– Por favor, você pode me ajudar?

Serafina ficou paralisada, perplexa. Clara estava viva! Ali, bem diante dela, com o vestido amarelo tão brilhante e nítido quanto uma ensolarada manhã de domingo. Seu corpo e sua alma tinham sido libertados.

– Eu me lembro de você – disse Clara a Serafina. Ela estendeu o braço e agarrou a mão de Serafina, que teve o reflexo de recuar, mas a mão que a segurou era quente e cheia de vida. – Eu vi você – disse Clara. – Eu chamei você. Eu *sabia* que você ia me ajudar. Eu sabia!

Chocada demais para falar ou responder, Serafina se virou e olhou para a clareira. Conforme a fumaça se dissipava, revelavam-se os corpos de muitas crianças e adultos deitados no chão.

As vítimas da capa despertavam lentamente, uma a uma, como se tivessem experimentado um sono longo e cheio de pesadelos. Algumas delas se sentaram no chão, confusas por um bom tempo. Outras se levantaram e olharam ao redor.

Uma garota alta, com cabelo preto comprido e cacheado, se aproximou de Serafina e começou a falar em russo com ela. Parecia muito doce, mas assustada e ansiosa para reencontrar o pai e o cachorro de estimação.

E lá estava também um jovem, que não entendia o que se passava.

– Você viu meu violino? – perguntava ele sem parar. – Acho que eu o perdi...

Um garoto pequeno com um tufo de cabelo castanho cacheado, vestindo um casaco de cocheiro muito maior do que o seu tamanho, tocou no braço de Serafina.

— Me perdoe, Srta. Serafina, mas viu o jovem amo? Preciso ir para casa. Meu pai vai ficar preocupado comigo, e os cavalos precisam comer a ração. A senhorita sabe o caminho para Biltmore?

— Nolan! É você! Nolan, você está vivo! — Serafina segurou o garoto e o abraçou. — Estou tão feliz de te ver. Não se preocupe. Vou te levar para casa.

— A senhorita está sangrando — disse ele, indicando o pescoço dela.

Serafina tocou no machucado. Doía um pouco, mas o sangramento havia estancado.

— Estou bem — disse ela. A verdade era que havia sofrido uma porção de cortes e machucados, mas não se importava com nada daquilo. Sentia-se feliz demais por estar viva.

Serafina olhou para todas as crianças, inspirou longa e profundamente e sorriu. Sentia uma tremenda sensação de alívio, de satisfação. Elas estavam vivas. Estavam seguras. Ela as havia libertado.

Em seguida, Serafina viu entre as vítimas da capa uma mulher com cabelo comprido castanho-dourado, deitada no chão. Ela parecia debilitada e confusa, mas estava viva.

Serafina se aproximou da mulher, ficou de joelhos e a consolou. Quando segurou seu braço e a ajudou a se levantar, percebeu, surpresa, como era magra e musculosa; porém, parecia ainda mais desorientada do que os outros resgatados.

— Onde estão os meus bebês? — murmurava a mulher com palavras mal pronunciadas, difíceis de entender.

Quando Nolan se aproximou e cobriu a trêmula mulher com seu casaco, ela tateou em volta lenta e desajeitadamente, com as mãos abertas, como se seus dedos fossem rígidos e não dobrassem.

— Você está segura agora — Serafina a tranquilizou. — Vai ficar bem.

A mulher apenas fitava o chão, o cabelo caindo solto. Quando Serafina lentamente o afastou com os dedos, ficou chocada com o que viu. A mulher tinha o rosto mais bonito que Serafina já vira. A pele era clara, perfeita; as maças do rosto altas, salientes; e a face longa e angulosa. Mas sua característica mais marcante eram os olhos amarelo-âmbar.

Serafina e a Capa Preta

Serafina franziu a sobrancelha. Confusa e sem acreditar, ela olhava para a mulher. Parecia-lhe extremamente familiar, e mesmo assim Serafina tinha certeza de que nunca a havia visto.

Foi nesse momento que percebeu que era como se estivesse se olhando no espelho.

Serafina abriu a boca para falar, mas sua voz tremia tanto que ela mal conseguiu pronunciar as palavras.

– Quem é você?

28

A mulher não respondeu. Esfregou os olhos e o rosto com as costas das mãos, depois olhou em volta, olhar vidrado, tomando ciência da floresta e da clareira do anjo, como se não entendesse o que estava vendo ou como tinha ido parar ali. Em seguida, cambaleou até a abertura da toca da onça-parda embaixo das raízes do carvalho.

— Onde estão os meus bebês? – perguntou ela, agitada.

Aparentemente ignorando o enorme perigo de entrar na toca de uma onça, a mulher foi até a boca da toca e olhou para o interior. Ela parecia pensar que seus bebês estavam lá. Serafina sentiu pena dela. A pobre criatura devia ter perdido a razão durante o aprisionamento pela capa. Temendo que a onça-parda atacasse a mulher, Serafina fez menção de empurrá-la para longe do perigo. Mas então a mulher emitiu uma série de ruídos agudos e rosnados, e os filhotes da onça saíram da toca em resposta ao chamado. Rindo, deixou-se cair de joelhos e envolveu os bebês nos braços, enquanto eles roçavam os ombros nela, ronronando.

Serafina e a Capa Preta

Serafina se encolheu, esperando ver a onça-parda sair correndo da toca a qualquer segundo. Contudo, quando olhou dentro da toca, não havia sinal da onça mãe. Serafina esquadrinhou as árvores, nervosa.

A mulher, ainda de joelhos com os filhotes, levantou as mãos e olhou para suas palmas, como se fossem motivo de espanto, abrindo e fechando os dedos repetidamente, e sorriu. Ela esfregou os braços e a cabeça, e arrumou o cabelo para trás como uma pessoa que tivesse acordado de um terrível pesadelo e precisasse se assegurar de que ainda estava inteira. Ficou de pé, ergueu o olhar para o céu da noite e inspirou longa e profundamente. Depois, virou-se rapidamente, segurando o casaco de Nolan contra o corpo, e sorriu. Inclinou a cabeça para trás e gritou para as estrelas:

— Estou livre!

Ainda sorrindo, a mulher olhou ao redor com um novo brilho: olhou para o cemitério, para o anjo de pedra e para as outras vítimas. Em seguida, olhou para Serafina. E ficou paralisada. Parou de sorrir. Parou de se mexer. Apenas encarou Serafina.

O coração de Serafina começou a pular no peito, em um ritmo lento e estável.

— Por que está me olhando assim?

De repente, numa surpreendente explosão de velocidade, a mulher se lançou em sua direção. Serafina deu um salto para trás para se defender, mas a mulher a alcançou com facilidade e a segurou pelos ombros, olhando bem no seu rosto.

— Você é ela! — exclamou a mulher com assombro. — Realmente é ela! Não acredito! Olhe só para você!

— E-eu... eu não estou entendendo... — gaguejou Serafina, tentando se soltar.

— Qual o seu nome, criança? — perguntou a mulher. — Me diga o seu nome!

— Serafina — ela murmurou, os olhos arregalados fitando a mulher.

— Deixe eu olhar para você! — pediu a mulher, virando-a primeiro para um lado e depois para o outro, como se quisesse avaliá-la de todas as maneiras. — Olhe só para você! Como cresceu! Está maravilhosa! Linda, linda!

Serafina cambaleou, tonta, dominada por uma nova onda de confusão. O que essa mulher estava fazendo?

— Quem é você? — perguntou Serafina novamente.

A mulher parou e a fitou com compaixão.

— Me desculpe — ela disse gentilmente. — Eu esqueci que você não me conhece. Meu nome é Leandra.

O nome não significava nada para Serafina, mas os olhos da mulher, sua voz, seu rosto... tudo nela a hipnotizava. Serafina se sentia como se fagulhas saltassem dentro de sua cabeça.

— Mas quem é você? — insistiu Serafina, fechando os punhos em sinal de frustração.

— Você sabe quem eu sou — disse Leandra, examinando-a.

— Não, eu não sei! — gritou Serafina, batendo o pé.

— Sou sua mãe, Serafina — a mulher disse suavemente, estendendo a mão e tocando no rosto de Serafina pela primeira vez.

Serafina ficou quieta e imóvel. Então, franziu a sobrancelha, confusa. Como isso era possível? Estudou o rosto da mulher, tentando tirar um sentido de seu aspecto, tentando entender se deveria acreditar no que via diante de si. Sua boca estava terrivelmente seca. Ela lambeu os lábios e depois os fechou, respirando pelo nariz. Tentou estabilizar a respiração enquanto olhava para o cabelo da mulher, para as mãos, o corpo musculoso. Mas eram seus olhos, mais do que qualquer coisa, seus olhos amarelos, que lhe disseram que era verdade. Aquela era sua mãe.

Serafina sentiu o rosto queimar. De repente, a imagem da mãe se embaçou conforme as lágrimas brotavam e escorriam. Ela soltou um suspiro que virou um soluço, depois um pranto alto que não conseguia controlar, e sua mãe estendeu a mão e a puxou para os seus braços.

— Ah, minha gatinha, está tudo bem — sua mãe disse, enquanto o próprio choro se misturava ao de Serafina.

Quando Serafina finalmente falou, a voz estava tão debilitada de emoção que ela só conseguiu emitir uma palavra fraca e sem fôlego.

— Como? — perguntou ela.

As crianças e os adultos que tinham sido libertados da capa começaram a vagar entre os túmulos. Alguns falavam uns com os outros, tentando entender onde se encontravam e o que havia acontecido com eles, mas o pensamento estava afundado em confusão. Muitos estavam desorientados demais para falar. Nolan e Clara, junto com as outras crianças, ficaram por perto, pois tinham reconhecido Serafina, e assim se juntaram. Grande parte dos adultos, porém, apenas vagueava de um lado para o outro, tentando se lembrar de suas vidas e de suas famílias. Um homem estava parado fitando uma lápide.

— Este aqui sou eu – disse ele, em choque. – É o meu nome. Minha mulher e meus filhos devem ter achado que eu morri...

Serafina só agora entendia por que alguns dos túmulos no cemitério não tinham corpos, mas ainda não entendia como a mulher parada à sua frente podia ser sua mãe.

— O que aconteceu com você? – perguntou ela.

As estrelas reluziam nos olhos hipnotizantes de sua mãe.

— Sou uma gata-mutante, Serafina — disse ela, a respiração enchendo o ar gelado enquanto falava. — Minha alma tem duas metades.

Serafina inspirou e expirou lentamente, tentando compreender o que sua mãe dissera, mas não fazia sentido.

— Venha — pediu Leandra suavemente, tocando seu braço. — Sente aqui comigo por um instante. — Elas se sentaram no chão ao lado do pedestal do anjo de pedra, uma de frente para a outra. — Antigamente eu vivia numa cidade perto daqui. Eu era uma mulher normal, mas podia me transformar em uma onça-parda sempre que quisesse.

Enquanto Serafina escutava a história da mãe, todo o resto sumiu. O ar gelado, as lápides, as outras vítimas da capa... Tudo desapareceu, menos o tom de voz baixo e tranquilizante de sua mãe.

— Eu era casada com um homem que eu amava demais, e nós íamos começar uma família. Eu estava grávida. Ele também era um gato-mutante, e passávamos a maior parte do nosso tempo juntos aqui na floresta, correndo, caçando...

Enquanto falava, a mãe delicadamente limpava a neve que caía no cabelo da filha.

— Mas aqueles eram tempos difíceis para todos nós. A floresta nessa área estava morrendo, transformada por uma força do mal que a fazia definhar...

Serafina olhou para os retalhos da Capa Preta e para as marcas de queimaduras no chão.

— Um dia — continuou Leandra —, eu estava descendo um caminho na minha forma humana e fui atacada por uma escuridão inimaginável...

— O Homem da Capa Preta — sussurrou Serafina.

— Durante a batalha, ele me envolveu com a capa. Eu lutei para viver, mas ele era muito mais forte. Meu marido me ouviu gritando e veio correndo. Ele também começou a lutar, mas estávamos perdendo. Eu vi o Homem da Capa Preta nocautear o seu pai. Em questão de segundos, eu seria dominada pelas dobras do cetim negro. Fiquei apavorada. Eu receava pela vida dos bebês dentro de mim. Tentei me transformar em onça-parda para lutar com ele usando garras e dentes, mas naquele exato momento a capa sugou a parte humana da minha alma. Eu continuei lutando, mais feroz do que qualquer outra mãe onça jamais lutou, e finalmente escapei. Fugi, mas a capa havia me partido.

— Não entendo — Serafina chorava. — O que significa isso? Como assim, *partido*?

— A Capa Preta me dividiu, filha. Ela absorveu a parte humana da minha alma, porque esse era o seu propósito, mas ela nunca havia encontrado um gato-mutante.

— Então você ficou presa na forma de onça... — concluiu Serafina com espanto.

— Exatamente — disse Leandra, a voz instável. — Eu cheguei a ficar doente de tristeza. Não conseguia encontrar seu pai e tinha medo de que ele estivesse morto. Minha alma, meu corpo, meu amor... tudo havia sido partido, dividido em pedaços. Eu não queria mais viver.

A voz da sua mãe foi falhando, antes um sussurro, agora inaudível, mas Serafina chegou mais perto dela.

— Mas você estava grávida... — disse, insistindo para que ela continuasse.

— Exato — confirmou Leandra, levantando a cabeça. — Eu estava grávida. Foi a única coisa que me fez continuar. Eu dei à luz alguns meses depois, mas não foi como deveria ser. Você foi a única dos meus quatro bebês que sobreviveu, e eu não sabia se você ia sobreviver até o dia seguinte. E o que eu podia fazer? Você era humana, e eu não era! Como eu podia cuidar de um bebê humano?

— O que aconteceu depois?

— Naquela mesma noite, eu ouvi os passos de um homem andando pela floresta — a mãe contou. — Pensando nele como um inimigo, quase o matei. Fiquei rondando o estranho na escuridão e o observei por um longo tempo, tentando enxergar dentro do coração dele. Seria um homem bom? Havia força ou fraqueza nele? Defenderia sua própria *toca* com garras e dentes? Esse não era seu pai de verdade, mas um ser humano, e era a única chance que eu tinha. Eu tomei a decisão de deixar que ele levasse o meu bebê. Rezei para que ele te levasse para o mundo humano e garantisse que alguém tomasse conta de você; porque, embora isso partisse meu coração, eu sabia que não seria capaz.

— Era o meu Pa! — gritou Serafina.

Leandra sorriu e confirmou com um gesto de cabeça.

— Era o seu pai. Você estava encolhida como uma bola e tão coberta de sangue que eu mal consegui olhar você direito naquela noite. Sinceramente, nem sabia se você sobreviveria, Serafina. E, se sobrevivesse, meu medo era de que ficasse totalmente deformada. Eu não tinha ideia se você seria normal.

Serafina ficou muito quieta e então levantou os olhos e encarou a mãe. Com a voz mais fraca, perguntou:

— Eu sou?

O rosto da mãe explodiu de alegria, e ela jogou os braços em volta de Serafina e riu.

— Claro que sim, Serafina! Você é linda. Você é perfeita. Olhe só para você! Meu Deus, nunca vi uma garota tão adorável e perfeita na minha vida! Na noite em que você nasceu, eu pensei que aquele homem poderia muito bem olhar para você e te afogar num balde como uma cabra indesejada. Tive tantos medos doidos e aterrorizantes. Mas aqui está você. Viva! E absolutamente perfeita.

Quando Serafina olhou para o céu, as estrelas estavam todas brilhantes e borradas enquanto ela limpava as lágrimas. Parecia que seu coração transbordava. Ela estendeu os braços e abraçou a mãe. Apertou os braços em volta dela, sentindo seu calor e sua força e sua alegria e sua felicidade. E a mãe a abraçou forte, quase ronronando, e as lágrimas caíram pelo rosto delas, e os pequenos filhotes, o meio-irmão e a meia-irmã de Serafina, pulavam em volta dos pés das duas, juntando-se à reunião familiar.

— Dá para ver que seu pai criou você bem, Serafina — disse Leandra, afastando-se um pouco e olhando direto no rosto dela. — Quando vi você pela primeira vez aqui no cemitério, pensei que você fosse uma invasora e ataquei por puro instinto. Passados doze anos, eu era muito mais animal do que qualquer outra coisa. Foi só depois de hoje à noite, quando vi seus olhos de perto, que aos poucos comecei a perceber quem você era. E agora aqui está você! E você me libertou, Serafina. Depois de doze anos, você curou minha alma. Percebe isso? Estou inteira de novo, por sua causa. Tenho braços, tenho mãos, posso rir e beijar você! Você me salvou. E olhe só como você ficou! Você é a gatinha mais perfeita que eu podia esperar: é feroz no coração e afiada nas garras e rápida e linda...

O rosto de Serafina queimou de calor e seu coração se encheu de orgulho, mas então ela olhou para as crianças que a esperavam.

— Foi a Capa Preta que fez tudo isso — disse ela.

— Foi. — Sua mãe olhou ao redor para os rostos confusos e assustados enquanto as pessoas se amontoavam entre os túmulos. — Parecem não saber o que aconteceu com elas.

— Mas você sabe... — disse Serafina, olhando para a mãe.

Ela concordou.

— Apenas metade da minha alma estava na Capa Preta.

— Deve ter sido horrível — disse Serafina, tentando imaginar. — Mas por que todas as vítimas mais recentes da Capa Preta eram crianças?

— O Sr. Thorne viveu aqui nessa área por muitos anos. Para evitar ser descoberto, ele raramente capturava almas, só mesmo as que tinham um talento excepcional — explicou a mãe. — Mas, então algo aconteceu. A capa começou a cobrar um preço. O corpo dele estava envelhecendo implacavelmente rápido. Ele morreria muito em breve.

— A pele na luva... — falou Serafina, ofegante.

— Ele começou a roubar almas de crianças, não apenas porque tinham os talentos que ele queria, mas porque tinham a única coisa de que ele precisava desesperadamente.

— A juventude... — disse Serafina. — Mas como você sabe disso tudo?

Leandra se levantou e puxou Serafina para ficar de pé também.

— Temos muita coisa para conversar, Serafina — avisou ela. — Mas precisamos levar essas crianças para casa, ao encontro dos pais.

— Mas... — começou Serafina. Ela queria continuar conversando, queria saber mais e estava com um medo terrível de que alguma coisa levasse sua mãe para longe de novo.

— Não se preocupe — Leandra tranquilizou Serafina, acariciando o rosto da filha. — Isso não é uma fuga. Estou aqui agora e estou completa de novo. Nos próximos dias, vou começar a te ensinar tudo o que eu puder, como uma mãe deve fazer. E você vai me contar tudo sobre a sua vida também, para me ajudar a voltar para o mundo humano, já que estou ausente há tanto tempo. Estamos juntas agora, Serafina. Somos uma família, e nada jamais poderá romper a ligação entre nós duas de novo. – As lágrimas desciam pelo rosto da mãe de Serafina – Mais do que qualquer coisa agora, só quero que você saiba que eu te amo. Eu te amo, Serafina. Sempre te amei.

– Eu também te amo, mamãe – disse ela, a voz falhando enquanto envolvia a mãe e chorava em seus braços.

Serafina parou, escondida pelas árvores na beira da floresta, e olhou em direção à Mansão Biltmore. O sol nascia em um límpido céu azul, lançando uma luz dourada nas paredes da frente da propriedade.

Um grupo grande de homens e mulheres a pé e a cavalo já estava se reunindo. Havia damas e cavalheiros, criados e operários, e seus movimentos revelavam uma certa urgência.

Estão organizando uma busca, pensou Serafina.

O Sr. e a Sra. Vanderbilt estavam entre eles, os rostos aflitos com a notícia de outra criança desaparecida. A Sra. Brahms estava com o marido, que vestia roupas rústicas, pronto para se embrenhar na floresta. O Sr. Rostonov também estava lá, segurando o cachorro da filha no colo. Até mesmo a jovem criada e o lacaio, a Srta. Whitney e o Sr. Pratt, haviam saído para ajudar, junto com a cozinheira principal, o mordomo e o garoto que era seu assistente, e muitos dos outros criados da casa e os homens dos estábulos.

— Se quisermos encontrar a garota, é melhor nos apressarmos! — gritou Braeden, altivo, montado em seu cavalo.

O coração de Serafina ficou apertado quando o viu. Foi quando ela compreendeu a cena que se desenrolava diante de seus olhos. *Braeden* havia organizado a busca. Eles iriam entrar na floresta para procurar por *ela*.

— Todo mundo, por favor, chegue aqui — Braeden chamou do alto do seu cavalo. Serafina nunca o tinha visto tão corajoso, tão cheio de determinação e liderança. Rico ou pobre, convidado ou criado, ele havia juntado a todos. Ela sentiu uma onda de calor inundar seu corpo frio e cansado.

E foi então que viu o pai. Ele devia ter acordado cedinho e descoberto que ela havia sumido. Passando por cima do medo de ser descoberto, ele tinha ido aos Vanderbilt para pedir ajuda, embora soubesse que isso exporia a existência dela e o fato de que eles moravam no porão.

Braeden se virou e gesticulou para os adestradores.

— Deem isso aos cães — disse, enquanto jogava um pedaço de tecido para o adestrador líder. Era o velho vestido-camisa de Serafina. Os quatro cães malhados da raça plott hound latiram como se fosse uma caça a guaxinins.

— Procurei o Sr. Thorne para que ele se juntasse a nós na busca — disse o Sr. Bendel de cima do seu puro-sangue. — Mas não consegui encontrá-lo em lugar nenhum.

E não vai encontrar, Serafina pensou com satisfação enquanto assistia à equipe de busca se reunir. *Nunca mais.*

— Sr. Bendel, se puder, por favor pegue aquele grupo lá e vá para o leste — pediu Braeden. — Tio, talvez o senhor possa pegar seus lacaios e ir para o oeste. — Braeden se virou para os adestradores. — Quando dei a roupa de Serafina para Gideão farejar, ele correu direto para o norte, então é por lá que nós vamos tentar alcançar a trilha dela. — Braeden se virou na sua cela e apontou naquela direção.

De repente, ele parou.

Naquele momento, quando Serafina soube que Braeden podia vê-la, ela saiu da floresta.

Incerto do que via a princípio, Braeden levantou as rédeas, girou o cavalo e olhou em direção às árvores. Seus olhos encontraram os dela, e um sorriso se espalhou em seu rosto. Ela podia ver o alívio e a felicidade dele.

— Quem é aquela? — perguntou o Sr. Vanderbilt, confuso.

Serafina e a Capa Preta

— É a garota que estamos procurando? — indagou a Sra. Vanderbilt.

Todos se viraram na direção de Serafina e olharam para ela, enquanto ela ficava parada na beira da floresta com seu vestido rasgado. Naquele dia, não ia se esconder. Pela primeira vez na vida, estava sendo vista de verdade, vista por *todos*. Então, apenas continuou lá parada e esperou que entendessem o que viam. Havia espanto nas expressões de todos, não apenas pela presença da garota solitária parada na beira da floresta, mas também por causa daquilo que estava ao lado dela: uma grande onça-parda adulta. A mão nua de Serafina repousava no pescoço da onça, tocando o animal, segurando-o. A onça-parda não apenas estava lá, mas estava *com* ela, forte e silenciosa ao lado da menina.

Do outro lado, havia um dobermann preto. Gideão. O ombro do cão estava cortado e vermelho de sangue, mas ele se mantinha forte e orgulhoso por saber que tinha lutado sua batalha e vencido.

Braeden sorriu.

— Sabia que você encontraria a Serafina, garoto — disse ele bem baixinho.

Quando um menino com um casaco de cocheiro saiu do bosque e se posicionou junto de Serafina, expressões de surpresa, incredulidade e felicidade se espalharam pelos rostos da equipe de busca. Em seguida, apareceu uma garota loura. Depois, diversas outras crianças. Logo, na beira da floresta, havia um grupo inteiro de crianças ao lado de Serafina e dos dois animais que a acompanhavam.

Por um longo momento, ninguém se mexeu nem disse uma palavra sequer. Ninguém conseguia acreditar no que via.

Então, o cãozinho branco deu um salto do colo do Sr. Rostonov e correu o mais depressa que suas pernas permitiam. Todos observaram, com um silêncio atônito, quando o cachorro correu latindo, atravessou o gramado e deu um pulo cheio de alegria para o colo da garota com cabelos negros como as asas da graúna, que ria e abraçava e beijava seu animal de estimação com grande entusiasmo.

– Anastasia! – gritou o Sr. Rostonov.

Anastasia Rostonova correu para o pai. Eles se beijaram dos dois lados do rosto, depois ela jogou os braços em volta dele e chorou com uma felicidade desesperada. A visão do Sr. Rostonov finalmente se reunindo com a filha desaparecida havia tanto tempo fez Serafina vibrar.

– Vejam! Lá está o meu garoto! – gritou o pai de Nolan e apontou. – Venham – ele chamou os outros. – São as crianças! Elas estão salvas! Estão todas salvas!

Nolan atravessou o gramado correndo e abraçou o pai com toda força enquanto os demais cocheiros davam tapinhas nas costas do garoto, comemorando por ele ter retornado ileso, e Serafina pôde ver como Braeden ficou satisfeito por Nolan estar bem.

Clara Brahms correu para os pais e se jogou nos braços deles.

– Ah, graças a Deus, você está aqui. – A Sra. Brahms chorou enquanto segurava sua garotinha. – Procuramos por você em toda parte.

Enquanto as crianças perdidas e seus pais se reuniam com abraços felizes, Serafina permaneceu parada na beira da floresta com a onça-parda. Sua mãe estava vivendo na floresta havia muitos anos e ainda não se sentia pronta para se reintegrar ao mundo dos humanos, principalmente com uma ninhada de novos filhotinhos para tomar conta.

Meus irmãos e irmãs, pensou Serafina, com um sorriso. Ela viu a mãe fitando a enorme mansão, estudando o aglomerado de pessoas, cães e cavalos reunidos à sua frente. Depois, a mãe se virou e olhou para ela. Serafina retribuiu o olhar e entendeu o que a mãe estava pensando. Enquanto a onça encostava a cabeça na filha, Serafina a abraçou, beijou e acariciou seus ombros poderosos.

– Vejo você em breve, mamãe – disse ela. – Vou até a toca.

Então a onça-parda se virou para as árvores e desapareceu na vegetação.

Quando Serafina olhou na direção da casa novamente, Braeden já estava cavalgando em sua direção; ela não conseguiu evitar um suspiro ao vê-lo se aproximar. Ele desmontou e soltou as rédeas. Parou na frente dela e a encarou. Durante um tempo que pareceu não acabar mais, não disse uma palavra. Ela sabia que seu cabelo comprido estava cheio de folhas e gravetos, e que seu rosto e pescoço estavam arranhados e sujos de sangue seco. O lindo vestido que ele lhe havia presenteado estava todo manchado, aos trapos. Mas ela podia ver, pela expressão radiante no rosto de Braeden à luz quente do sol nascendo, que ele não se importava com nada daquilo; estava apenas imensamente feliz de vê-la.

– Gostei do jeito que você deu no vestido – brincou ele.

– Acho que vai ser a nova moda este ano – replicou ela.

Então eles riram e foram um em direção ao outro e se abraçaram.

— Bem-vinda à sua casa.

— Eu estou tão feliz de ter voltado – disse Serafina. Braeden se sentia seguro, forte e leal abraçado a ela. Era com isso que ela tinha sonhado, ter um amigo, ter alguém com quem conversar, alguém que soubesse seus segredos. Não sabia o que o futuro traria, mas estava contente por ter Braeden ao seu lado.

Depois de alguns segundos, seus pensamentos se voltaram para o que havia acontecido durante a noite. Assim que estivessem sozinhos, ela contaria tudo a ele, mas não queria se preocupar com aquilo agora.

— Acabou – disse ela.

— Era o Thorne mesmo? – perguntou Braeden.

Ela confirmou com a cabeça.

— A capa está destruída e o rato está morto.

Braeden olhou para ela.

— Você é incrível, Serafina. Me desculpe por não ter acreditado em você.

Sentindo-se deixado de fora das comemorações de volta ao lar, Gideão latiu. Braeden se ajoelhou e abraçou seu cão. O animal estava feliz e agitado.

— Muito bem, garoto – disse ele, afagando a cabeça de Gideão.

— Obrigada por mandar Gideão – agradeceu Serafina, ajoelhando-se com ele.

— Eu sabia que ele encontraria você.

— E encontrou mesmo, bem na hora, e lutou como um campeão – contou ela, recordando-se do salto heroico de Gideão. Depois olhou novamente para Braeden. – *Nós* conseguimos, Braeden – disse. – Você, Gideão e eu, nós encontramos o Homem da Capa Preta e derrotamos ele.

— Formamos um time de primeira – concordou Braeden.

Enquanto falava com Braeden, ela viu seu pai sozinho a alguma distância. Ele a olhava com admiração, alívio e incerteza, tudo junto. Era óbvio, pela sua expressão espantada, que ele não conseguia acreditar no que via. Serafina só podia imaginar o que ele estava pensando enquanto olhava para ela. Sua filha, a garota que ele escondera e protegera a vida inteira, estava ali, em plena luz do dia, para todos verem. A Caçadora Oficial de Ratos tinha se embrenhado nas profundezas da floresta. Tinha ficado cara a cara com uma onça-parda.

E havia voltado para casa, para ele. Ela havia guiado as crianças perdidas para fora da floresta, e agora estava conversando com o jovem mestre Vanderbilt, como se fossem grandes amigos.

Serafina olhou para o pai e pensou em tudo que ele havia feito por ela, todos os riscos que ele havia corrido, todas as coisas que ele lhe ensinara, e ela o amou mais do que nunca.

— É bem como você me avisou, Pa — ela disse quando se aproximou dele. — Existem muitos mistérios no mundo, tanto escuros quanto claros.

Enquanto ela passava os braços ao seu redor, ele a puxava para o peito enorme e a abraçava. Depois rodopiou com ela em um grande círculo, enquanto ela ria e comemorava e chorava...

Quando ele finalmente a colocou no chão, olhou bem para ela e segurou suas mãos.

— Você é um colírio pros meus olhos cansados, garota. Eu tava doente de preocupação por sua causa, mas você se saiu bem, muito bem.

— Eu te amo, Pa.

— Eu também te amo, Sera — disse ele, encarando-a fixamente. Virou-se e olhou ao redor, para todas as pessoas e toda a comoção, e depois de novo para ela. — Não que isso importe, mas finalmente eu consegui fazer o gerador funcionar — disse, contente. — E coloquei uma tranca bem forte na porta da sala de eletricidade.

— Importa *sim*, Pa. Importa muito — disse ela, sorrindo, pensando em como o Sr. Thorne tinha sabotado o gerador para mergulhar Biltmore na escuridão.

— Com licença, senhor, pode me emprestar sua filha? — pediu Braeden ao pai dela enquanto pegava a mão de Serafina e a puxava.

— Para onde você está me levando? — ela perguntou, nervosa, enquanto ele a puxava pela multidão de pessoas reunidas na frente da propriedade.

— Tia, tio, essa é a garota de quem eu tinha falado — disse Braeden, colocando-a na frente do Sr. e da Sra. Vanderbilt. — Essa é a Serafina. Ela mora em segredo no porão de vocês.

Serafina não podia acreditar. Ele havia acabado de contar tudo, o nome dela, onde ela morava, tudo!

Lentamente, ela levantou o rosto e olhou para o Sr. Vanderbilt, esperando o pior.

— Muito prazer em conhecê-la, Serafina — disse o Sr. Vanderbilt, alegre e sorridente, e apertou a mão dela. — Devo dizer, jovem dama, que a senhorita é minha maior heroína pelo que fez hoje. É minha Diana, a deusa da Caça, da Lua e das Florestas. Na verdade, vou mandar erguer uma estátua em sua homenagem em cima do morro mais alto que pudermos ver da casa. Você fez o que eu não consegui. A polícia não conseguiu e os detetives particulares não conseguiram. Você trouxe todas as crianças para casa. É simplesmente fantástico, Serafina! Bravo!

— Obrigada, senhor — disse ela, corando. Nunca o havia visto despejar tantos elogios. Não pôde deixar de rir de si mesma por pensar que os sapatos elegantes fossem a raiz de todo mal. Parecia ridículo agora que tivesse suspeitado tanto dele.

— Então, me diga o que aconteceu, Serafina — pediu o Sr. Vanderbilt. — Como você encontrou as crianças?

Ela queria contar tudo a ele, como uma orgulhosa caçadora de ratos de quatro patas que deixa os troféus da noite na porta do patrão. Mas então se lembrou de tudo o que havia acontecido: a capa, o cemitério. Eles eram adultos, eram humanos. A última coisa que eles queriam ouvir eram os detalhes terríveis dos ratos que ela havia eliminado.

— As crianças estavam na floresta, senhor — disse ela. — Nós só precisávamos encontrá-las.

— Mas onde? — perguntou ele. — Achei que tínhamos procurado em toda parte.

— Elas estavam no velho cemitério — respondeu ela.

O Sr. Vanderbilt franziu as sobrancelhas.

— Mas como elas foram parar lá? Por que não voltaram?

— O antigo cemitério está com muito matagal crescido, feito um labirinto. Quando você entra lá, mesmo por acidente, é um lugar muito escuro e difícil de sair.

— Mas *você* conseguiu, Serafina — disse ele, inclinando a cabeça.

— Eu sou boa no escuro.

— Você está ferida — disse ele, gesticulando na direção do pescoço dela e dos outros machucados. — Parece que você lutou com o demônio em pessoa.

— Não, não, nada do tipo, senhor — disse ela, cobrindo o machucado do pescoço, inibida. — Eu só me arranhei em um espinho do mal* — brincou Serafina. — Vai ficar bom. Mas as crianças estavam com fome e com medo quando eu encontrei elas, senhor, muito confusas, contando histórias horripilantes de fantasmas e demônios. Elas estavam apavoradas.

— Vejo que você passou por uma experiência extremamente angustiante — disse o Sr. Vanderbilt, a voz cheia de compaixão e respeito.

— Sim, senhor. Acho que devíamos tentar impedir que algum futuro hóspede vá naquela direção de novo — disse ela, pensando na toca da mãe com seus irmãos. — Acho que é melhor deixar o velho cemitério isolado.

— Sim, isso é sensato — concordou ele. — Com certeza vamos dizer aos visitantes para evitarem aquela área. É perigosa demais.

— Com certeza.

— Bem — disse ele finalmente, suspirando de alívio e olhando para Serafina. — Não posso dizer que entendi tudo o que aconteceu, mas reconheço um herói quando vejo um.

— Você quer dizer uma *heroína* — corrigiu a Sra. Vanderbilt. Ela estendeu a mão para Serafina ao estilo das damas elegantes. Serafina tentou rapidamente se lembrar do que vira as jovens damas fazerem nessas situações e se esforçou ao máximo para imitar o cumprimento. A mão da Sra. Vanderbilt era tão macia, aveludada e limpa comparada com a dela, e tão diferente das mãos fortes e musculosas da sua mãe.

— É muito bom finalmente conhecer a senhorita, uma jovem dama — disse a Sra. Vanderbilt, sorrindo. — Eu sabia que havia alguém novo na vida de Braeden. Só não conseguia descobrir quem na face da terra era essa pessoa.

— É um prazer conhecer a senhora também, Sra. Vanderbilt — retribuiu Serafina, tentando soar o mais honrada e adulta que podia.

— Braeden disse que você mora no nosso porão. É verdade mesmo? — a Sra. Vanderbilt perguntou com gentileza.

---

* Espinho em inglês é *thorn*. Daí a brincadeira com o nome do Sr. Thorne. (N.E.)

Serafina aquiesceu, com muito medo do que ela diria a seguir.

— Você executa algum tipo de trabalho ou função no porão, Serafina? — a Sra. Vanderbilt perguntou.

— Sim — respondeu Serafina, sentindo uma pontada de orgulho brilhando em si. — Sou a C.O.R.

— Me desculpe, querida. Receio não saber o que isso significa.

— Sou a Caçadora Oficial de Ratos da Mansão Biltmore.

— Ah, meu Deus — a Sra. Vanderbilt falou, surpresa, olhando para o marido e depois de volta para Serafina. — Devo admitir, nem sabia que nós tínhamos uma pessoa para isso!

— Sim, os senhores têm há muito tempo — disse ela. — Desde que eu tinha seis ou sete anos.

— Me parece que é um trabalho extremamente importante — observou o Sr. Vanderbilt.

— Bem, sim, eu levo bastante a sério — disse Serafina.

— Mais a sério, impossível — acrescentou Braeden.

Serafina cutucou o ombro dele e tentou não sorrir.

— Bem, nesse caso, obrigada, Srta. Serafina — disse a Sra. Vanderbilt calorosamente. — Ficamos todos gratos pelo que você fez. E você é especial. Realmente não entendo como fez tudo isso, mas você trouxe as crianças para casa, e é o que importa. Obrigada, vamos ouvir risadas novamente em Biltmore. Isso traz muita felicidade ao meu coração.

— Amém — disse o Sr. Vanderbilt, concordando. — Então ele se virou e andou em direção ao pai. — E o senhor, onde escondeu essa sua filha todos esses anos?

— Ela é uma boa garota, senhor — disse seu pai, tanto orgulhoso quanto protetor enquanto chegava mais perto. Serafina podia ver nos olhos dele o medo que sentia de como o Sr. Vanderbilt iria reagir.

— Tenho certeza de que sim — o Sr. Vanderbilt disse, rindo. — E o mérito é do pai, eu diria.

— Obrigado, senhor — agradeceu o mecânico, surpreso pelas palavras generosas do Sr. Vanderbilt enquanto apertavam as mãos. Ela podia ver o alívio na expressão do pai quando ele olhou para ela.

Em seguida, o Sr. Vanderbilt se dirigiu ao sobrinho.

— E o senhor, onde estava escondendo essa sua nova amiga?

— Aqui e ali – respondeu Braeden com um sorriso. – Acredite em mim, senhor, ela é fácil de esconder.

— Bem, isso dá para perceber, Braeden. – O Sr. Vanderbilt passou o braço afetuosamente ao redor dos ombros do sobrinho. – Você sabe como escolher bons amigos, e existem poucas habilidades mais importantes no mundo do que essa. Excelente trabalho, Braeden, excelente trabalho.

Ela adorou o sorriso que tomou conta do rosto de Braeden quando seu tio o parabenizou.

A Sra. Vanderbilt estendeu o braço e levou Serafina pela mão.

Vamos entrar, querida.

Enquanto ela andava em direção à casa com Braeden e seu pai, e muitos outros, Serafina pensou sobre como aquilo era impressionante. Vivera no porão de Biltmore a vida inteira, mas essa era a primeira vez que entrava pela porta da frente, e aquilo a fez sentir como se estivesse andando sobre nuvens. Ela se sentiu uma pessoa *de verdade*.

— Agora, deixem as meninas conversarem, está bem? – a Sra. Vanderbilt disse enquanto passava o braço em volta de Serafina. – Me diga, você e seu pai gostam do porão?

— Sim, madame, gostamos, mas a senhora se importa de nós morarmos lá?

— Bem, não posso dizer que é uma coisa comum, e não consigo imaginar que seja muito confortável para vocês lá embaixo. Vocês, pelo menos, têm lençóis apropriados?

— Não, madame – ela disse, toda encabulada. – Eu durmo atrás do aquecedor.

— Ah, entendo – comentou a Sra. Vanderbilt, horrorizada. – Acho que podemos melhorar as coisas. Eu vou mandar duas camas apropriadas com colchões de espuma macios e confortáveis, um jogo completo de lençóis e cobertores e, claro, alguns travesseiros. O que acha disso?

— Acho maravilhoso, senhora – respondeu Serafina, ardendo de ansiedade. Só esperava que a Sra. Vanderbilt providenciasse aquilo logo, porque, depois de tudo o que tinha acontecido, ela queria entrar embaixo daquelas cobertas e dormir por uma semana.

— Bem, então estamos combinadas – vibrou a Sra. Vanderbilt, satisfeita, enquanto olhava para o marido.

— Parece um plano perfeito – concordou o Sr. Vanderbilt. – É importante tomar conta direito da C.O.R. da mansão, principalmente com os tipos de ratos que temos por aqui.

Serafina sorriu. O Sr. V. não sabia da missa a metade.

Quando eles entravam na casa, ela se virou e olhou para as montanhas cobertas pela floresta.

Agora sabia que havia forças mais sombrias no mundo do que ela jamais imaginara, e outras mais luminosas também. Não sabia exatamente onde ela se encaixava naquilo tudo, ou em qual papel atuaria, mas agora sabia que era parte daquilo, parte do mundo, e não apenas uma observadora. Sabia que seu destino não estava selado pela maneira como ela tinha nascido ou o local onde tinha nascido, mas pelas decisões que tomava e pelas batalhas que lutava. Não importava se ela tinha dez ou oito dedos nos pés, olhos azuis ou cor de âmbar. O que importava era o que ela se empenhava em fazer.

Pensou com entusiasmo no que sua mãe lhe ensinaria nos dias a seguir, quais novas habilidades aprenderia e quais novidades veria, andando de dia e rondando de noite.

Olhou para as duas estátuas de leões de pedra que guardavam as portas da gigantesca propriedade. Ela não era mais somente a Caçadora Oficial de Ratos, mas a defensora contra invasores e espíritos malignos. Era a protetora da Mansão Biltmore.

Ela era a caçadora, a *Guardiã*.

E seu nome era Serafina.

Agradecimentos

Eu gostaria de agradecer à equipe e à administração da Mansão Biltmore, pelo apoio em *Serafina e a Capa Preta* e por seu compromisso em preservar uma importante parte da história norte-americana para que possa ser apreciada pelo público em geral. A Mansão Biltmore é um lugar maravilhoso para se visitar e ver por onde Serafina rondava, inclusive o porão, o Salão de Banquetes, o Jardim de Inverno, a Biblioteca do Sr. Vanderbilt, a porta secreta na Sala de Sinuca e muito mais.

Gostaria de agradecer a meus fantásticos editores na Disney•Hyperion, Emily Meehan e Laura Schreiber, e meu excelente agente, Bill Contardi, por acreditarem em *Serafina*, por seus olhares criteriosos para melhorar o original e pela dedicação em levar a história dela para o mundo da melhor maneira possível.

Também gostaria de agradecer a minha mulher, Jennifer, e minhas filhas, Camille e Genevieve, que desempenharam um importante papel na criação e no refinamento da história de Serafina. Meu nome pode estar na capa, mas esse foi um grande trabalho de amor para a nossa família inteira. Também gostaria de agradecer aos meus dois irmãos, Paul e Chris, que estiveram comigo desde o início.

Finalmente, gostaria de agradecer às pessoas que me ajudaram a me tornar um escritor melhor ao longo dos anos, incluindo Tom Jenks e Carol Edgarian, da revista *Narrative*, por sua amizade e aconselhamento no ofício de escrever, Alan Rinzler, por sua editoração e orientação, Allison Itterly, por seu trabalho na versão inicial de *Serafina*, e todos os outros editores e leitores que opinaram sobre a minha escrita ao longo dos anos. Se tenho alguma habilidade para escrever, é porque venho escutando, com cuidado, tudo o que vocês me dizem.

Papel: Polen soft 70g
Tipo: Bembo
www.editoravalentina.com.br